W0237483

Andrea Sommerer

Liebe inbegriffen

Andrea Sommerer

Liebe inbegriffen

Roman

rosenheimer

© 1999 Rosenheimer Verlagshaus GmbH & Co. KG,
Rosenheim

Titelbild: Michael Wolf, München
Satz: Buch-Werkstatt GmbH, Bad Aibling
Druck und Bindung: Wiener Verlag, Himberg
Printed in Austria

ISBN 3-475-52918-1

Prolog

Er war gegangen. Sein roter Kombi fuhr vom Hof auf die Dorfstraße und davon. Unglaublich. Wie konnte er so wenig Verständnis für ihre Handlungsweise haben? Sie hatte es doch auch für ihn getan!

Evi stand am Fenster ihres Zimmers im Dachgeschoss des Wirtshauses „Zum Weißen Hirschen“ in Irzing und sah dem sich rasch entfernenden roten Auto mit starrem Blick nach. Er musste sich doch eines Besseren besinnen, er musste sie doch genug lieben und umkehren und zu ihr zurückkommen. Aber der rote Kombi wurde durch die Entfernung immer kleiner und verschwand schließlich hinter den Häusern der kurvenreichen Dorfstraße.

Er war weg! Aus dem Haus gelaufen ohne lange zu überlegen. Schöne Bescherung, dachte Evi. Ein Kloß bildete sich in ihrem Hals. Nein, nur nicht heulen. Das war gar nicht ihre Art. Noch dazu wegen einem Mann! Wenn sich die Gefühle für einen Mann abkühlten, dann war das nie ein Problem für Evi gewesen. Es wartete unweigerlich bereits der nächste, der sie für sich gewinnen wollte. Sie galt als sehr hübsch, um nicht zu sagen schön. Sie war dunkelhaarig, grazil und vor allem von sehr einnehmendem Wesen, fröhlich, lebensbejahend und temperamentvoll gleichermaßen.

Aber sie wollte keinen anderen, wahrhaftig nicht. Das war ihr klar geworden. Es war eine Erkenntnis, die sie mit Erstaunen in sich aufsteigen fühlte und eine, die sie erschreckte. Kein anderer mehr, der ihr etwas bedeuten könnte? Warum ausgerechnet er? Und vor allem, wie bin ich nur in diese vertrackte Situation geraten?, fragte sich Evi.

Manfred! Natürlich, Manfred, der seinem Leben von einem Tag auf den anderen eine völlig neue Richtung gegeben hatte, er hatte damit auch ihre sorgsam geplante Zukunft total durcheinander gewirbelt. Evi erinnerte sich nur zu genau an den Tag, als es begann.

Dicke Luft im Haus

Evi fuhr an dem an der Straße gelegenen Gästeparkplatz des Wirtshauses „Zum Weißen Hirschen“ vorbei, bog schwungvoll rechts ab durch die Einfahrt in den Hof hinter dem Haus. Fröhlich pfeifend und unbekümmert stellte sie ihren knallroten Mini direkt vor die Haustür. Sie nahm ihre Umhängetasche, knallte die Autotür mit einem letzten stolzen Blick auf ihr Gefährt zu und lief eilig durch die hintere Haustür, die die Wirtsleute gewöhnlich benutzten, ins Haus hinein.

Es herrschte Leere und Stille, montags und dienstags war im „Hirschen“ Ruhetag. Nur der Irzinger Gemeinderat wurde, wenn er alle paar Wochen einmal tagte, eingelassen.

Als Evi eben die Treppe nach oben stürmen wollte, in die privaten Wohnräume, drang erregtes Gemurmel aus der großen Wirtshausküche bis zu ihr hin. Die Tür war wohl nicht ganz geschlossen und sie hörte deutlich Mutters gequälten Aufschrei: „Also wirklich, Bub, wie kannst du mir das bloß antun!“

Auweia, dicke Luft! Evi nahm immer zwei Stufen auf einmal und machte sich schleunigst aus dem Staub. Ein leichtes, eindeutig schadenfrohes Grinsen zog über ihr hübsches Gesicht, ihre dunkelbraunen Augen blitzten. Ausgerechnet ihr Bruder Manfred, Mutters Liebling, der stets tat, was sie von ihm erwartete, und sich in ihrem Wohlwollen sonnte, hatte etwas angestellt. Dabei war das sonst Evis Rolle, die es selten einmal schaffte, die Mutter zufrieden zu stellen. Es machte ihr nicht sehr viel aus, denn auf Vatis breiten, schützenden Rücken und auf Omis Liebe und Fürsorge war dafür stets Verlass. Und überhaupt, um nichts in der Welt wollte sie so sein, wie Mutter es geschätzt hätte, so wie Manfred, dieser langweilige Patron – auch wenn er ihr Bruder war und sie ihn eigentlich ganz gern hatte.

Manfred war ein wirklich braver Kerl, von ruhigem, vernünftigem Wesen. Er hatte Metzger und Koch gelernt, ganz so, wie es für die kleine Metzgerei und das dazugehörende Wirtshaus, das einzige am Ort, am besten war. Schließlich sollte er weiterführen, was die Vorfahren aufgebaut hatten.

„Evi, bist du das?“ Omi stand schwer auf eine Krücke gestützt und schaute aus dem Wohnraum auf den Flur.

Omi war fast siebzig und seit einem Oberschenkelhalsbruch im letzten Jahr benötigte sie die Krücke.

„Servus, Omi. Hast wieder rechte Schmerzen? Du machst so ein ernstes Gesicht.“

„Nein, nein, Mausili, es geht schon. Aber hast du schon den Manfred gesehen? Er ist heute ganz überraschend heimgekommen. Und irgendetwas stimmt nicht. Aber mir haben sie nicht gesagt, was los ist!“ Gekränkt verstummte die rundliche alte Frau. Kurze graue Löckchen kringelten sich um das sonst so fröhliche, volle Gesicht.

„Hast Hunger, Evi? Ich hab grade eben einen frischen Kaffee aufgebrüht und einen frisch gebackenen Marmorkuchen hab ich auch für dich.“ Ihr Gesicht strahlte wieder.

„Ach Omi, du sollst mich doch nicht immer in Versuchung führen.“

Omi hatte ganz zufällig jeden Abend, wenn Evi aus der Bank in der Stadt nach Hause kam, frischen Kaffee aufgebrüht und irgendeine süße Leckerei dazu hergerichtet, zu der Evi nur schwer nein sagen konnte. „Mausili, du bist viel zu dürr!“, behauptete sie das hunderttausendste Mal und betrachtete mit uneingeschränktem Stolz ihre große, sehr schlanke Enkelin, ihre kinnlangen, glatten schwarzen Haare mit den kastanienbraunen Strähnen darin, die bei jeder Bewegung fröhlich mitschwangen. Ihren dunklen, blitzenden Koboldaugen im schmalen Gesicht mit der feinen Nase und ihren vollen runden Lippen konnte niemand widerstehen. Omi hatte das schon oft beobachtet. Besonders bei den Männern. Gleich welchen Alters und wie grantig und trübsinnig sie auch in der Wirtsstube saßen, wenn Evi auftauchte, aufmunternd grüßte und ihnen schlagfertig antwortete, lächelten alle und sie versuchten eine Unterhaltung mit ihr anzufangen oder baten „Geh, Evi, bring mir noch ein Bier, bittschön!“, damit sie nicht so schnell wieder verschwand. Denn Evi war ein temperamentvoller Irrwisch, es hielt sie nicht lange am selben Platz und schon gar nicht in der Wirtsstube. Sie hatte für den Familienbetrieb nun einmal nichts übrig. Sie mochte die ewigen Bier- und Küchengerüche nicht, und wenn sie Vati und Mutter ansah, deren in die Breite gewachsenen Figuren man die gut genährten Wirtsleute schon von weitem ansah, wurde ihr Angst und Bang, sie könnte auch einmal so werden. Fast nahm sie Omi ihre ständigen Kuchenangebote übel, wo sie doch das süße Zeug nur allzu gern aß.

„Einmal beißen, Omi. Hm, gut. Nein, nicht mehr. Ich muss auch gleich wieder weg.“

„Wo willst du denn heute wieder hin? Gehst nicht erst hinunter und begrüßt den Manfred?“

„Keine Zeit, Omi. Ich will zum Baden. Das schöne Wetter muss ich ausnutzen. Keine Angst, wir erfahren schon noch, was der Manfred ausgefressen hat.“ Evi fuhr ihrer Omi zärtlich über die Wange.

Die alte Frau seufzte. „Ich hab da so ein paar Wortfetzen mitgekriegt, wenn das stimmt, Mausili, ...“

„Später, Omi, mir pressiert's!“, unterbrach Evi schnell. Sie hatte keine Lust sich jetzt die Verfehlungen Manfreds anzuhören. „Servus, Omi. Dein Kuchen ist Spitze.“

Evi rannte ins Dachgeschoss, wo sie ihr Zimmer hatte, warf das schwarzbunte Sommerkleid auf ihr ungemachtes Bett und zog aus dem übervollen Kleiderschrank weiße Shorts und eine rote Bluse heraus. Ein kritischer Blick in den großen Spiegel – sie fand sich einfach toll. Ihre langen Beine waren bereits sommerlich gebräunt, was die kurze weiße Hose wunderbar zur Geltung brachte. Badetuch, Sonnenöl, Sonnenbrille, den winzigsten Bikini, den sie hatte, noch schnell einen Tropfen Parfum hinter jedes Ohr und los ging es. Ebenso flink wie vorsichtig lief sie auf bloßen Füßen in den Hof hinunter, um nur ja nicht von einem der Familienmitglieder aufgehalten zu werden.

Sie schob ihr funkelndes Sportrad aus der Garage und strampelte aufatmend auf die Dorfstraße hinaus, umkurvte haarscharf die Babette, eine kleine, dünne Person, spitze Nase, spitzes Kinn, mit einem altmodischen dünnen Knoten am Hinterkopf.

„Grüß dich, Evi. Dir pressiert's aber wieder!“

„Grüß dich“, rief Evi und fuhr in rasantem Tempo weiter. Ausgerechnet der neugierigen alten Schachtel musste sie begegnen. Warum nur ausgerechnet diese Dorfratschen Omi immer besuchen musste. Babette Brummer, Rentnerin und Mesnerin des Dorfes, war aber auch immer unterwegs und sicherlich die über alles und jedes am besten unterrichtete Person in der ganzen Gemeinde. Eine lebendige Zeitung, mit sicherer Witterung für Neuigkeiten, hatte Vati sie einmal genannt. Aber ihre Geheimnisse, lächelte Evi in sich hinein, würde diese Dorfratschen nicht so schnell aufdecken können.

Christian!

Mühelos vor vibrierender Vorfreude nahm Evi den steilen Hügel dorfauswärts, die sieben Kilometer bis zum Wurzbacher Weiher flogen nur so an ihr vorbei.

Christian! Groß, schlank, sportlich, unheimlich nett, gut aussehend, gescheit und erfolgreich, hoch angesehen in der Bank und – in sie, Evi, verliebt. Das spürte sie ganz deutlich. Natürlich waren viele ein bisschen in sie verliebt, das war ganz normal, aber Christian, in den könnte sie sich ihrerseits glatt auch verlieben!

Gleich als sie vom Chef, dem Leiter der Bankfiliale Angerburg, einander vorgestellt wurden, hatte es gefunkt zwischen ihnen. Sie hatten sich mehrere Sekunden lang tief in die Augen geschaut – Christians Augen waren übrigens rehbraun. Ganz zufällig waren sie mit Kollegen und Kolleginnen in das gleiche Lokal zum Mittagessen gegangen und da hatte er erzählt, er stamme aus Wurzbach, beim „Alten Wirt“ sei er daheim. Natürlich erzählte daraufhin Evi, dass sie die Wirtstochter vom „Hirschen“ in Irzing war und das hatte sofort eine besondere Beziehung zwischen ihnen hergestellt.

Evi bog von der geteerten Straße in den Feldweg ein, der zum Badeweiher der Nachbargemeinde Wurzbach führte. Sie war erst wenige Male dort gewesen, denn das beheizbare Angerburger Freibad und die vielen Bekannten, die sie dort normalerweise traf, hatten bisher wesentlich anziehender gewirkt als dieser abgelegene Fischweiher.

Die Autos waren wild auf einer Wiese geparkt und überall waren Familien mit lärmenden Kindern. Evi sah suchend darüber hinweg um ganz hinten die große Birke und den Schilfgürtel zu erspähen. Dort, so hatte Christian erzählt, wäre „sein“ Badeplatz. Sie schob ihr Rad in einen Hartriegelbusch und folgte einem schmalen, kaum ausgetretenen Trampelpfad durch hohes Gras.

„Hi, Kollegin!“

Evis Kopf flog herum. Da war er. Er saß breit lächelnd in einer bunten Badehose auf einer großen Decke, etwas versteckt neben einigen kleineren Birken, eine dunkle Sonnenbrille verdeckte seine Augen, die Sonne zauberte helle Lichter in sein glattes blondes Haar.

„Hi, Kollege!“ Evi ging langsam auf ihn zu, warf ihre Badetasche ins Gras. Er rückte auf seiner Decke zur Seite. In aller Ruhe zog Evi ihr rote Bluse aus und streifte die weißen Shorts ab. Dann setzte sie sich in ihrem winzigen Bikini neben ihn. Sie musterten sich gegenseitig und lächelten sich an. Christian streckte sein noch recht helles linkes Bein neben Evis gebräuntes rechtes.

„Schön braun bist du. Du bist wohl oft beim Baden.“

„Immer. Sobald im Mai das Freibad aufmacht. Und ich werde schnell braun.“

„Wirst du gar nicht zu Hause in eurem Wirtshaus eingespannt?“

Evi lachte. „Das hab ich meinen Alten im Lauf der Jahre Gott sei Dank einigermaßen abgewöhnt. Als Kind hat meine Mutter versucht mich fürs Kochen zu interessieren, aber ich hasse es.“ Evi verzog ihr Gesicht. „Meiner Omi zuliebe helfe ich manchmal in der Wirtsstube und beim Ausschank, wenn mein Vater im Stress ist. Da kann man mit den Leuten reden und blödeln, das find ich ganz lustig.“

„Nicht zu vergessen das Trinkgeld. Ich bin ein perfekter Kellner. Das hab ich immer mit Begeisterung gemacht, seit ich als Dreikäsehoch ein Glas Bier überhaupt tragen konnte. Und seitdem bin ich auch immer gut bei Kasse.“

„Kann ich mir lebhaft vorstellen. Die Leute sind ja ganz weg, wenn man ihnen als Kind ganz ernsthaft das Bier oder das Essen hinstellt. Daran kann ich mich auch noch gut erinnern.“ Und später – aber das dachte sich Evi nur für sich – hatte so ein charmanter und hübscher Kerl wie Christian sicher noch mehr spendable Gäste gefunden. „Kellnerst du jetzt auch noch?“, fragte sie stattdessen.

„Wenig. Nur wenn echt viel los ist. Was tut man nicht alles für seine liebe Familie. Aber mein Bruder ist inzwischen verheiratet und da werden sie, wenn nicht gerade eine große Hochzeit oder so was ausgerichtet wird, allein fertig.“

„Ich hab auch einen Bruder, der unser Wirtshaus

übernehmen wird. Meine Mutter kocht übrigens ganz phantastisch, mein Vater auch und er hat zusätzlich noch unsere Metzgerei und ist oft an der Theke. Ein oder zwei Kellnerinnen gibt's auch. Die sind aus dem Dorf und kommen, wie sie gebraucht werden. An den Abenden und Samstag, Sonntag und bei Festivitäten, du weißt schon!"

„Hm. Ich kenn das Geschäft, bei uns läuft es fast genauso. Vater und Mutter und der Junior kochen, die Schwiegertochter und meine Schwester servieren. Allerdings, eine Metzgerei hat es bei uns nie gegeben. Wir haben dafür beste Beziehungen zum Bäckerhandwerk. Meine Mutter stammt aus einer alten Bäckerfamilie. Zwei Vettern von mir haben Bäcker und Konditor gelernt."

„Hm", Evi fuhr sich genüsslich mit der Zunge über die Lippen. „Schokocroissants und Zimtschnecken, Eclairs mit Mokkasahne, Erdbeertörtchen und Käsesahnekuchen."

Christian lachte laut auf. „Du magst wohl das Süße?" Er musterte sie ganz genau von Kopf bis Fuß. „Du schaust gar nicht danach aus."

„Na, ich kann mich schließlich zusammenreißen. Fett werden wäre wirklich das Allerletzte, das passiert mir nicht!"

„Fein. So wie du bist, gefällst du mir ausgesprochen gut." Er neigte sich zu ihr und küsste sie. Seine Arme lagen aufgestützt rechts und links neben ihrem Kopf, während seine Hände ihr glattes Haar zerzausten. Evi drückte sich an ihn, ihre Finger streichelten die samtige Haut seines Rückens. Endlich. Ein Kribbeln überlief sie von Kopf bis Fuß, Wärme überflutete sie. Aber so leicht wollte sie es ihm dann doch nicht machen! Sie stemmte energisch ihre Fäuste gegen seine Brust, machte sich los und rannte ins Wasser. Es war eisig kalt, verglichen mit der angenehmen Temperatur im beheizten Freibad. Christian eilte wie erwartet hinter ihr her und bald war die schönste Wasserschlacht im Gange. Aber Evi konnte schwimmen und tauchen wie ein Fisch und es gelang ihm nicht, sie zu erwischen.

Schließlich kam sie freiwillig wieder aus dem kalten Wasser heraus und ließ sich aufatmend auf der Decke nieder. Sie zitterte in der lauen Luft, es war eben doch erst Anfang Juni und nun, gegen Abend, sank die Temperatur schnell ab.

Christian holte ein Handtuch aus seiner Tasche und trocknete sie kräftig rubbelnd ab. „Besser? Ist dir wieder warm?"

„Ja, kannst ruhig weiter rubbeln."

Was Christian auch tat. Aber seine Bewegungen wurden langsamer und zärtlicher, ihre Lippen trafen sich.

Evi holte ihr großes, noch trockenes Badetuch aus ihrer Tasche und wickelte sich darin ein. Er legte sich neben sie. Seine Hand tastete sich unter das Badetuch. „Da bleiben wir jetzt, die ganze Nacht lang. Was hältst du davon, Evi?"

„Das wär schön. Geht nur leider nicht. Erstens würde ich verhungern oder hast du was zu Essen da?"

Er schüttelte den Kopf.

„Und zweitens würde meine Oma vor lauter Angst um mich alle Welt verrückt machen. Sie weiß, dass ich mit dem Radl weg bin, und das geht ihrer Meinung nach höchstens bis es dunkel wird."

„Tz, tz, und ich dachte, du bist eine erwachsene Frau."

„Bin ich auch. Ich hab's nur bis jetzt nicht geschafft, das meiner Oma klarzumachen."

„Was machst du denn dann, wenn du abends ausgehst und erst sehr spät zurückkommst, oder gibt's das bei dir nicht?"

„Natürlich gibt's das. Ich sag ihr vorher, dass ich sehr lange ausbleibe, und dann ist es in Ordnung."

„Sehr gut. Gehen wir dann morgen zusammen aus, zuerst essen und dann in eine Disco?"

„Morgen kann ich nicht, aber am Freitag, okay? Wohin soll's gehen?"

Sie besprachen etliche Möglichkeiten im weiteren Umkreis, bevor sie sich auf eine Disco einigen konnten.

Langsam war die Dämmerung hereingebrochen. Es wurde, selbst unter dem Badetuch, recht kühl und Evi begann sich anzuziehen.

Christian hielt Evi eng umschlungen. „Willst du allen Ernstes jetzt gehen? Wo es gerade jetzt so schön werden könnte", murmelte er mit den Lippen an ihrem Ohr knabbernd und küsste und umschmeichelte sie nach Kräften.

„Mir tut's ja auch schrecklich Leid, aber es geht nicht anders! Wir sehen uns morgen wieder, in der Bank, Christian."

„Ich weiß nicht, wie ich es bis dahin aushalten soll, Evi. Bleib doch noch ein bisserl, hm?"

„Wenn es nur möglich wäre!", seufzte Evi, dann machte sie sich von ihm los und packte ihre Tasche. Auch er fing wohl oder übel an seine Habseligkeiten zusammenzusuchen. Eng umschlungen gingen sie gemeinsam vor bis zum Feldweg, der inzwischen völlig verlassen dalag, und nach einem letzten Kuss radelten sie an der Teerstraße in entgegengesetzte Richtungen davon.

Die Sonne war am Horizont rot leuchtend untergegangen. Die Dämmerung würde gerade lange genug dauern, um zu Hause anzukommen.

Als sie außer Atem in den hinteren Hof einbog, ging ihre Mutter mit zwei leeren Abfalleimern auf die Haustür zu.

„Hi, Mutt", rief Evi in fröhlichster Stimmung.

„So", antwortete diese, „lässt du dich auch wieder einmal blicken daheim. Musst du eigentlich dein Auto jedes Mal so vor der Haustür abstellen, dass man kaum noch vorbeikommt?"

Oh je, immer noch dicke Luft. Evi trödelte eine Weile in der Garage, in der Hoffnung, Mutter wäre dann im Haus verschwunden. Aber die stand immer noch vor dem Hauseingang. „Kannst du nicht einmal ordentlich unter das Vordach fahren und dein Auto da abstellen, wo es hingehört?"

„Okay, Mutt. Morgen dann, ganz bestimmt. Heute ist doch eh nichts los."

„Das sagst du jedes Mal. Und jedes Mal, ach, es ist einfach sinnlos, dir das immer wieder zu sagen. Es nützt ja doch nichts. Man hat wirklich nichts wie Ärger, wenn man Kinder hat."

Omi lugte oben vom Fenster herunter. „Kommt herauf, ihr beiden, das Abendessen ist fertig. Die Männer warten schon."

Da nahm Mutter ihre Eimer und ging hinein, Evi folgte ihrer breiten Gestalt. Mutter war wirklich sehr rund. Dafür war ihr Gesicht voll und glatt, mit einer gesunden, rosigen Haut, um die sie manch junges Mädchen nur glühend beneiden konnte. Wellige blonde Haare umrahmten ihr Gesicht. Wenn sie nur nicht immer gar so streng und pflichtbewusst und ernst sein wollte, wünschte sich Evi. Man konnte ihr wirklich gar nichts recht machen, zumindest sie, Evi, brachte das kaum einmal zuwege. Dabei war Mutter erst Mitte vierzig, nur 21 Jahre älter als sie selber. Und doch kam sie mit Omi, die immerhin in einigen Jahren siebzig würde, bei weitem besser zurecht.

Die beiden Frauen redeten nichts mehr, als sie nach oben gingen. Omi arrangierte geschäftig eine Pfanne mit Schinkeneiern und einige Salatschüsseln auf dem Tisch.

Evi begrüßte Manfred. „Bruderherz, was treibt dich denn nach Hause? Unstillbare Sehnsucht nach den Freuden des Landlebens, was?“, versuchte Evi zu scherzen und merkte im selben Moment an der betretenen Stille, die folgte, dass sie etwas total Verkehrtes gesagt hatte. Was denn nur, um Gottes Willen?

Manfred arbeitete zur Zeit in einem renommierten Hotel in Passau, vorher hatte er einige Lehrjahre in Reichenhall, München und Hannover verbracht. Er selber hatte öfters darüber gesprochen, wie sehr ihm das Land nach längeren Stadtaufenthalten fehlte. Warum hatte sie dann etwas Falsches gesagt?

„Greift zu, bevor es kalt wird“, forderte Omi ihre Familie auf.

Sie aßen. Omi fragte, wie es beim Baden gewesen sei, und Evi redete davon, dass der Wurzbacher Weiher zwar viel schöne Natur biete, aber saukalt sei.

Vati, nicht viel schlanker als die Mutter, aber mit einem normalerweise fröhlicheren Gesicht in kräftig roter Farbe, dichtem braunen Haar, einer kräftigen Nase und ebensolchem Kinn, schüttelte erstaunt den

Kopf. „Wieso rennst du denn derart weit durch die Gegend zum Baden in einem Weiher? Wozu haben wir denn unseren Dorfweiher, nur einen knappen halben Kilometer weit weg?“

„Wegen dem Sport halt. Es gibt nichts Besseres für einen gut trainierten Körper als das Radlfahren, das weiß doch jeder!“, behauptete Evi ohne auch nur ein bisschen rot zu werden.

Manfred sah sie aufmerksam an. „So. Aber sicher gibt's auch ganz besonders interessante Badegäste am Wurzbacher Weiher, stimmt's, Evi?“

Alle blickten auf einmal zu ihr hin. Manfred, dieser Blödian! „Aber klar, Bruderherz. Ganze Horden gut aussehender Jünglinge, die alle hinter mir her waren.“

Mutter sah mit gerunzelten Brauen zu ihr hin, Vati schmunzelte und Omi lächelte, etwas gequält, und doch verbarg sich dahinter auch ihr nicht geringer Stolz auf die schönste aller Enkelinnen.

Manfred lachte. „Das kann ich mir lebhaft vorstellen. Was ist denn mit deinem tollen Helmut, diesem Muskelprotz, mit dem du vor ein paar Monaten herumgezogen bist, ist der noch up to date?“

„Mein Helmut? Wer soll das denn sein?“, fragte Evi mit großen Augen.

„Ich geb's auf. Ich bin zu selten da, um mit all deinen Kerlen auf dem Laufenden zu sein.“ Manfred schüttelte den Kopf.

„Am besten macht man sich auch gar nicht die Mühe, sich die Namen zu merken. Sie wechselt ihre Freunde wie andere das Hemd. Und manchmal kommt sie selber nicht mehr richtig mit, dann sind's gleich zwei oder drei auf einmal“, monierte die Mutter ärgerlich.

„Aber Hilde“, ergriff Omi für Evi Partei, „du übertreibst. Die Evi hat schon Recht sich erst einmal gründlich umzusehen bei den Männern. So wie es früher war, zu meiner Zeit, das war nichts. Wir sind zu Hause herumgehockt, bis sich ein Hochzeiter eingestellt hat, und die Entscheidung, wen man am Ende heiratet, haben dann die Eltern getroffen. Nein, das war gar nicht gut."

„Und was soll bei dem ewigen Herumprobieren herauskommen? Höchstens, dass sie uns eines Tages ein uneheliches Kind daherbringt. Das ginge uns gerade noch ab!", machte Hilde ihrer Empörung Luft.

„Na, na!", wandte Vater ernst ein. „Jetzt langt's aber. Du solltest deinen Grant jetzt nicht an dem Dirndl auslassen, Hilde."

Grant? Evi schaute aufmerksam vom Vater zur Mutter hin. Was war bloß los? Die Sache mit Manfred? „Wegen mir braucht ihr euch keine Gedanken zu machen. Ich weiß schon, was ich tu und was ich will. Außerdem nehm ich die Pille, das ist doch klar."

„Sehr beruhigend!", schnappte die Mutter. „Und was ist mit Aids?"

„Mutt, soll ich dich jetzt über Safer Sex und meine Sexualpraktiken aufklären?"

Omi, richtiggehend geschockt vom Verlauf der Unterhaltung, sprach ein lautes Machtwort. „Jetzt aber Schluss, ihr zwei. Dass ihr beiden gar nicht miteinander auskommen könnt, müsst ihr denn immer gleich streiten?"

Evi wollte eigentlich erwidern, dass es nicht an ihr läge, sie streite doch nicht, aber nach einem Blick in Omis müdes Gesicht verkniff sie sich die Antwort.

Mutter aß wortlos, mit schmalen Lippen und den Blick starr auf ihren Teller gerichtet weiter.

„Manfredl, Bub, wie lange bleibst denn da bei uns?“

„Die nächsten sechs Wochen werdet ihr mich auf dem Hals haben, Omi.“

„Das ist schön. Siehst, Hilde, das ist doch auch was. Da kann er euch fest helfen, das wird für euch wie ein halber Urlaub sein.“

„Und dann, was wird dann, nach den sechs Wochen? Sechs Wochen noch daheim, weil das auch noch was nützt, jetzt. Was soll uns das noch helfen?“ Mutters Stimme klang abgehackt vor Verzweiflung.

Evi blickte sich erstaunt um. Lauter sehr ernste Gesichter. „Mensch, Manfred, hast du echt was angestellt? Musst du vielleicht ins Gefängnis in sechs Wochen?“

Manfred lächelte. „Schmarrn. Gar nichts hab ich angestellt. Zur Hochzeit bist eingeladen, in sechs Wochen.“

„Wau! Hast so eine Dumme gefunden, die dich nimmt!“, frotzelte Evi in liebevollem Ton. „Aber mit dem Gefängnis war ich da gar nicht so weit daneben. Eine Ehe ist schließlich nicht viel besser. Da lob ich mir mein Singledasein!“ Die Gesichter von Omi und den Eltern waren immer noch sehr ernst. „Hm. Stimmt was nicht mit deiner Zukünftigen? Ist sie zwanzig Jahre älter als du? Oder aus Preußen und nicht katholisch?“

„Also Evi!“ Omi schüttelte streng den Kopf.

Evi zuckte die Schultern.

Schließlich antwortete Manfred. „Alles stimmt mit meiner Zukünftigen. Sie ist jung und hübsch und stammt aus einer alteingesessenen Passauer Hoteliersfamilie.“

„Na prächtig, könnte doch nicht besser sein. Warum macht ihr dann so saure Gesichter?"

Omi erklärte es. „Seine Freundin ist die einzige Tochter und Erbin. Sie bekommt das Hotel von ihrem Vater."

„Und? Ist doch super." Evi war ratlos.

Omi seufzte. „Und der Manfred, na, der wird dann eben für ganz in Passau bleiben. Und unser Wirtshaus ..."

„Das interessiert ihn nicht mehr, wenn er Hotelier in Passau werden kann!", fiel Mutter verbittert ein, als Omi nicht mehr weitersprach. „Aus ist's und vorbei mit all den schönen Plänen für den ‚Hirschen'. Seine großartige Ausbildung war umsonst, wir Alten können schaun, wo wir bleiben. Für was, frag ich mich, hab ich mich mein ganzes Leben abgerackert? Für wen und für was haben wir den ‚Hirschen' über alle Krisen hinübergerettet? Wofür haben wir ständig renoviert und erneuert und auf das Sach geschaut? Nur für ihn allein. Und jetzt? Jetzt will er es nicht haben!"

„Aber Mutti, ich hab mich doch nicht in böser Absicht in die Gudrun verliebt. Es ist halt so gekommen. Bitte glaub mir das. Ich wollt euch doch nichts Ungutes damit antun!", versicherte Manfred gelinde verzweifelt.

Mutter verlangte: „Dann bleib da in Irzing, wie es immer schon ausgemacht war. Und bring deine Gudrun mit, wenn es unbedingt sein muss."

„Ach Mutti! Ich würde ja gern dableiben, aber es geht einfach nicht. Die Eltern von der Gudrun sind viel älter als ihr beiden. Der Vater hat seinen ersten Herzinfarkt hinter sich. Da muss ich einfach sofort einsteigen, ich hab's der Gudrun versprochen."

„So, der Gudrun hast du das versprochen. Und was ist mit den Versprechungen, die du uns gegeben hast? Ein tolles Ausflugslokal für die Angerburger mit einer mit mindestens einem Stern dekoricrten Küche wolltest du mit dem „Hirschen“ aufbauen und nur noch biologisch einwandfrei gehaltene Viecher schlachten und, und … Tausend Versprechungen zuerst und jetzt sitzen wir da und wissen nicht, was aus unserem Wirtshaus werden soll.“

Manfred meinte schließlich: „Die Evi gibt's ja auch noch. Muss halt die das Wirtshaus übernehmen …“

„Was? Ich und Wirtshaus? Ich lerne nicht kochen und metzgern, kommt gar nicht in Frage. Ich mag meinen Job in der Bank.“

„Da hörst du's! Die Evi hat sich doch noch nie um unser Wirtshaus gekümmert. Sauber sind wir beieinander, jetzt. Rupert“, wandte sie sich an den Vater, „jetzt sag halt auch einmal was!“

„Was denn? Es ist alles gesagt. Schlafen wir halt erst einmal drüber. Kommt Zeit, kommt Rat.“

„Was soll die Zeit schon für einen Rat bringen!“

Omi wurde energisch. „Erst einmal geht alles weiter wie bisher. Ihr seid beide noch nicht alt genug, um euch in Pension schicken zu lassen. Hilde, du bist erst 46 und für ein gestandenes Mannsbild ist 51 auch kein Alter. Wer weiß, wie die Situation in ein paar Jahren aussieht. Vielleicht ändert die Evi ihre Ansichten noch, gelt, Mausili?“

„Ach Omi! Ich bin einfach nicht zur Wirtin geboren. Aber wart mal, ein Drittel aller Ehen in Deutschland werden wieder geschieden. Das sind 33 Prozent Chance, dass der Manfred wieder heimkommt und froh ist, wenn er hier wieder unterkriechen kann.“

Einen Moment herrschte verblüfftes Schweigen. Dann beugte sich Manfred vor, griff seiner Schwester in die Haare und zog kräftig daran. „Du hast ja gute Wünsche für meine Zukunft. Da wirst dich aber täuschen, das versprech ich dir. Ich und die Gudrun sind nicht so unsolide Charaktere wie du!"

Evi schlug ihm energisch auf die zupackende Hand, so dass er gerne wieder losließ, und meinte dann lachend: „Abwarten. Unverhofft kommt oft, heißt es. Außerdem, na ja, Vati, wenn ihr wirklich einmal nicht mehr weiterarbeiten wollt, dann kann man so ein Wirtshaus doch immer noch verpachten, oder?"

Der Vater nickte. „Wenn gar nichts anderes übrig bleibt."

„Schöne Aussichten. Dafür hab ich mich nicht geschunden, über dreißig Jahre, seit dem Tag, als ich aus der Schule rausgekommen bin!" Die Mutter seufzte tief. Auch Omi sah sehr traurig aus, aber sie sagte nichts mehr.

Später am Abend kam Evi in Manfreds Zimmer, setzte sich in seinen Ohrenbackensessel, zog die Füße hoch und verlangte mehr zu wissen über seine Freundin und deren Hotel. Manfred erzählte nur zu gern. Er schwärmte von seiner Gudrun, der Tochter des Hauses, in dem er zur Zeit arbeitete, die so lieb und nett und so tüchtig sei und schon jetzt die große Stütze ihrer Eltern im Betrieb. Ein richtiger Familienbetrieb sei es, mit fünfzig Zimmern in bester Lage und deshalb gehörten auch ein sehr gutes Restaurant, eine Bar und eine Weinstube im Keller dazu.

„Du hast's vielleicht gut. Für dich wird alles wunderbar. Aber hast du auch nur die geringste Vorstellung, wie ich damit fertig werden soll? Mutter wird vor lauter schlechter Laune uns allen das Leben schwer machen."

„Es ist eben ein schwerer Schlag für sie. Du solltest dich zusammenreißen und ihr nicht so viele Sorgen machen wie bisher. Versuche halt wenigstens besser mit ihr auszukommen."

„Du hast leicht reden. Du warst doch immer schon ihr Herzepopperl, das nichts verkehrt machen konnte. Da komm ich nicht mit, das hab ich längst aufgegeben."

„Ich hab eben nicht so viel angestellt wie du."

„Pah, angestellt. Kinderkram, kein Grund sich aufzuregen."

„So? Na, und wie war das damals, als du mit deiner Clique in den Ferien einfach nach Italien abgehauen bist?"

„Ich bin gar nicht einfach abgehauen. Ich hab doch der Omi die Nachricht dagelassen. Außerdem waren die Eltern selber schuld dran. Sie haben versprochen, wir fahren auch einmal in Urlaub, und dann ist jahrelang nichts draus geworden. Und erlaubt hätten sie es mir nie, dass ich mit meinen Freunden allein nach Italien fahre. Da blieb mir gar nichts anderes übrig als die Sache selbst in die Hand zu nehmen."

Manfred schüttelte lachend den Kopf. „Du bist unmöglich, Evi." Er konnte sich noch sehr genau an die Gewitterstimmung im Haus erinnern, als seine kleine Schwester im reifen Alter von sechzehn Jahren so mir nichts, dir nichts verschwunden war. Am Abend wartete die ganze Familie auf sie. Sie kam und kam nicht nach Hause, weshalb die Oma auch nicht ins Bett ging. Dadurch fand sie erst weit nach Mitternacht, völlig verzweifelt, den mit einer Stecknadel an ihr

Kissen gesteckten Zettel von Evi. Auf dem stand, sie sei für eine Woche mit ihrer Freundin Gaby und deren älterem Bruder, dem Jo, der gerade mal achtzehn war und seinen Führerschein gemacht hatte, in Richtung Italien gefahren. Sie sollten sich nur keine Sorgen machen, sie hätte genügend Geld von ihrem Sparkonto abgehoben. Omi und der Vater waren verstummt vor Angst darüber, was den jungen Leuten alles passieren könnte. Mutter schäumte vor Wut und genierte sich zu Tode, weil es sich, wie nicht anders zu erwarten, in der ganzen Gemeinde herumgesprochen hatte. Die Leute redeten tagelang von nichts anderem. Die Familie wurde ständig gefragt, ob sich die Ausreißer gemeldet hätten. Die Eltern des 18-jährigen Freundes, der sich zu dieser Aktion das selten genutzte alte Vehikel seines Großvaters „ausgeborgt" hatte, erschienen im Haus und machten Evis Familie die größten Vorwürfe, denn die Idee zu dieser Reise, so waren sie überzeugt, konnte von niemand anderem als der Wirtstochter stammen. Obwohl der Wirt befürchtete, dies könnte durchaus den Tatsachen entsprechen, wurde er sehr laut und wehrte sich entschieden gegen die Vorwürfe. Als die Ausreißer pünktlich nach einer Woche braun gebrannt und bester Laune wieder auftauchten, stellte sich natürlich heraus, dass Evi die Initiatorin gewesen war. Worauf sie auch noch stolz war. Mutter schimpfte fürchterlich, Vati ermahnte streng, Omi sprach allen aus der Seele: „Bin ich froh, dass du wieder gesund heimgekommen bist, Mausili. Dass du nur wieder da bist, Evilein! Du hast mir ja so einen Schrecken eingejagt. Das Herz wär mir beinah stehen geblieben vor lauter Angst. Versprich mir, hoch und heilig, dass du so was nie wieder machst!"

Der Omi zuliebe versprach sie es und hielt sich sogar daran.

Nun, da alle wieder gesund zu Hause waren, fanden die Leute im Dorf die Sache höchst amüsant. Gelächter und Spötteleien kamen von überall. Vati lachte mit. Manfred wurde von seinen Freunden wegen seiner mutigen Schwester beneidet. Mutter schämte sich. Evi grinste und erzählte begeistert, wie schön es in Italien gewesen war.

„Oft hab ich gar nicht richtig mitgekriegt, was du alles angestellt hast. Am ehesten war es der Mutter anzumerken, wenn sie wieder einmal besonders sauer auf dich war. In der Schulzeit zum Beispiel. Einmal hast du fürchterlich gerauft, mit einem Buben sogar, nicht wahr? Und die Mutter ist zum Rektor bestellt worden."

„Der elende Kerl war hinter mir her, hat mich gezwickt und an den Haaren gezogen. Mir ist gar nichts anderes übrig geblieben als mich zu wehren. Wenn ich es dir gesagt hätte, du hättest ja doch nichts unternommen, brav wie du immer warst", behauptete Evi mit einem spöttischen Seitenblick auf Manfred.

„Woher willst du das wissen? Natürlich hätte ich dich verteidigt. Was hast du dem Kerl denn getan, dass es gar so ein Aufruhr war?"

„Zuerst hab ich ihm nur eine kräftige Watschn ins Gesicht gehauen. Er hat zurückgeschlagen und da bin ich voll auf ihn los. Ich war so was von wütend, das kannst du dir gar nicht vorstellen. Ich hab ihn gekratzt und gebissen und auf die Nase gedroschen, dass das Blut nur so an ihm heruntergelaufen ist. Ha, aber das darfst mir glauben, danach hat sich keiner mehr Frechheiten erlaubt! Das ganze Theater hinterher ist ja nur passiert, weil seine Mutter so einen Aufstand gemacht hat, wegen der paar Kratzer im Gesicht! Die Lehrer waren damals überhaupt nicht böse mit mir. Ich hab nämlich gehört, wie einer zum anderen gesagt hat, da hätte es endlich einmal den Richtigen erwischt", erzählte Evi lachend und ganz ohne Reue.

„Neuerdings gehst du ja zartfühlender mit den ‚Kerlen' um. Seit du vierzehn bist, flattern sie um dich rum wie die Wespen um ein Honigglas. Meistens ein ganzer Schwarm auf einmal. Da soll die Mutter sich keine Sorgen um dich machen!"

„Muss sie auch nicht. Ich komm prima zurecht."

„So? Wer ist denn momentan dein Favorit? Der Bernhard oder der Josef oder der Karl?"

„Ach, die drei! Das waren meine wichtigsten Freunde in der Schulzeit. Die sind längst passee. Ich seh sie natürlich noch ab und zu, der Bernhard und der Karl kommen öfters in die Bank und sind immer ganz begeistert, wenn sie mich wieder sehen."

„Der Mohr hat seine Schuldigkeit getan, nicht? Ich glaube, du hast sie damals dazu gebraucht, eine ganz besonders gute Abschlussprüfung in der Realschule hinzukriegen."

„Na ja, das auch. Der Bernhard hat mit mir Englisch und Französisch gebüffelt, der Josef war Spitze in Buchführung und Wirtschaftsrechnen und der Karli war für Erdkunde und Geschichte zuständig. Du, die drei haben aber von der gemeinsamen Lernerei mindestens genauso viele Vorteile gehabt wie ich selber. Außerdem waren sie wirklich unheimlich nett."

„Du meinst, du hast ihnen auf der Nase herumtanzen können? Der Karli war ja wirklich viel zu gut für dich. Jeden Tag ist er schon frühmorgens vor der Haustür gestanden und hat dich abgeholt, hat dir die

Schultasche getragen und Madam in die Schule geleitet. Und das ganze Dorf ist hinter den Vorhängen gestanden und hat gegrinst. Du warst fünfzehn damals."

„Und warum, frag ich dich, musste sich die Mutt darüber aufregen? Sie hätte genausogut stolz auf mich sein können. Nicht jede ist so begehrt, oder? Die drei waren doch wirklich lieb, harmlos und auch noch so höflich und zuvorkommend, wenn sie der Mutt oder dem Vati begegnet sind."

„Warum hast du sie denn dann abserviert?"

„Also du stellst Fragen. Warum bist du denn nicht die ganzen Jahre bei derselben Freundin geblieben, bei der Resi?"

„Die Resi! Das war doch nichts Ernsthaftes, eine Teenagersache."

„Na, siehst du. Von Zeit zu Zeit tauchen eben interessantere Freunde auf, Abwechslung ist das halbe Leben, heißt es so treffend."

„Und wer war dann die Abwechslung?"

„Der Jo natürlich, mit dem die Gaby, der Bernhard und ich in Italien waren."

„Was? Der Bernhard war in Italien mit dabei? Das wusste ich noch gar nicht."

„Das weiß keiner. Er hat zu Hause erzählt, er geht mit einer ganzen Gruppe auf Fahrradtour, ist zwanzig Kilometer weit gefahren, hat sein Radl in einer alten Scheune unterm Stroh versteckt und ist zugestiegen. Seine Eltern haben es nie herausgefunden, Gott sei Dank, die sind beide noch schlimmer als bei uns die Mutter allein. Der Bernhard war damals bereits in die Gaby verschossen. Sie haben vor einem halben Jahr geheiratet und jetzt ist die Gaby schwanger, wusstest du das?"

„Nein. Und was ist mit dir und dem Schaller Jo?"

„Nix. Er ist ein netter Kerl, manchmal geh ich mit ihm aus, manchmal mit dem Kerscher Franzi und manchmal mit allen beiden. Und die Mutt regt sich auf, weil sie mich mit den Motorrädern mitnehmen, es könnt ja was passieren, und noch mehr, weil die beiden sich Punkerfrisuren haben schneiden lassen und am Wochenende sprühen sie sich die Haare meistens bunt ein und das kann die Mutt schon gar nicht sehen. Dabei sind die beiden wirklich harmlos. Sie arbeiten die ganze Woche als Installateure. Da brauchen sie eben ein bisschen Abwechslung am Samstag und Sonntag."

Manfred war etwas erstaunt. „Also gar kein ernsthafter Bewerber?"

Evi lächelte dazu. „Wenn ich wollte, wäre jeder glücklich darüber. Aber ich find das Singledasein viel interessanter, frei und ungebunden sein und seinen Spaß haben, das ist es!"

„Warte nur, bis du dich einmal richtig verliebst, dann denkst du anders darüber", prophezeite Manfred. Aber Evi blinzelte nur spöttisch und glaubte ihm eigentlich nicht. Heiraten und Kinder kriegen, das passte eher gut zu Manfred, der ihrer Meinung nach ein langweiliger Typ war.

„Ganz schön blöd, dass du dich ausgerechnet in die Gudrun verlieben musstest. Und mich lässt du hier sitzen mit dem ganzen Ärger am Hals."

„Du musst die Sache positiv sehen. Auf die Art und Weise erbst du einmal das Wirtshaus und alles. Das ist doch auch nicht übel."

„Pah, ich bin überhaupt nicht scharf darauf. Ich hab mein Leben anders geplant. Ich mag die Arbeit in der Bank. Und ich bin gut. Ich will da Karriere machen und auf keinen Fall in einem Wirtshaus arbeiten mit diesen ständigen Essensgerüchen und dem Bierdunst und ohne geregelte Arbeitszeit, immer halbe Nächte durch. Das ist nichts für mich. Mensch, Manfred, muss das sein, dass du in Passau bleibst?"

„Tut mir Leid, Evi, es geht nicht anders."

„Na ja, wenn du meinst, deine Seligkeit hängt von der Gudrun ab, dann wünsche ich dir halt, dass sie es recht lang mit dir aushält. Gute Nacht, Manfred."

Evi ging ins Bett. Sie erinnerte sich mit einem Lächeln auf den Lippen an den Nachmittag mit Christian und schlief in angenehmste Gedanken versunken ein.

Am nächsten Morgen war sie die Letzte, die verschlafen aus dem Bett kroch. Wie üblich an den Tagen, an denen das Gasthaus „Zum Weißen Hirschen" ab Mittag seine Pforten öffnete, war Mutter von früh an in der Küche, Manfred ebenfalls, wenn er zu Hause arbeitete, und der Vater kümmerte sich sowieso von morgens bis mittags um die Metzgerei. Omi war ebenfalls Frühaufsteherin. Sie fühlte sich für die kleine Familienküche zuständig und sorgte für ein behagliches Frühstück. Als Evi schweigsam und mit mühsam offen gehaltenen Augen am Tisch erschien, schenkte ihr Omi den Kaffee ein und gab einige Tropfen Milch hinzu, ganz wie ihn die Enkelin am liebsten mochte.

„Wurst oder Käse, Evi?"

„Hm, Käse, den mageren bitte und auf Knäckebrot."

„Ein Kreuz ist das mit dir. Kein Wunder, dass du so verhungert ausschaust wie die Figuren in den Modezeitungen. Weißt du denn nicht, das ist ganz ungesund, sagen die Ärzte, und es ist auch gar nicht mehr modern."

Evi hörte nicht zu, denn Omi sagte das fast jeden Morgen und versuchte ständig sie zu einem gehaltvolleren Frühstück zu bewegen. Sie war in Gedanken schon in der Bank, wo sie Christian sehen würde.

Omi packte ihr einen Joghurt und einen Apfel ein und dann musste Evi flitzen, wenn sie rechtzeitig zur Arbeit kommen wollte.

Inzwischen frisch und topfit begrüßte Evi in der Bank ihre Kolleginnen und Kollegen. Bis auf den Bankdirektor, seinen Vize und Berta an der ersten Kasse waren sie ein recht junges und harmonierendes Team, besonders im Kassenraum. Fröhliche Bemerkungen und Gelächter flogen laut hin und her, so lange, bis die Türen aufgesperrt und die Kundschaft eingelassen wurde, dann herrschte im Allgemeinen vornehme Flüsteratmosphäre in diesen geheiligten Hallen des Geldes.

Christian, mit dem Vize für die Kreditabteilung zuständig, kam aus seinem Büro, rief allen sein „Guten Morgen“ zu. Alle grüßten zurück, besonders die Mädchen lächelten ihm zu. Als er an Evi vorbeilief, blinzelte er mit einem Auge.

Aha, dachte Evi, Feigling. Es ärgerte sie ein wenig, doch gleichzeitig konnte sie es ihm nicht übel nehmen, denn die Devise, keine Liebesgeschichten unter den Angestellten, war eine wohl bekannte Maxime im Haus, auf die der Direktor streng achtete.

Achselzuckend wandte sich Evi ihrem Arbeitsplatz zu, die ersten Kunden, die draußen bereits auf das Öffnen der Tür gewartet hatten, strömten in den Bankraum. Eine ganze Gruppe von Leuten stürzte auf sie zu. Evi lächelte. Die Leute kamen ausgesprochen gern zu ihr. Sie hatte für jeden ein fröhliches Wort oder auch mitleidsvollen Trost, je nachdem, was von ihr erwartet wurde.

Sie erfuhr jeden Tag Familiengeschichte pur, Kleinstadttratsch, Belangloses, Interessantes, Spaßiges, Tragisches. Man erzählte ihr, was man auf dem Herzen hatte, und Evi hörte zu und überwies Rechnungen, erläuterte Formulare oder die Abkürzungen auf den Bankausdrucken, mit denen so manche Ältere und auch Jugendliche ihre Schwierigkeiten hatten, und beantwortete mit nie versiegender Langmut alle Fragen, die ihr gestellt wurden.

Nach dem ersten Ansturm kam flinken Schrittes die Babette zu ihr hin. „Grüß dich Gott, Evi. Heut hab ich eine Menge Arbeit für dich mitgebracht. Ich bin schon so lang nicht mehr in die Stadt hereingekommen. Aber jetzt, bei dem schönen Wetter, war der Weg mit dem Radl eine wahre Freude. Da, schau dir das an. Lauter Rechnungen. Und Geld hab ich auch keinen Pfennig mehr zu Hause gehabt. Die Kathl, die Kramerin, hat mir alles, was ich in den letzten zwei Wochen aus dem Laden gebraucht hab, anschreiben müssen, stell dir das bloß vor, das ist mir auch mein Leben lang noch nicht passiert, dass ich bei wem Schulden gehabt hätte."

„Bei uns im Dorf ist das kein Problem, Babette. Die Kramerin weiß ganz genau, dass sie bei dir um ihr Geld keine Angst haben muss. So, die erste Rechnung hab ich, da müsstest du mir bitte unterschreiben."

Die Babette schrieb ihren Namen in gut leserlicher Schönschrift, wie sie es früher in der Schule gelernt hatte.

„Sag, Evi, ist der Manfred jetzt wieder da? Ich bilde mir ein, ich hätte ihn gestern gesehen."

„Ja, da hast richtig gesehen, Babette."

„Da wird die Wirtin froh sein, wenn er wieder da ist. Bleibt er denn diesmal länger? Er war jetzt schon so viele Jahre auswärts, langsam gibt's doch gar nichts mehr, was der vom Kochen nicht versteht, denk ich mir."

„Der Manfred meint, beim Kochen hätte man nie ausgelernt. Für ihn gibt's halt nix Schöneres als in seinen Töpfen zu rühren."

„Da kommt er ganz nach deiner Mutter. Die Hilde ist mit Leib und Seele Köchin und Wirtin, da hat's der Bub von klein auf richtig gelernt. So gehört sich das auch, für einen zukünftigen Wirt. Und wie geht's denn der Mathilde, der Oma? Seit sie nimmer so gut zu Fuß ist, seh ich sie so wenig. Und in den letzten paar Wochen bin ich zu rein gar nichts gekommen, seit die Außenmauer von unserer Kirche neu geweißt worden ist. Ich sag dir, das war so eine Arbeit, bis ich den Dreck, den die Pinsler auf dem Friedhof angerichtet haben, wieder weggeräumt hatte. Sogar den Kies um die Kirche herum hab ich glatt rechen müssen. Lauter Löcher waren drin von den Gerüststangen. An manchen Stellen auf der Westseite haben sie den Putz erneuert, brauchst aber nicht glauben, dass sie den alten, heruntergeschlagenen selber weggetragen hätten. Gott sei Dank, dass jetzt wieder Ruhe ist und ich nur die gewöhnliche Mesnerarbeit zu tun hab."

„Ja, das glaub ich dir, Babette. Da hast bestimmt auch so schon genug Arbeit, in deinem Alter und so schön, wie du immer alles richtest in der Kirche und auf dem Friedhof."

Babette lächelte geschmeichelt. „Das gehört sich auch so. Wenn man so einen Dienst tut, dann richtig. Aber wie gesagt, ich hab nicht einmal Zeit gehabt die

Mathilde zu besuchen. Ist alles in Ordnung mit ihr, hat sie keine zu großen Schmerzen?"

„Nein, nein, es geht ihr recht gut. Nur abends jammert sie manchmal, wenn sie halt gar zu viel auf den Füßen war."

„So? Ja, so ist sie halt, die Mathilde, sie hat ihr Leben lang fleißig gearbeitet, sich hinsetzen und nix tun, das kann sie nicht. Sag ihr einen schönen Gruß von mir, Evi. Morgen komm ich zu ihr. Es wird Zeit, uns über die Wallfahrt heuer zu unterhalten."

„Was, ist die bald wieder?"

„Na freilich, in zwei Wochen geht wieder der erste Bus nach Altötting. Und im September der zweite. Ich glaube, sie will heuer beide Male mitfahren, weil sie doch im vorigen Jahr durch ihre Krankheit nicht zur Muttergottes nach Altötting gekommen ist. Ich werde auf alle Fälle mit ihr darüber reden. Sie will sicher mit, wenn es gesundheitlich einigermaßen zu machen ist."

„Ja, das glaub ich auch, dass sie sich davon nicht abbringen lässt." Evi seufzte unmerklich. Sie verstand nicht, warum die Omi trotz ihrer Gehbehinderung einfach nicht davon ablassen wollte, die Wallfahrt nach Altötting mitzumachen. Im letzten Jahr, als sie sich den Oberschenkelhals gebrochen hatte und beim besten Willen nicht mit konnte, hatte sie über nichts so sehr geklagt, als eben darüber, dass sie nicht bei der Altöttinger Muttergottes beten konnte.

Babette packte ihre Papiere sorgfältig wieder ein. „So, das hätte ich. Jetzt muss ich noch in ein paar Geschäfte und vor allem Bares an der Kasse holen. Pfüad dich Gott derweil, Evi, und vergiss es nicht, einen schönen Gruß an die Mathilde und morgen am Nachmittag komm ich ganz gewiss vorbei."

„Ist recht, Babette, Pfüad dich Gott."

Evi nickte ihr lächelnd zu. „Puh!" Erleichtert grinste sie ihrer Kollegin zu, froh, dass ihr von Babette nicht auch noch aufs Genaueste beschrieben worden war, in welchen Geschäften sie was zu kaufen gedachte.

Wie es die Omi nur aushielt, wenn die Babette öfters ganze Nachmittage bei ihr verbrachte. Immerhin, alles an Neuigkeiten, was in der Wirtsstube noch nicht beredet wurde, erfuhr die Omi von der Babette, deren Neugier kaum je etwas entging.

Endlich Mittagspause. Üblicherweise verbrachte die junge Clique um Evi die Mittagszeit zusammen, entweder beim Italiener, im Stadtcafé oder im Sommer im Schwimmbad.

„Eine Stunde Zeit bei schönstem Wetter. Wer kommt mit zum Schwimmen?" Evi schaute sich fragend um. Die übliche Gruppe aus zwei jungen Frauen und zwei jungen Männern fand sich und quetschte sich in Evis Kleinwagen.

„Nehmt ihr mich auch mit?", fragte Christian, der neben ihnen stand. Ein paar erstaunte Blicke flogen zu ihm hin.

„Na klar", antwortete Evi. „Wenn du es schaffst, dich noch hinten hineinzuquetschen."

Er schaffte es und in knapp vier Minuten waren sie im Schwimmbad. Einige Schulklassen zogen eben ab. Nur wenige Mütter mit Kleinkindern und einige Pensionisten hielten sich auf der Terrasse auf.

Evi und ihre Freunde steuerten ihren üblichen Platz unter einem hohen Baum an. Christian gesellte sich dazu. Er schwamm, schwatzte und lachte mit ihnen allen. Kein privates, kein spezielles Wort zu

Evi. Na, warte, schwor sie sich. Das sollte dieser Feigling ihr büßen.

Erst als sie am späten Nachmittag die Bank verließ, auf dem Weg zum Parkplatz, raunte er ihr zu: „In einer Stunde am Wurzbacher Weiher, okay?"

Evi lächelte ihn unbeschwert an. „Keine Zeit, tut mir Leid. Servus!" Winkte und fuhr davon.

Das ging so die ganze Woche. Am Freitag meinte Christian dann: „Jetzt zum Wochenende hast du wohl erst recht keine Zeit mit mir zum Baden zu gehen, was?"

„Aber natürlich hab ich Zeit. Ab morgen Mittag bin ich am Weiher."

„Na schön. Vielleicht bin ich auch da. Servus, Evi, schönes Wochenende."

„Servus, Christian, gleichfalls schönes Wochenende."

Am Samstag gegen 13 Uhr steuerte Evi mit ihrem Radl den Wurzbacher Weiher an. Es war entsetzlich schwül und heiß und entsprechend viele Leute waren schon dort. Wenige kannten sie, es waren in erster Linie Wurzbacher. Als Evi an Christians üblichem Liegeplatz ankam, war er von einer Gruppe CD hörender Jugendlicher besetzt. Sie ging langsam weiter.

„Hallo Evi, auch schon da?" Er lag ein Stück vom Weiher weg, unter einem überhängenden jungen Bäumchen.

„Hallo. Du versteckst dich wohl gern unter Büschen und Bäumen, was?"

„Ich vertrag keine pralle Sonne."

„Pfui Teufel. Da sind ja lauter Brennnesseln!"

„Hier, wo ich bin, aber nicht. Meine Luftmatratze ist auch schön breit, wie wär's?" Er rückte zur Seite und klopfte einladend auf den schmalen Platz neben sich.

Evi streifte ihr dünnes Kleid ab. „Eine Wahnsinnshitze. Ich muss erst mal ins Wasser." Sie rannte spritzend hinein. Nach wenigen Schwimmzügen tauchte Christians Kopf neben ihr auf. Er packte sie und drückte sie hinunter. Hustend und spuckend kam Evi wieder hoch. „Das wirst du büßen!" Sie tauchte und zog an seinen Füßen.

Atemlos strebten sie beide eine halbe Stunde später dem Ufer zu. Evi erreichte die Luftmatratze als erste und legte sich mit ausgebreiteten Armen darauf. Christian schaute einen Moment, dann ließ er sich auf sie fallen.

„Heh, du, willst du mich platt drücken?"

„Wenn du mir keine andere Wahl lässt. Ich werde mich jedenfalls nicht in die Brennnesseln setzen." Er fuhr mit seinen Lippen über ihr Gesicht und fing an, alle Wassertropfen einzeln wegzuküssen.

„Ein richtiger Gentleman würde das für mich tun. Aber du bist eben keiner. Und außerdem sowieso ein schäbiger Patron."

„Was? Ein schäbiger Patron? Womit hab ich mir die Bezeichnung verdient?" Er sah sie tatsächlich erstaunt an.

„Das weißt du nicht? Doppelt schäbiger Patron! Hier am Weiher willst du mit mir schmusen, aber in der Bank tust du, als würden wir uns kaum kennen."

„Das muss ich doch. Du weißt doch selber, wie moralisch unser lieber Herr Direktor in der Beziehung ist. Willst du, dass einer von uns beiden womöglich versetzt wird?"

„Nein. Aber so extrem vorschriftsmäßig bräuchtest

du auch nicht tun. Aus meiner Clique würde uns keiner verraten."

„Denkst du. Mit der Zeit kommt es dann doch heraus. Da ist es gescheiter, es bleibt geheim, wenigstens vorläufig."

Evi war anzusehen, dass sie nicht seiner Meinung war. Aber schließlich zuckte sie die Schultern und gab sich ganz seinen Zärtlichkeiten hin.

„Was war das denn?" Christian blickte hoch. Ein böiger Wind hatte eingesetzt, der Schwaden warmer Luft, vereinzelt mit dürren Aststückchen von den umliegenden Bäumen gespickt, vor sich her trieb. Im Westen war die Sonne unter schweren dunklen Wolken verschwunden, der Himmel war von seltsamer graugelber Farbe.

„Oh verdammt, das Unwetter kommt genau auf uns zu. Und ich bin mit dem Radl da", jammerte Evi.

„Ich auch."

„Das kann ja lustig werden!"

An der Zufahrt zum Weiher starteten eben mehrere Autos, die letzten Familien packten in Windeseile ihre Badesachen.

Evi zog sich ihr dünnes Sommerkleid an. „Und was machen wir jetzt? So wie das Wetter aussieht, werden wir auch unter den Bäumen patschnass."

„Ich weiß was. Los, komm, nimm die Decke, ich trag die Luftmatratze. Schnell zu den Rädern." Er fing an zu laufen, Evi rannte ihm nach. Er schaffte es, mitsamt der sperrigen Luftmatratze auf sein Fahrrad zu steigen, und trat kraftvoll in die Pedale.

„Wohin willst du denn?", schrie Evi ihm nach. Er antwortete nicht, radelte nur immer weiter, vom Zufahrtsweg auf die Teerstraße und nach einigen hundert

Metern über einen mit hohem Gras bewachsenen Feldweg einen kleinen Hügel hinauf in Richtung eines dunklen Fichtenschlages. Bevor sie zwischen die dunklen Fichten eintauchten, stand plötzlich eine alte Scheune halb versteckt im Gestrüpp des Waldrandes. Die Wände waren unten aus rohen roten Ziegeln, von dem altersgrauen Putz war kaum etwas erhalten geblieben. Oben war die Scheune aus dunklem Holz gezimmert, an dem der Zahn der Zeit schon erheblich genagt hatte.

Christian schob sein Rad ins Gebüsch und winkte ihr, ihm zu folgen. An einigen großen alten Holunderbüschen vorbei, durch hohes Gras und noch höhere Brennnesseln hindurch kamen sie zu einem schief in den Angeln hängenden Schiebetor.

„Gute Idee, was?" Christian grinste ihr fröhlich zu. Evi verzog den Mund und starrte zweifelnden Blickes auf das halb verfallene Gebäude. Sie rieb ihre bloßen Beine, denn sie war durch die Brennnesseln gegangen.

Große, dicke Regentropfen platschten inzwischen vom Himmel. Christian bemühte sich vergeblich, das alte Tor aufzuschieben. Weil es sich nicht bewegen ließ, drückte er es mit den Händen und der Schulter ein wenig auf und sie quetschten sich hindurch.

„ Hoffentlich fällt diese alte Hütte nicht zusammen, während wir hier drin sind." Evi sah sich in der halbdunklen Scheune um. Durch einige hoch liegende Mauerschlitze und ein schmales, mit Draht verspanntes Fenster drang nur wenig Helligkeit herein. Das Dach schien aber intakt zu sein.

„Keine Angst, hier sind wir sicher wie in Abrahams Schoß. Das Dach hab ich selber mit meinem Vater instand gesetzt."

„Die Scheune gehört euch?“

„Ja, klar. Der junge Fichtenwald draußen auch. Früher, als mein Vater noch jung war, hatten wir hier eine Weide für das Jungvieh.“

„Ach du liebe Zeit, dann sind wir sozusagen in einem alten Stall gelandet. Ist da oben ein Heuboden?“

„Genau. Es ist aber fast kein Heu mehr oben, nur noch uralte, staubige Reste, in denen die Mäuse hausen. Als mein Vater die Landwirtschaft aufgegeben hat und dann nur noch Wirt sein wollte, hat er auf einigen Grundstücken Wald angepflanzt, weil er meinte, damit wäre später einmal Geld zu verdienen. Na ja, das war ein Irrtum. Dafür haben wir immer einen Haufen Brennholz vom Ausputzen der zu eng stehenden Stämme. Hier, den ganzen Holzstoß, den habe ich im vorletzten Winter geschlagen.“ Dabei klopfte er ganz stolz auf die aufgerichteten, meterlangen Holzstücke. „Diesen Herbst kommen sie unter die Kreissäge und dann werden sie im Kachelofen in unserer Wirtsstube verheizt.“

„Aha.“ Was sollte man mit Brennholz schon anderes tun, als es zu verheizen, dachte Evi spöttisch und sagte dann laut, weil er so offensichtlich auf die gebührende Bewunderung wartete: „Fleißig, fleißig. Wenn man dich in der Bank sieht, würde man nicht glauben, dass du für körperliche Arbeit zu haben bist.“

„Oh, es gibt vieles, wofür ich zu haben bin. Komm, ich weiß ein gemütliches Plätzchen für uns.“ Er ergriff ihre Hand und führte sie im dämmrigen Licht um das aufgeschichtete Holz herum.

„Na, so was!“ Evi war ehrlich verblüfft. „Ein alter Wohnwagen!“

„Da schaust, gelt?“ Stolz wie ein Magier, dem ein

besonders schwieriger Trick gelungen ist, griff Christian in eine staubige Mauerritze nach einem Schlüssel und sperrte die Tür des Wohnwagens auf.

„Gehört der dir?“, fragte Evi.

„Nein, meinem Bruder. Der ist früher viel damit unterwegs gewesen, in Deutschland, Österreich, Italien und Frankreich. Aber seit er in festen Händen ist, ist der Spaß vorbei. Seine Frau hat fürs Campen nichts übrig. Der alte Wagen ist auch gar nicht mehr zugelassen, aber hergeben will ihn mein Bruder auch nicht.“ Christian lachte leise. „Zu viele schöne Erinnerungen, schätze ich.“

„Wenn ich nur mehr sehen könnte! Oh verdammt, mein Zeh.“ Jammernd rieb Evi ihre rechte große Zehe, die sie sich an der Stufe am Wohnwagen angestoßen hatte.

„Warte. Da muss irgendwo eine Taschenlampe liegen.“

Einen Moment später wurde es heller. In einer selbst gebastelten Drahthalterung steckte eine Lampe, deren schwaches Licht es kaum schaffte, den eher kleinen Wohnwagen auszuleuchten. „Die Batterie macht's aber nicht mehr lange.“ Evi sah sich neugierig um. Es war wirklich ein älterer Wagen. Es gab einige weiße Kunststoffeinbauten rundherum und am Ende, vor dem rückwärtigen Fenster, war eine Bank mit einer ordentlich gefalteten Decke und ein Tischchen. Die Vorhänge hingen zerschlissen herunter, der Stoff der Polsterung und der paar Kissen, die herumlagen, wirkte abgenutzt.

„Fabelhaft, nicht?“ Dabei blickte Christian auf die Bank. Mit einigen Griffen hatte er das Tischchen seitlich verstaut, die Bank auf doppelte Größe aufgeklappt und die Decke darüber gebreitet. Grinsend wandte er sich Evi zu und nahm sie in die Arme. „Na?"

„Hm. Du bist ja gut gerüstet. Liebesnest hat man so was früher genannt. Bist du oft hier?"

„Aber Evi, was denkst du denn von mir! Es ist das allererste Mal, dass ich jemanden hierher mitbringe, ehrlich. Nur wegen dem Gewitter."

„Aha!" Evis Stimme klang doch etwas zweifelnd. „Bist du sicher, dass hier drin keine Spinnen und Mäuse hausen?"

„Ach woher denn. Das kann ich mir nicht vorstellen. Der Wagen ist immer abgeschlossen und mein Bruder kommt ab und zu und schaut sogar nach, ob alles in Ordnung ist. Ich glaube, er träumt davon, irgendwann doch wieder damit loszuziehen."

„Na, dann ..." Evi erwiderte seine stürmischen Küsse und sie ließen sich auf die weich gepolsterte Bank sinken. Danach vergaß Evi für eine lange Weile alles um sich herum. Atemlos und vor Hitze glühend lagen sie schließlich nebeneinander. Evi rückte seufzend zur Seite. „Ich schwitze fürchterlich!"

Christian stand auf und zog der Reihe nach einige Schranktüren auf. „Ah ja, hier. Handtücher und Badetücher." Er kam zurück und tupfte Evi behutsam den Schweiß vom Gesicht. Er fuhr mit seinen Lippen über ihre geschlossenen Lider. „Ich nehme an, es hat dir gefallen, hm?"

„Hm", brummte Evi und ihre Lippen verzogen sich dabei zu einem Lächeln. „Du hast eine Menge ungeahnter Talente. Christian Tausendsassa! Versierter Kellner, Wirt, Holzarbeiter und Bankbeamter. Ich kann wirklich nur staunen. Am besten gefällst du mir ja in der Bank. Du wirkst so vornehm und etepetete in deinem grauen Anzug."

„Ist doch selbstverständlich. Ich will schließlich was werden im Bankgeschäft."

„In Rekordzeit Bankdirektor von Angerburg? Mit Lobeshymnen in der Lokalzeitung. Der jüngste Bankdirektor von Niederbayern, wär das was?"

„Ach was, läppisch. Ich bin hier nur für ein paar Monate, eingesprungen für einen Krankheitsfall. Sobald der wieder gesund ist, komme ich in die Zentrale nach München, das habe ich schriftlich. Und dann, so nach einer gewissen Zeit, lasse ich mich in eine Zweigstelle ins Ausland schicken. Nach New York zum Beispiel, das wär mein Traum."

„Wau! Alle Achtung, das sind Ideen! Aber ob dir auch alles so gelingt, wie du es dir denkst, Christian?"

Er antwortete mit größter Selbstsicherheit. „Natürlich. Ich bin jetzt dabei, mein Englisch in Kursen aufzufrischen und speziell Wirtschaftsenglisch zu lernen. Und in etwa einem Jahr kommt ein Mitarbeiter zurück von New York nach München und ich werde über den großen Teich fliegen!"

Evi sah ihn mit großen Augen an. „Wahnsinn! Das nenn ich Karriere." Sie überlegte, ob sie es wohl auch schaffen könnte, so weit zu kommen. Oder wurden nach wie vor die Männer auf der Leiter nach oben bevorzugt?

Sie lagen still nebeneinander. „Horch! Es ist ganz still geworden. Ich glaube, das Unwetter lässt nach. Ich geh nachsehen." Evi erhob sich, schlüpfte in ihr Kleid.

„Er zog sie noch mal an sich. „Bleib doch noch!"

„Nein. Vielleicht hat der Regen nachgelassen." Sie machte sich energisch los und tastete sich vorsichtig ans Tor, drückte es ein Stück zur Seite. Der Himmel war immer noch trüb. Sie rief Christian zu: „Es regnet kaum noch. Komm jetzt. Ich will nach Hause, bevor es wieder zu gießen anfängt."

Schuhe und Beine wurden im triefenden Gras nass und einige dicke Tropfen von den Bäumen landeten auf ihren Köpfen und Schultern.

„Ich fahre jetzt. Vom Wasser hab ich für heute genug", sagte Evi mit einem Blick auf die Wolken am Himmel.

„Und was ist morgen, sehen wir uns?" Sie schoben ihre Räder auf den Weg.

„Mit Baden wird es morgen sicher nichts", bedauerte Evi.

„Macht nichts. Wie wäre es mit einem Ausflug, morgen?", meinte er fragend. „Heut Abend geht es leider nicht. Ich soll daheim helfen. Ich ruf dich morgen an, okay?"

„Wenn dir was Gutes einfällt, warum nicht?"

„Also, bis morgen, Evi."

Er hatte sein Rad abgestellt, kam noch einmal zu ihr hin und küsste sie.

„Bis morgen, Christian." Evi fuhr winkend davon Richtung Irzing, Christian radelte in die entgegengesetzte Richtung nach Wurzbach.

Evi radelte so schnell sie konnte, denn es sah ganz nach weiteren Regenschauern aus. In Gedanken beschäftigte sie sich mit Christian. Was für ein seltsames Doppelwesen er doch war. Nach außen hin, in der Bank, wirkte er wie der sprichwörtlich coole, überlegene Geschäftsmann, zudem gepflegt, gut aussehend, Anzug und Krawatte saßen bei ihm wie angegossen. Dass er seine hoch gesteckten beruflichen Ziele erreichen würde, war gar keine Frage. Er strahlte dieses gewisse Etwas aus, diese nicht zu erschütternde Selbstsicherheit, die die Erfolgreichen wie eine Aura um sich herum aufrichten und die sie vorwärts trägt. Blickte man jedoch hinter seine äußere Fassade, so stand da unübersehbar der Gastwirtssohn, ein handfester Mensch, der weder Arbeit noch Dreck fürchtete und von klein auf gelernt hatte mit den Menschen umzugehen, geradeaus oder in Winkelzügen, je nachdem, was gerade erfolgversprechender war. Je näher sie ihn kennen lernte, so stellte sie fest, desto besser gefiel er ihr. Zu schade, dass er so oft zu Hause helfen musste, wie auch heute Abend.

Angestrengt überlegte sie, was sie mit dem Rest des Tages anfangen sollte. Die Atmosphäre zu Hause war immer noch gespannt. Mutter und Vati redeten inzwischen darüber, was Manfred zur Hochzeit bekommen sollte, damit man sich vor den neuen, reicheren Schwiegerleuten nicht genieren müsse, die sie im Übrigen am nächsten Montag kennen lernen sollten. Manfred würde sie nach Passau fahren und ihnen die Schwiegertochter und deren Eltern vorstellen. Omi wollte nicht mit. Ihr Bruch mache ihr zu schaffen, sagte sie. Omi, die sich sonst nicht so schnell aus dem Gleichgewicht bringen ließ, machte ein trauriges Gesicht und murmelte seufzend immer wieder und besonders, wenn Evi in der Nähe war: „Was soll bloß werden? Was soll bloß aus uns werden? Wo ich so viel Arbeit und Kummer und Sorgen für dieses Wirtshaus auf mich genommen hab.“

Die Enkelin spürte wohl, dass ihre Omi mit ihr darüber reden wollte, aber Evi wollte nicht. Omi konnte doch nicht allen Ernstes auch nur eine Sekunde annehmen, sie könnte sich jemals für den „Weißen Hirschen“ engagieren.

Gerade als sie im Dorf ankam, fiel der nächste Regenschauer herab. Auch mehreren Ausflüglern war das Gewitter dazwischengekommen und in der Gaststube herrschte ungewöhnlich reger Betrieb. Vati war mit einem Tablett voller Sülzteller von der Küche unterwegs in die Gaststube, als er Evi erblickte.

„Na, dich hat's aber erwischt. Geh, sei so gut, tummel dich, zieh dir was Trockenes an und hilf uns, grade eben ist auch noch ein Bus voller Leute vorgefahren.“

Evi verzog das Gesicht. „Na schön, wenn's sein muss!“

„Es muss sein, Dirndl. Sogar die Omi sitzt in der Küche und hilft beim Herrichten von den Brotzeittellern.“

Evi beeilte sich. Wenn sich Omi mit ihrem Krückstock die Treppe hinuntergequält hatte, musste wirklich viel Andrang sein.

Die nächsten Stunden vergingen für Evi wie im Flug. Die anfängliche Unlust am Bedienen verflog schnell, denn die Gäste waren ein Gesangsverein auf Wanderausflug, ausschließlich Männer aller Altersstufen, und die waren von Evi ausgesprochen angetan. Sie waren über die ins Wasser gefallene Wanderung gar nicht traurig und unterhielten schließlich die Gäste mit Schunkelliedern.

Als am frühen Abend die Sonne wieder hervorblinzelte, leerte sich das Gasthaus. Evi hakte die Omi unter und half ihr die Treppe zur Wohnung hinauf.

„Das war ein Aufruhr. Die Sangesbrüder haben uns kahl gegessen. Keine einzige Sülze ist mehr da, der

Presssack ist aus und keine einzige Semmel ist übrig geblieben. Wie die bei all dem, was sie verspeist haben, auch noch zum Singen gekommen sind, ist mir ein Rätsel. Schön haben sie gesungen, gelt, Evi? Und lauter Lieder speziell für dich, von der schönen Maid und vom Dirnderle und vom Mäderl und ‚mein Liebchen' hat es in einem Text geheißen. Du kannst halt umgehen mit den Gästen, geradezu begeistert sind sie von dir. Ach, Evilein, wenn du dich halt ein bisserl mehr für die Wirtschaft interessieren würdest. Du könntest es doch."

„Ach Omi, schau, in der Bank gefällt es mir halt besser."

„Die Bank! Da tust doch auch nichts anderes als Leute bedienen an deinem Schalter. Das kannst genauso gut hier daheim im ‚Weißen Hirschen' tun. Und dann gehört er dir einmal, der ‚Hirsch'. Die Bank gehört dir ganz gewiss nie. Da bist immer nur eine Angestellte."

„Omi, das verstehst du eben nicht. In der Bank ist eine andere Atmosphäre. Außerdem werde ich nicht ewig am Kundenschalter sitzen. Ich will natürlich vorwärts kommen."

„Mit dem ‚Hirschen' könntest auch vorwärts kommen. Der Manfred hat so viele Ideen gehabt, die könntest du doch auch verwirklichen."

„Omi, ich seh mich einfach nicht als Wirtin. Und erst die Zusammenarbeit mit der Mutter, also das würde mich ja in den Wahnsinn treiben."

Omi seufzte wieder einmal tief. „Allerdings, das wäre schwierig. Aber schau, du müsstest ja nicht unbedingt in der Küche mithelfen. Du könntest dich um alles andere kümmern, um das Kaufmännische und um die Gaststube, das ginge dann schon. Und irgendwann wirst du auch heiraten wollen und Kinder haben und dann geht es weiter mit dem ‚Hirschen', wie es sich gehört."

Schwer atmend ließ sich die alte Frau auf einen Sessel fallen. Seit sie wusste, dass Manfred das Wirtshaus nicht übernehmen würde, war sie ganz durcheinander. Ihr ständiges Grübeln galt dem einen großen Problem: Wie sollte es mit dem „Weißen Hirschen" weitergehen? Und nur eine Lösung war für sie denkbar und richtig: Ihre einzige Enkelin Evi musste das Wirtshaus weiterführen und heiraten sollte sie und Kinder bekommen, wie sich das so gehört. Um nichts Dringenderes wollte sie mehr zum lieben Gott beten und alle Heiligen um Mithilfe bitten, als darum. Was, so fragte sie sich, hatte ihr Leben für einen Sinn gehabt, wenn weder Manfred noch Evi den „Hirschen" übernehmen wollte? Ihr Leben, das wahrhaftig nicht leicht gewesen war. Sie durfte gar nicht an die ersten Jahre denken, die sie hier in diesem Haus verbracht, ach was, buchstäblich durchlitten hatte.

Babette gegenüber hatte sich die Wirtsoma so ausgedrückt: „Alle Tage bete ich zu unserem Herrgott, dass die Evi sich besinnt und doch noch eine Freude dran findet, Wirtin zu sein. Und dass sie den richtigen Mann dazu findet und Kinder kommen. Das will ich noch erleben, vorher darf er mich nicht abberufen."

Babette hatte sie beruhigt. „Mit der Zeit wird das schon. Die Evi hört sowieso am meisten auf dich, Mathilde. Musst ihr halt ein bisserl Zeit lassen, dass sie sich an diese neuen Gedanken gewöhnen kann."

Der Evi Zeit zu lassen fand die Omi zwar sehr richtig, aber das Problem brannte ihr derart unter den Nägeln, dass sie eben bei allen möglichen Gelegenheiten darauf zurückkam, wie auch jetzt wieder.

Aber Evi hatte ihren eigenen Kopf und schätzte Omis ständige Hinweise zu diesem Thema überhaupt nicht. Sie seufzte und warnte. „Omi, verrenn dich nicht in irgendwelche Ideen. Ich bin keine Wirtin und basta und ans Heiraten und Kinderkriegen denk ich noch lang nicht."

„Ach Mausilein, ich müsst ja verzweifeln, wenn ich alle Hoffnung fahren ließe. Die Situation ist eben so neu für dich, du musst dich erst im Lauf der Zeit daran gewöhnen. Es kann doch nicht alles umsonst gewesen sein, was ich für den ‚Hirschen' im Lauf der Zeit auf mich genommen hab, ich hab …"

Bevor die Omi fortfahren konnte, ergänzte Evi schon: „… es so schwer gehabt mit meiner Schwiegermutter und so schwere Zeiten waren zu überstehen und eigentlich hab ich gar nicht Wirtin werden wollen, wie ich jung war, sondern hätte viel lieber einen Bauern geheiratet. Ich weiß, Omilein, das hast du bereits einige Male erzählt."

„Wenn du wüsstest, was ich alles auf mich genommen hab für dieses Wirtshaus! Ach Evilein. Jedes Jahr bin ich nach Altötting wallfahrten gegangen und hab die Muttergottes um Fürsprache gebeten, damit alles gut geht. Nur letztes Jahr nicht, wegen dem Bruch. Und siehst du, das Unglück ist passiert, der Manfred geht fort von uns."

Evi war entsetzt über die Ansichten der Omi. „Die Strafe Gottes, weil du letztes Jahr nicht in Altötting warst? Also wirklich, Oma. Wie kannst du denn so einen Schmarrn glauben."

„Ich hätte hinfahren müssen. Ich habe es dem Herrgott versprochen, damals, als … hm, dass ich jedes Jahr wallfahrten gehe.“

Innere Qual war auf dem Gesicht der Omi abzulesen. Evi streichelte ihr über die Wangen. „Dass man mit einem gebrochenen Oberschenkelhals nicht gut auf Wallfahrt gehen kann, wird der liebe Gott am besten wissen. Du hast vielleicht seltsame Gedanken. Mach dir nicht so viele Sorgen. Der Vati und die Mutt werden das Wirtshaus noch lange weiterführen können und später findet sich auch eine Lösung.“

„Dieses Jahr muss ich aber wieder mitfahren, nach Altötting, das sag ich dir.“

„Natürlich, Omi. Es geht dir ja schon ganz gut. Die Babette und die anderen alten Betweiber werden dich mit Begeisterung mitnehmen. Du, Omi, ich muss jetzt dringend unter die Dusche. Ich will heute Abend zu Gaby.“

Eine gute Stunde später parkte sie ihren roten Mini vor dem neuen dreistöckigen Mietshaus, in dem Gaby und Bernhard seit ihrer Hochzeit wohnten. Sie klingelte.

„Ja?“

„Ich bin’s, Evi.“

„Komm rauf.“

Der Öffner klickte, Evi drückte gegen die Tür und ging die drei Treppen hoch. Gaby stand lächelnd an der offenen Wohnungstür.

„Servus, Evi. Schaust du aber wieder schick aus!“ Sie schaute etwas neidisch auf den eng geschnürten Hosenbund ihrer Freundin und strich dabei über die kleine Wölbung ihres Bauches.

„Hi, Gaby. Wie geht’s dir? Alles okay?“

Gabys Augen strahlten nun. „Alles bestens. Er bewegt sich, richtig strampeln kann er schon!“

„Fein. Bist du fertig? Das Kino fängt in zehn Minuten an.“

„Ach, Evi, würde es dir sehr viel ausmachen, wenn wir heute nicht ins Kino gehen?“ Gaby legte ihre Hand auf Evis Arm und schaute sie bittend an.

„Warum nicht? Immerhin läuft heute der neueste Film mit Richard Gere! Geht es dir nicht gut? Oder ist etwa dein über alles geliebter Bernhard heute nicht beim Judotraining?“

„Mir geht's wirklich gut und Bernhard ist natürlich beim Judo. Mir ist nur einfach nicht nach weggehen. Komm, wir machen uns einen gemütlichen Abend zu Hause, ja?“

„Ach Mensch, Gaby! Schon wieder ein gemütlicher Abend zu Hause! Sag mal, ändern Ehe und Schwangerschaft einen fidelen Menschen in ein rumhockendes Hausmütterchen? Ich heirate dann bestimmt nie, das schwör ich dir!“ Nach einem Blick in Gabys verstimmtes Gesicht lenkte sie ein. „Okay, schon gut, machen wir uns eben einen gemütlichen Abend zu Hause.“

„Ja komm, setz dich ins Wohnzimmer. Ich hab uns einen tollen Früchtebecher mit Eis vorbereitet. Außerdem hab ich, als ich heute einkaufen war, bei uns im Reisebüro vorbeigeschaut und extra für dich die Reiseangebote zu den Kanarischen Inseln ab Mitte September herausgesucht. Du willst doch immer noch hin, oder?“

„Auf alle Fälle. Von Mitte September bis Mitte Oktober muss die Bank ohne mich auskommen. Und die Omi auch, wenigstens für zwei, drei Wochen.“

„Na, hoffentlich geht es ihr heuer gesundheitlich gut, wo du voriges Jahr deinen ganzen Urlaub mit ihrer Pflege verbracht hast."

„Das hoffe ich allerdings auch." Durch einen schmalen Flur gelangten sie ins Wohnzimmer. Evi war oft bei Gaby gewesen und kannte die Einrichtung genau. Eine Couchgarnitur aus schwarzem Leder nahm den meisten Platz ein. Fröhliche Seidenmalkissen lagen darauf verstreut, ein niedriger Tisch aus heller Kiefer und eine dazu passende Anbauwand vervollständigten das Mobiliar. Vor dem Fenster hing ein in hellen Blau- und Grüntönen gemusterter Vorhang.

Sie riss überrascht die Augen auf, als sie das Zimmer betrat. Mittendrin stand ein Kinderwagen, übervoll mit Babyausstattung und auf jedem Sessel, auf dem Sofa, dasselbe: Babydeckchen, Babykleidchen, Rasseln, Schnuller, Spielzeug und so weiter.

Gaby legte einige Strampelanzüge zur Seite und Evi hatte einen Platz zum Sitzen. „Hier, Evi, die Kataloge." Ein Strickzeug aus flauschiger Babywolle in Rosa wurde hoch gehoben. „Schau, Evi, wie findest du das Jäckchen?"

Gaby hielt ihr das rosa Etwas strahlend vors Gesicht.

„Na toll. Seit wann kannst du stricken? Das hast du doch gehasst wie die Pest, als wir noch in der Schule waren. Du hast nie ein Stück fertig gebracht, außerdem hast du lauter Laufmaschen fabriziert. Wie ich."

„Ja damals. Heute streng ich mich an und siehst du, ich kann es." Ganz stolz drehte und wendete Gaby ihr Strickzeug vor Evi.

„Ja, sehr schön. Aber warum hast du all das Zeug

hier herumliegen? Das Baby kommt doch erst in über zwei Monaten?“

„So genau weiß man das nie. Außerdem, ist es nicht schön? Schau mal, hier, ist der Strampelanzug nicht einfach süß? Der aufgestickte Teddy und die winzigen Füßchen mit dem Schleifchen?“

Und so ging es weiter. Evi dachte sehnsüchtig an den Film mit Richard Gere, den sie versäumte, und konnte sich nicht genug über ihre beste Freundin wundern. Mit Gaby war sie seit der Schulzeit eng befreundet. Sie hatten jahrelang nebeneinander in der Schulbank gesessen und die meisten Klassenarbeiten und Tests in ausgeklügelter Gemeinschaftsarbeit erledigt, so raffiniert und flink, dass sie so gut wie nie erwischt worden waren. Sie waren nach ihrem berühmten Italientrip auch noch oft gemeinsam in Urlaub gefahren.

Das Schlimmste aber, was sie zusammen angestellt hatten, war die Sache mit Vatis Auto. Als Evi gerade den Führerschein machte und es gar nicht mehr erwarten konnte, endlich selber ein Auto chauffieren zu dürfen, nahm sie eines Nachts Vatis Schlüssel aus seiner Jackentasche und machte mit Gaby als Komplizin eine heimliche Spritztour. Es ging alles gut, bis sie eine enge Wende versuchte. Ein nur einen halben Meter hoher Betonpfosten, der eine Einfahrt absicherte, stellte sich ihr unvorsichtig in den Weg. Es krachte. Die zutiefst erschrockenen Mädchen stiegen zitternd aus, um sich den Schaden anzusehen. Rechts vorn war die Stoßstange verbogen und eingedellt. Am Betonsockel war kein Schaden festzustellen.

„So ein blödes Ding. Das kann man in der Nacht ja beim besten Willen nicht sehen.“ Ein Hund fing an zu bellen. „Schnell. Wir hauen ab.“ Evi fuhr weiter.

„Was machen wir jetzt? Die kaputte Stoßstange ist nicht zu übersehen, Evi."

Ratlos zuckte Evi mit den Schultern. „Ich werde es Vati sagen müssen. Wenn es bloß die Mutt nicht erfahren müsste. Das wird ein schönes Theater geben!"

Evi stellte das Auto an seinen üblichen Platz, steckte die Schlüssel in Vatis Jacke zurück und die beiden schlichen kleinlaut in Evis Zimmer. Gaby übernachtete bei ihr, was oft vorkam. Stundenlang wälzten sich beide schlaflos in den Betten, bis sie endlich einschliefen. Evi erwachte vom Geräusch eines wegfahrenden Autos. Mit einem Satz war sie aus dem Bett. Tatsächlich, Vati fuhr auf der Straße davon. Auch Gaby war wach geworden. „Ob er es gemerkt hat?" Stunden später kam der Vater zurück. Und niemand redete von der verbogenen Stoßstange. Jedes Mal wenn Evi versuchte Vati allein zu erwischen, um ihm ihre Untat zu gestehen, kam jemand dazu. Es war schier unerträglich.

Am Nachmittag fragte Mutt den Vater, als sie kurz im Hof gewesen war: „Wo bist du denn mit deiner Stoßstange angefahren? Die ist ja total verbogen."

Den Mädchen blieb vor Schreck der Atem stehen. Vati sah seine Frau verständnislos an. Dann gingen sie alle und besahen sich den Schaden.

Vati schüttelte ratlos den Kopf. „Ich bin nirgends dagegen gefahren. Das hätte ich denn doch gemerkt. Das muss heut früh in der Stadt auf dem großen Parkplatz passiert sein. Zum Teufel noch mal. Erst fahren sie einem ans Auto und dann machen sie sich aus dem Staub. Jeden Tag steht in letzter Zeit so ein Fall in der Zeitung."

Und dabei blieb es. Evi sagte nichts und auch Gaby hielt eisern dicht. Erst als Evi zu ihrem nächsten Geburtstag von Vati den sehnlichst gewünschten roten Kleinwagen bekam, gestand sie ihm die Sache kleinlaut. Der Vater sah sie lang an und brummte dann: „So, du warst das also. Das hab ich mir fast gedacht. Du warst eine ganze Weile gar so verdächtig brav und fleißig, als die Sache mit der Stoßstange passiert war. Drum hab ich auch keine Anzeige erstattet."

Erstaunt und erleichtert gleichermaßen fiel Evi ihrem Vater um den Hals. „Vati, bitte, verrätst du es niemand?"

Er grinste. „Die Sache bleibt unter uns. Aber in Zukunft lässt du die Finger von meinem Auto, klar?"

Auf den Vati war eben Verlass, wie auf Gaby auch.

Mit ihrer besten Freundin hatte sie selbstverständlich ihre Erfahrungen mit Jungen in langen Gesprächen ausgetauscht, bis sich Gaby in Bernhard verliebte. Von ihm wollte sie nichts erzählen. Darüber war Evi unheimlich sauer und für eine Woche tief beleidigt. Als sie sich zufällig, oder auch nicht gar so zufällig, in der Disco trafen, tanzten sie eine ganze Weile nebeneinander, mit den wildesten Verrenkungen, die ihnen einfielen. Es war so komisch, dass Evi einfach lachen musste. Gaby lachte mit und sie versöhnten sich johlend und schreiend. Trotzdem sprach Gaby nicht sehr viel von Bernhard und hatte auch nicht mehr so viel Zeit für die Freundin wie früher. „Weiß du, Evi, es ist alles ganz anders, wenn man jemanden ernsthaft liebt. Ich möchte ständig Luftsprünge machen und lachen vor Glück, habe die tollsten Vorstellungen und Träume, wenn ich an die Zukunft mit Bernhard denke, und gleichzeitig ein wenig Angst, ob auch alle meine Erwartungen erfüllt werden. Aber vielleicht werden sie ja auch noch übertroffen. Es ist so, ja irgendwie so ähnlich, wie ich mich gefühlt habe als ganz kleines Kind vor Weihnachten, damals, als ich noch fest ans Christkind geglaubt habe und Weihnachten der Inbegriff der Glückseligkeit war."

Evi krauste verständnislos die Stirn. So ein überkandideltes Getue wegen eines Jungen, noch dazu wegen Bernhard! Schweren Herzens fand sie sich mit der neuen Situation ab, machte die Brautjungfer auf Gabys Hochzeit und wünschte ihr von ganzem Herzen alles Gute. Aber die alte Vertrautheit fehlte ihr manchmal sehr. Und für das Babyzeug konnte sie sich nun beim besten Willen nicht begeistern.

Deshalb verabschiedete sich Evi relativ früh von ihrer Freundin und saß dann am Steuerrad und dachte nach. Was jetzt mit dem angebrochenen Samstagabend anfangen? Sie fuhr in die nächste Disco, traf dort mehrere Bekannte und es wurde ganz vergnüglich. Im grellen, auf und ab blinkenden Licht meinte sie plötzlich Christian zu sehen. Sie starrte angestrengt, bewegte sich in seine Richtung. Die Größe, die Statur, die Haare stimmten. Sie klopfte ihm auf den Rücken. Er drehte sich um. Es war nicht Christian. Ein Fremder, der ihm lediglich etwas ähnlich sah. Derselbe Typ eben. Evi machte eine entschuldigende Geste, als der junge Mann sie fragend und freundlich lächelnd ansah. „Tut mir Leid, ich habe dich mit jemandem verwechselt." Sie schrie, um die Musik zu übertönen, aber er zuckte bedauernd die Schultern und zeigte dabei auf seine Ohren. Er machte ihr Zeichen nach draußen zu gehen, und weil er so nett dabei lächelte, ging Evi tatsächlich mit vor die Tür.

Es war wunderbar kühl dort und nach einigen Schritten verebbte der Lärm der Musik. „Tut mir Leid, ich hab dich mit einem Freund verwechselt. Klingt blöd, ich weiß, aber es stimmt wirklich."

Er lachte. „Ist mir ein Vergnügen, verwechselt zu werden. Ich bin der Lorenz und wer bist du?"

„Ich bin die Evi."

„Servus, Evi. Nachdem wir uns jetzt kennen, verwechselst du mich hoffentlich nicht mehr mit einem anderen. Bist du oft hier in der Disco?"

„Ab und zu."

Sie musterten sich gegenseitig im Licht der Straßenlampen. Evi fand ihren neuen Bekannten recht nett und gut aussehend. Aber mit Christian eigentlich gar nicht zu vergleichen. Trotz einer oberflächlichen Ähnlichkeit mit ihm waren seine Gesichtszüge viel weicher, wie sie bei näherem Betrachten bemerkte. Sein unbekümmertes Lächeln reichte bis hinauf zu den Augen. Die hellen braunen Haare fielen ihm wirr in die Stirn, ein Ding der Unmöglichkeit bei Christian, der stets einen Kamm dabei hatte und jedes Haar sorgfältig nach hinten strich.

Die frische, laue Sommerluft war angenehm nach der feuchten Hitze in der Disco und Evi beschloss, für heute wäre es genug.

„Ich fahr dann. Servus, Lorenz." Sie winkte ihm zu und drehte sich um, spazierte gemächlich zum Parkplatz.

Er folgte ihr und ging mit langen Schritten stumm neben ihr. Als sie die Autotür aufsperrte, fragte er: „Woher kommst du denn?"

Und weil er so nett aussah, antwortete sie ihm. Er lehnte sich entspannt an ihren Mini und erzählte anschließend gleich von sich selber.

„Ich bin von Angerburg, alteingesessener Einheimischer. Ich arbeite als Bäcker und Konditor beim Schuber, den kennst du ja wahrscheinlich, das ist die größte Bäckerei weit und breit."

„Ja, natürlich. Wie bleibst du in dem Beruf einigermaßen schlank? Ich könnte das nicht. Ich liebe all das süße Zeug!"

Das freute ihn und er versprach ihr ein ganz besonders gutes Stück Torte mitzubringen, wenn sie sich morgen sehen könnten, wie wäre das?

Evi lehnte lächelnd ab und ließ sich nun nicht mehr aufhalten. Morgen würde sie Christian wieder sehen!

Lorenz, der nette Bäcker und Konditor, verschwand, immer kleiner werdend, in ihrem Seitenspiegel.

Christian rief an wie versprochen und sie verbrachten einen herrlichen Tag in München. Es folgten in den nächsten Wochen noch viele ebenso wunderbare gemeinsame Ausflüge und Aktivitäten, jedoch immer sorgfältig geplant, um möglichst von niemand Bekanntem gesehen zu werden. Sogar an Christians Geheimnistuerei, die er für unerlässlich hielt, fand Evi Gefallen. Ihre Familie wusste nur, dass er Christian hieß. Die Treffpunkte waren so gewählt, dass ihn selbst die Omi, die als einzige wirklich registrierte, dass ein neuer Freund aufgetaucht war, nie zu sehen bekam. Die Familie hatte andere Probleme, als sich um Evis Gspusi zu kümmern. Manfred träumte hoch gestimmt von seiner Hochzeit und wenn er nicht sowieso nach Passau fuhr, telefonierte er lange mit seiner Auserwählten. Die Eltern, Mutt oft schwer seufzend in steter Trauerstimmung, redeten über Manfreds Mitgift, über seine Zukünftige, die sie kennen gelernt hatten und die es trotz allem fertig gebracht hatte, Mutt sympathisch zu sein. Mit der Zeit war sie sogar recht angetan davon, dass Manfred in eine so renommierte Hoteliersfamilie einheiraten würde, und erzählte es stolz im Dorf. Und die Leute kommentierten die Sache ungeniert und fanden, so schlimm wäre es ja auch nicht, sie hätten ja noch die Evi als Nachfolgerin für das Dorfwirtshaus, die würde es halt jetzt nehmen müssen. Evi vermied es sorgfältigst, zu diesem Punkt zur Rede gestellt zu werden. Sobald Omi sich an dieses Thema heranzutasten versuchte, war Evi verschwunden. Doch die alte Frau probierte es immer wieder. Zwischen Tür und Angel lernte Evi ihre neue Schwägerin, die damenhaft elegant war, und deren Eltern kennen, die ihr eher wie Großeltern vorkamen. Mehr bekam sie nicht mit, sie war in Eile, der Tag war wunderschön und sonnig, Christian wartete.

Sommer, Sonne, Ausflüge, Liebe, Heiterkeit und Lachen. Später, als alles anders geworden war, dachte Evi mit Wehmut an diesen Sommer, der ihr der schönste ihres Lebens gewesen zu sein schien. Auch Manfreds Hochzeitstag gehörte zu diesem Kaleidoskop der unbeschwerten Lebensfreude. Sie hatte ein zauberhaftes rot gemustertes Kleid für die Hochzeit gekauft, und obwohl Christian natürlich nicht dabei war, amüsierte sie sich glänzend. Sie alberte mit Kusinen und Vettern ihres Alters und lernte einige recht interessante männliche Verwandte der Braut kennen, die ihr reichlich Komplimente ihres Aussehens wegen machten und sie begeistert bis früh um drei zum Tanzen holten. Ein rundherum gelungenes Fest für Evi.

Um so auffälliger war anschließend Mutters miesepetrige Laune zu Hause und ihr stetes Seufzen, sie wisse sowieso nicht, wofür sie arbeite. Und auch Oma war nicht fröhlicher. Evis Ausweg war die Flucht in den Urlaub. In einigen Wochen, wenn sie von der Reise zurückkäme, hätte sich die Familie wieder gefangen, meinte sie, und alles ginge seinen gewohnten Gang. Deshalb stimmte sie, mit Begeisterung Christians Vorschlag zu, mit ihm in einem gemieteten Wohnmobil bis nach Süditalien zu fahren, immer der Nase nach, jeden Tag nach Lust und Laune. Fabelhaft! Dafür vergaß sie gern die Kanaren, wo sie ursprünglich hin wollte.

Sie versprach Omi hoch und heilig, zumindest zweimal die Woche zu Hause anzurufen, und stieg bestens gelaunt neben Christian auf der Beifahrerseite ein. Ganz unerwartet hatte er gar nichts mehr dagegen gehabt, dass ihre Familie ihn nun kennen lernte, und zwar beim Einladen von Evis Reisegepäck. Omi sah sich den Freund ihrer Enkelin mit gerunzelter Stirn genau an. Dann zog sie sie zu sich heran und fragte leise: „Du, Evi, wie hat er gesagt, heißt er, Burger? Und vom Wirt in Wurzbach ist er her? Stimmt das wirklich?“

„Ja, Omi. Warum? Was ist daran Besonderes?“ Erstaunt beobachtete Evi ihre grübelnde Oma und fügte dann sehr ernsthaft hinzu: „Komm nur nicht auf dumme Gedanken, Omi. Christian ist Bankangestellter und auf dem besten Weg eine große Karriere zu machen. Mit Wirtshäusern hat der nichts im Sinn. Außerdem, an Heiraten und so was denken wir nicht im Traum.“

„Hm, ja, ja.“ Offensichtlich wälzte die Oma ganz andere Probleme. Sie hatte gar nicht richtig zugehört. Evi schüttelte den Kopf und drang nicht weiter in sie. Es war Zeit sich zu verabschieden und abzufahren.

Sie rollten hinaus auf die Landstraße Richtung Süden und begannen beide zu singen, überzeugt eine fabelhafte, unbeschwerte Zeit voller Vergnügungen vor sich zu haben.

Aber weil ein vollkommenes Glück auf dieser Welt nun einmal nicht zu haben ist, ergaben sich auch zwischen Evi und Christian unerwartete Reibungspunkte. Schließlich hatten sie sich vorher nie sehr lange gesehen, nicht ganze Tage und Nächte zusammen verbracht.

Die erste heftige Diskussion ergab sich, weil Christian kategorisch darauf bestand, das Wohnmobil allein zu fahren. Als wenn sie, Evi, das nicht genauso gut könnte. Evi war wütend über so viel altmodische Borniertheit, warf ihm Männlichkeitswahn und Machotum vor und war eine kurze Weile ausgesprochen sauer. Aber die Reise war zu interessant um auf lange Zeit schlechte Laune aufkommen zu lassen. Und nach drei Tagen fand Christian die Fahrerei so anstrengend, dass er gern auch Evi das Steuer überließ.

Sie hatten sich vorgestellt, bis nach Neapel zu kommen, aber sie fanden beide die Toskana und Florenz so schön, dass sie am Ende nicht weiter südlich fuhren. Evi behauptete, das käme eben davon, dass er von all den Museen, Palästen und alten Villen nicht genug bekommen könnte, und Christian meinte, halb ernst, halb im Spaß, nein, das läge daran, dass sie morgens nie aus dem Bett fände. „Also bitte, wozu hat man Urlaub, wenn nicht dazu, um morgens lange zu schlafen?“

Christian versuchte es einige Male, sie bei der ersten Morgendämmerung wach zu bekommen. „Evi, na los, steh schon auf. Es ist ein phantastischer Morgen. Ein herrlicher Sonnenaufgang steht uns bevor, das Gras glänzt vom Tau und die Vögel fangen zu singen und zu pfeifen an. Das kann man sich doch nicht entgehen lassen“.

Evi, verschlafen und kaum fähig ihre Augen länger als einen Lidschlag lang hoffen zu halten, sah Christian ganz entgeistert an. „Nicht entgehen lassen? Dass die Vögel pfeifen?“ Sie vergrub ihr Gesicht im Kissen und zog die Bettdecke bis zur Nasenspitze hoch. „Du spinnst doch. Ich erlebe genügend pfeifende Vögel und Sonnenaufgänge, wenn ich wieder zur Arbeit aufstehen muss.“

„Da hast du aber sicher keine Zeit, den Vögeln in aller Ruhe zuzuhören und sie zu beobachten. Also musst du jetzt aufstehen. Dann können wir auch eher weiterfahren.“

„Christian, lass mich bloß in Ruhe! Du hast wohl einen Vogel im Hirnkastl. Im Urlaub in aller Herrgottsfrühe aufstehen, um Vögel zu beobachten. Oh Mann!“

So gewöhnte sich Christian daran, am frühen Morgen des Öfteren allein unterwegs zu sein, und Evi schlief bis in den späten Vormittag. Dafür war sie dann abends putzmunter, fand das lange abendliche Herumspazieren und späte Essen in den italienischen Orten ganz wunderbar, aber Christian war müde und wollte schlafen gehen. Was er dann auch meistens tat. Evi beschloss sich ihren Spaß nicht vermiesen zu lassen und fand auf den verschiedenen Campingplätzen stets junge Leute, denen sie sich für die nächtlichen Vergnügungen anschließen konnte. Zwar hätte es ihr mit Christian mehr Spaß gemacht, aber mit ihm war abends einfach nichts anzufangen.

Im Übrigen kamen sie sehr gut miteinander zurecht. Die kleinen Querelen taten ihrer Verliebtheit keinen Abbruch und der Urlaub verging viel zu schnell. Mit

Bedauern machten sie sich auf den Heimweg. Auf den Alpenpässen erlebten sie die ersten leichten Schneefälle. Und nach den sonnigen Tagen in Italien froren sie angesichts des faden Nieselwetters auf der Rückfahrt.

Die letzte gemeinsame Nacht auf einem Campingplatz am Chiemsee empfand Evi als schrecklich traurig. „Ich hab mich so an dich gewöhnt. Ich weiß gar nicht, wie ich es aushalten soll, die Nächte ohne dich. Und in der Bank sehe ich dich auch kaum."

„In der Bank? Da können wir uns gar nicht mehr sehen. Die Vertretung in Angerburg ist vorbei. Ich bekomme jetzt die versprochene Stelle in München."

„Was? Und das sagst du mir erst jetzt?"

„Ich dachte, das weißt du. Das ist doch kein Geheimnis. Darüber ist doch in der Bank ganz offen geredet worden."

Evi war gleichermaßen gekränkt und entsetzt. „Ich habe es nicht gewusst."

Christian versuchte sie zu trösten. „Du musst das positiv sehen. Wir können endlich dieses blöde Versteckspiel sein lassen. Du kannst ganz offen jedes Wochenende mit mir in München verleben, das wird doch herrlich!"

Diesem Gedanken konnte Evi nach einigem Überlegen doch eine Menge abgewinnen. Wochenenden mit Christian in München, das könnte sehr schön werden.

Nichts rührte sich, als Christian in den Hof des „Hirschen" einfuhr und Evis Gepäck auslud.

„Komisch. Omi weiß doch, dass wir heute kommen." Evi wunderte sich. Nach jedem Urlaub war Oma diejenige gewesen, die vom Fenster aus Ausschau gehalten und sie sehnsüchtig erwartet hatte.

„Also ich fahr dann, Evi. Sehn wir uns bald?“

„Hm. Ich ruf dich an, Christian.“

Sie küssten sich, aber Evi war nicht recht bei der Sache. Wo war Omi?

Sie winkte Christian kurz zu, als er den Motor anließ, dann rannte sie in den Flur. Aus der großen Küche drangen Geklapper und Stimmen. „Hallo Leute, da bin ich wieder“, begrüßte Evi die Eltern, die beide bereits mit der Zubereitung der Abendessen beschäftigt waren.

„Grüß dich, Dirndl. Gut, dass du wieder da bist. War's schön in Italien?“, fragte der Vater lächelnd.

„Pfundig, Vati. Traumhaft! Und warm!“

„Na schön, dass es wenigstens dir immer gut geht.“ Mutt rührte mit erheblichem Kraftaufwand in einem Topf mit dünstendem Gemüse.

„Ist was?“ Evi schaute den Vater an. „Nicht so schlimm, hoffentlich. Die Oma ist ein bisserl schlecht beieinander. Ihr Bein tut recht weh, sagt sie und sie liegt viel im Bett seit einer Woche. Aber jetzt, wo du wieder da bist, wird es ihr sicher bald wieder besser gehen.“

„Deshalb! Ich hab mich schon gewundert, dass sie nicht an die Haustür gekommen ist, wie sonst, wenn ich vom Urlaub komme. Ich geh gleich zu ihr hinauf.“

Evi lief die Treppe empor, klopfte an Großmutters Zimmertür. „Omi, ich bin's“, rief sie und öffnete gleichzeitig. „Omi, grüß dich. Was ist denn mit dir? Hast du so schlimme Schmerzen?“

„Evi! Grüß dich Gott. Mir geht's gar nicht gut. Mein Bein halt und überhaupt, das Leben freut einen eben nicht mehr, wenn man einmal alt und krank ist“, klagte die Oma, die mit müdem Gesichtsausdruck und verstrubbelten Haaren tief in den Kissen lag. Ihre Hände fuhren unstet auf der Decke hin und her.

„Jetzt mach aber einen Punkt, Oma. Du bist noch nicht einmal siebzig, das ist heutzutage überhaupt kein Alter. Und dein Oberschenkelhalsbruch ist hervorragend verheilt, könnt gar nicht besser sein, hat der Doktor selber gesagt. Deprimiert bist höchstens wegen dem dumpfen Nieselwetter. Du solltest auch einmal Urlaub in Italien machen, dann ginge es dir gleich viel besser."

„Ach Mausi, was du immer für Ideen hast. Urlaub! Das hilft mir auch nimmer. Ich bin alt und für nix mehr gut. Wozu soll ich mich auch noch plagen. Der Manfred ist jetzt in Passau, was Kleines ist auch schon unterwegs. Er hat es der Mutt letzte Woche am Telefon gesagt. Bei denen geht es weiter, wie es sein soll. Aber da bei uns? Du willst partout nichts wissen vom ‚Hirschen' und wer weiß, wie lange es die Hilde und der Rupert noch allein schaffen. Das will ich gar nicht mehr erleben, wie es weitergeht."

Evi war nun doch gehörig erschrocken. Sie hatte bei einer alten Nachbarin erlebt, wie die nach dem Krebstod ihrer Tochter aller Lebensmut verlassen hatte und sie die restlichen zwei Jahre ihres Lebens zur Verzweiflung ihrer restlichen Angehörigen immer öfter vom Tod geredet hatte und wie sehr sie ihn herbeisehnte. Dass ihre Omi genauso werden könnte, hätte sie nie für möglich gehalten.

Halb verzweifelt, halb ärgerlich schimpfte sie los. „Omi, das darf doch nicht wahr sein! Es geht dir um nichts anderes als dieses blöde Wirtshaus. Denkst du denn an überhaupt nichts anderes mehr?"

„Schau, Evi, ich kann halt nicht anders. Die Arbeit und die Sorgen meines ganzen Lebens sind umsonst gewesen, wenn es jetzt keiner aus der Familie mehr haben will."

„Aber wer sagt denn, dass ich es nicht haben will? Ich behalt es schon, Omi, nur führen will ich es nicht. Warum verstehst mich denn gar nicht, Omi? Du selber hast immer gesagt, du wärst viel lieber nur eine Bäuerin gewesen und gar keine Wirtin. Und ich bin eben lieber in meiner Bank. Gerade du müsstest das doch kapieren."

„Im Leben geht es halt nicht danach, was einem am liebsten wäre. Man muss sich mit manchem abfinden, was einem nicht so in den Kram passt. Das wirst du noch merken, Evi."

„Ach was, altmodischer Quatsch! Heutzutage ist alles anders als zu deiner Zeit, Omi. Ich bestimme selber, was ich mit meinem Leben anfange."

Die alte Frau seufzte tief. „Ich wünsche dir auch wirklich nur das Allerbeste für dein Leben, Mausili, das weißt du. Aber wenn ich an früher denke, wie das alles war, dann tut es mir sehr weh, dass du den ‚Hirschen' so wenig magst. Du weißt ja gar nicht, wie schlimm das war, wie ich hier eingeheiratet hab."

„Doch, doch, Omi. Das hast du oft genug erzählt." Evi fing Omas unruhige Hände ein und drückte sie beruhigend.

„Nein, Evi. Das wirklich Schlimme nicht! Aber vielleicht sollte ich dir die ganze Geschichte erzählen, damit du mich besser verstehst, Evi. Hol dir den Sessel und setz dich her zu mir."

Evi ergab sich in ihr Schicksal, rückte den alten, hochlehnigen Ledersessel neben Omas Bett und setzte sich hin.

Die Oma fasste wieder nach den Händen ihrer

Enkelin, überlegte, setzte ein paar Mal zum Sprechen an und dann war für lange Zeit hauptsächlich die leise Stimme der alten Frau zu hören.

Omas Bericht

„Du weißt ja, Evi, bei uns zu Hause waren wir ursprünglich acht Kinder. Ich war die Jüngste von allen. Zwei von meinen älteren Brüdern sind im Krieg gefallen. Meine neun Jahre ältere Schwester hat schon zu Beginn des Krieges geheiratet, die hat dann, als der Krieg ein paar Jahre vorbei war, bereits vier Kinder gehabt. Und der ältere von meinen zwei übrigen Brüdern, der den Hof zu Hause bekommen sollte, der wollte damals gern heiraten. Er hat eine passende Braut gefunden, mit der auch die Eltern einverstanden waren, sie hat nämlich ein recht anständiges Heiratsgut mitbringen sollen. Und da hat unsere Mutter gesagt, jetzt wird's Zeit, dass wir vier Geschwister, die noch auf dem Hof waren, auch ans Heiraten denken. Es tut nicht gut, hat sie gesagt, wenn eine junge Bäuerin auf den Hof kommt und es ist noch ein Haufen Geschwister unversorgt da. Vorher waren die Eltern eher froh um uns gewesen, denn während des Krieges sind die Knechte alle der Reihe nach eingezogen worden und die meisten sind gefallen und nie mehr wieder gekommen. So nette junge Burschen waren da dabei, lustig und tüchtig, und alle sind sie draußen geblieben im Feld. Da war der Vater froh um seine vielen Kinder, die bei der Arbeit helfen konnten. Ich hab mit sechzehn schon mit den Ochsen aufs Feld hinaus müssen und erst im Winter, das war eine harte Arbeit, das Bäumeumsägen. Am Stamm unten haben wir den Schnee weggekratzt und dann sind wir da in der Kuhle gesessen und haben die schwere Säge hin und her gezogen, der Seppi und ich."

Evi wusste, dass mit dem Seppi ihr Großonkel Sepp gemeint war, Omas jüngster Bruder. Er war ihr Lieblingsbruder, an dem sie stets am meisten gehangen hatte und den sie heute noch oft traf oder mit ihm telefonierte.

„Aber dann, als der Alois heiraten wollte, da sollten wir möglichst schnell aus dem Haus. Die zukünftige Schwägerin hat da auch dahinter gesteckt, das weiß ich gewiss. Und die Mutter hat die Sache dann in die Hand genommen. Sie hat sich umgehört und dann hat sie den Seppi, der eigentlich furchtbar schüchtern war, dazu gebracht, dass er als Hochzeiter auf den Doblerhof nach Rucklberg hinaufgegangen ist. Da war nach dem Krieg nur eine Tochter übrig geblieben und es war für die damalige Zeit ein schöner, großer Hof. Dem Seppi hat die Marie auch recht gut gefallen und sechs Wochen später war Hochzeit. Er hat sich nie beklagt, der Seppi, aber leicht hat er es sicher nicht gehabt. Sie war schon eine sehr herrische Person, die Marie, und hat ihn ihr Leben lang fühlen lassen, dass er nur eingeheiratet hat auf ihrem Hof. Bei uns Dirndln war das Heiraten viel schwieriger. Wo doch so viele junge Männer im Krieg gefallen sind. Aber die Mutter hat sich nicht unterkriegen lassen. Für die Anna hat sie den Schmied Ernstl aufgetan, der hat zu seiner Schmiede zwar nur eine ganz kleine Landwirtschaft gehabt und außerdem einen verkrüppelten Fuß, aber er war ein sehr tüchtiger Schmied und die Anna hätte mit ihm bestimmt ihr sicheres Auskommen, hat sie gemeint. Die Anna hat den Ernstl wohl auch ganz sympathisch gefunden und so haben sie geheiratet. Und dann hätt sie einen Hochzeiter für die Roswitha gefunden. Ein Witwer war's mit drei kleinen Kindern, dem seine Frau ist bei dem vierten im Kindbett gestorben. Einen mittleren Bauernhof hat er gehabt, mindestens fünfzig Kilometer weit weg von uns hier und weitläufig verwandt mit dem Ernstl war er. Bei der Hochzeit von der Anna ist die Mutter auf ihn gekommen. Die Roswitha hat zuerst nicht viel gesagt zu der Sache. Sie ist mit den Eltern hingefahren auf den Hof, hat sich alles angesehen und dann zu Hause der Mutter erklärt, bevor sie den heiratet, bleibt sie schon lieber ledig. Die Mutter hat ihr trotzdem immer wieder gut zugeredet und die Roswitha hat immer nur den Kopf geschüttelt. Und eines schönen Tages war sie schon in aller Herrgottsfrühe verschwunden. Unser altes Fahrradl war auch weg und ihre besten Sonntagskleider muss sie angehabt haben. Das war vielleicht eine Aufregung. Am Abend, als der Vater gemeint hat, jetzt bliebe nichts mehr übrig, als auf die Suche zu gehen, und wir alle ganz nervös nach ihr Ausschau gehalten haben, ist sie ganz ruhig und selbstverständlich dahergeradelt, hat sich vor die Mutter hingestellt und gesagt: ‚So, Mutter, um mich brauchst dir jetzt keine Gedanken mehr machen. Ich geh ins Kloster. Ist alles ausgeredet und abgemacht.' Wir haben vielleicht dumm geschaut, alle miteinander. Aber eigentlich hat es recht gut zu ihrem Wesen gepasst. Sie war schon immer sehr fromm und sehr verschlossen, hat nie viel geredet und Dummheiten gemacht mit uns anderen Geschwistern. Und so ist die Roswitha die Schwester Reinharda bei den Karmeliterinnen geworden. Das ist ein besonders strenger Orden, wo man den ganzen Tag nichts reden darf und ganz abgeschlossen von der Welt leben muss, und damit einen kein gewöhnlicher Mensch sehen kann, ist eine ganz hohe Mauer um das Kloster herumgebaut, und wenn eine Schwester wirklich einmal hinausdarf, muss sie einen Schleier vor dem Gesicht tragen."

Evi hatte staunend zugehört. „Von der Schwester Reinharda sind die schönen Stickereibilder, die du hast, nicht wahr, Omi? Dass die auch verheiratet werden sollte, hast du noch nie erzählt."

„So war es aber. Ein paar Tage lang hat sich die Mutter recht geärgert, dass ihr schöner Plan mit dem Witwer nicht geklappt hat, aber dann, als die Leute im Dorf angefangen haben recht hochachtungsvoll davon zu reden, dass die Roswitha jetzt Klosterschwester wird, hat sie sich schnell damit abgefunden und war den Rest ihres Lebens furchtbar stolz auf sie als Schwester Reinharda. Eine Klosterschwester in der Familie, da hat man sich damals was drauf eingebildet. Nur für mich ist nichts Gutes dabei rausgekommen. Die Mutter hat nämlich gemeint, den Witwer könnt ja ich jetzt heiraten. Angst und Bang ist mir da geworden. Du hättest sehen sollen, wie der ausgeschaut hat, Evi. Wild und ungepflegt, von Waschen hat der nicht viel gehalten und eine raue Stimme hat er gehabt, ich hab mich richtig gefürchtet vor ihm. ‚Um nichts in der Welt heirate ich den', hab ich ihr gesagt, ‚lieber geh ich auch ins Kloster.' Das habe ich mir auch ganz ernsthaft überlegt, nur, gefallen hat mir der Gedanke nicht. Mir ist ein anderer im Kopf herumgegangen. Ein junger, fescher Bursch war er, ein nachgeborener Bauernsohn ohne eigenen Hof. Er war nur an den Sonntagen im Dorf, die Woche über hat er als Arbeiter in der Stadt ein bisserl Geld verdient. Ich hab recht gut gewusst, dass er der Mutter nie gut genug gewesen wär. Na ja, er hat auch wirklich nicht den besten Ruf gehabt, war viel im Wirtshaus und hinter den Mädeln her. Aber fesch war er!

Und dann, an einem gewöhnlichen Montagnachmittag, ich weiß es noch, als wäre es gestern gewesen, ist ein Kutschwagerl, mit zwei schönen Braunen davor eingespannt, zu uns auf den Hof gefahren. Das war schon was Besonderes, denn weißt, Evi, so schöne Pferdln hat es nach dem Krieg nicht mehr viele gegeben. Der Hitler hat uns alle weggeholt für den Krieg, nur die älteren Rösser und solche, die nicht so viel getaugt haben, durften die Bauern behalten. Ein jeder auf dem Hof hat neugierig nachgeschaut, wer da kommt, und ich natürlich auch. Ein gut angezogener, sauber rasierter Mann war es, nicht mehr der Jüngste und ziemlich dick. Er hat zu mir her gegrüßt, hat dabei den Hut vom Kopf gezogen, wie es die Männer damals so getan haben, wenn sie recht höflich sein wollten, und da habe ich ihn dann erkannt, den Wirt von Irzing, wie ich seine große Glatze gesehen hab. Dem Seppi seine Hochzeit war damals nämlich im Wirtshaus von Irzing gewesen, da ist er mir das erste Mal untergekommen.

Die Mutter ist aus dem Haus herausgelaufen und hat mit ihm geredet und ihn dann ins Haus hineingeführt. Ich hab mich beeilt mit meiner Wäsche und bin in den Hausflur gelaufen und hab die Ohren gespitzt. Leider konnte ich nichts verstehen, man hat durch die Tür nur seine dunkle, sonore Stimme gehört. Es hat nicht lange gedauert, da hat mich die Mutter in die Stube hineingerufen. ‚Komm rein, Mathilde, der Besuch ist für dich. Erkennst ihn, den Ludwig? Er ist der Wirt vom Weißen Hirschen in Irzing.‘ Man hat deutlich gemerkt, dass sie von dem Besuch sehr angetan war.

Er ist aufgestanden und hat mir die Hand gegeben zur Begrüßung. Und ich hab außer grüß Gott nicht gewusst, was ich noch sagen sollte.

Es hat sowieso gleich die Mutter weitergeredet. ‚Als Hochzeiter tät er kommen, der Wirt. Was sagst dazu, Mathilde?‘

Ich war völlig perplex. Ich war ja noch nicht einmal 18 Jahre alt und er ist mir uralt vorgekommen. Er war eben auch 22 Jahre älter wie ich. Die Mutter hat angefangen ihn nach seinem „Sach“ auszufragen und war sehr zufrieden mit seinen Antworten. Zu dem schönen Dorfwirtshaus gehörte auch noch eine ansehnliche Landwirtschaft mit Kühen, Jungtieren, Schweinen, Hühnern, Enten und Gänsen, zwei Pferden, einem Ochsengespann. Sogar einen Bulldog hatte er für die Feldarbeit. In der Küche wirtschafteten seine Mutter, seine Tante und zwei Hausmadeln und für die Bauernarbeit waren gar noch zwei Knechte da.

Die Mutter war gebührend beeindruckt, denn Knechte und Mägde waren nach der Währungsreform allmählich schwer zu finden, sie wanderten ab in die Städte, wo mehr zu verdienen war als bei der Bauernarbeit.

Ich glaube, ich habe die ganze Zeit kein Wort gesagt, so verschreckt war ich. Der Ludwig hat mich einige Male freundlich angelächelt und am Ende die Eltern und natürlich mich eingeladen nach Irzing, damit wir uns alles ansehen könnten und damit man sich halt besser kennen lernt.

Als er das Bier, das ihm die Mutter kredenzt hatte, ausgetrunken hatte, verabschiedete er sich sehr höflich und fuhr den Hut schwenkend davon.

‚Mein Gott, Dirndl, hast du ein Glück. Der Wirt vom Weißen Hirschen. Von dem hat man noch nie was Unrechtes gehört. Ein feiner Mensch, dem ganzen Auftreten nach. Na, warum sagst denn gar nichts dazu?', hat mich die Mutter gefragt.

‚Aber der ist doch so viel älter als ich und wie soll aus mir eine Wirtin werden?', hab ich drauf geantwortet und ihn mir überhaupt nicht als Ehemann vorstellen können.

Es ist mir natürlich nichts anderes übrig geblieben, als zu dem verabredeten Besuch mit nach Irzing zu fahren, in einem alten Opel, den der Vater damals stolz gefahren hat.

Der Ludwig hat uns an der Haustür begrüßt und uns in die Wirtsstube hineingeführt. Da hat seine Mutter schon gewartet, eine sehr dicke, sehr alte Frau mit einem dünnen grauen Haarknoten, die sehr streng auf mich gewirkt hat. ‚Die ist aber arg jung!', war das Erste, was sie gesagt hat nach der Begrüßung. Nicht direkt zu mir, mehr zu ihrem Ludwig hin. Der hat gelacht und gemeint, das gäb sich von selber mit jedem Jahr, das vergeht. Wir haben eine reichhaltige Brotzeit und jeder eine Maß Bier aufgetischt gekriegt, das hat den Eltern natürlich gefallen. Und anschließend sind wir durch das ganze Haus geführt worden vom Keller bis zum Dachboden, wo ein Haufen Getreide gelagert war. Die alte Wirtin selber hat uns stolz die Tiere gezeigt und sich so ganz nebenbei erkundigt, wie es denn mit dem Heiratsgut von mir aussähe.

Ich war froh, als wir wieder zu Hause waren, und eigentlich fest entschlossen, den Ludwig nicht zu heiraten. Aber die Mutter und zeitweise auch der Vater und der Bruder haben immer wieder davon angefangen, wie vorteilhaft diese Partie für mich wäre, was der Ludwig doch für ein netter Mensch wäre und so weiter. Keine Ruhe haben sie mir mehr gelassen und mich undankbar geheißen, und dass ich mein Glück nicht zu schätzen wüsste. ‚So ein schönes Sach, ein Wirtshaus und eine Bauernwirtschaft, das kann man sich doch nicht entgehen lassen!', hat die Mutter immer wieder betont und „was Besseres kommt da nicht mehr nach!" Der Ludwig ist bald jede Woche einmal vorbeigekommen und hat mich besucht und mich sogar ausgeführt ins Kino in Angerburg und ins Stadtcafé. ‚So einen guten Kerl findet man so schnell nicht wieder!', hat mir die Mutter wieder und wieder vorgehalten. Am Ende hab ich mir halt nicht mehr zu helfen gewusst und gedacht, sie meinen es ja nur gut mit mir und sie haben sicher Recht mit ihrer Auffassung, und habe ja gesagt.

Zwei Monate später war dann Hochzeit."

Evi schüttelte den Kopf und fuhr auf. „Also Oma, wie kann man sich zu einer Hochzeit überreden lassen! Das ist mir völlig unverständlich. Das sollte bei mir einer probieren. Ha! Das würde ich mir nicht bieten lassen."

„Ach Evilein, damals waren halt ganz andere Zeiten. Ihr jungen Frauen heutzutage verdient euer eigenes Geld, und wenn euch was nicht passt, sagt ihr ade und geht weg und tut, was ihr wollt. Ich hab doch damals nichts anderes gekannt als unseren Hof und die

Bauernarbeit, keinen Pfennig eigenes Geld hab ich gehabt und hätte absolut nicht gewusst, was aus mir werden soll, außer, dass ich halt heirate. So war das damals eben. Wenn sie mir nur mehr Zeit gelassen hätten um den richtigen Hochzeiter zu finden, dann wäre ich schon zufrieden gewesen. Aber dem Bruder hat es recht pressiert mit seiner Heiraterei. Na ja, ich hab mir gedacht, der Ludwig ist recht nett, da werde ich es schon aushalten mit ihm.

Eine große Hochzeit war das damals, so viele Leute waren eingeladen, alle Verwandten von mir und von ihm und die vielen Irzinger dazu. Der Ludwig hat sich nicht lumpen lassen und die Leute haben ihn gelobt, wegen seinem spendablen Mahl und dem Freibier. Komisch war nur, dass ich meinen Bräutigam am wenigsten gesehen hab auf meiner Hochzeit. Er ist, wie er das so als Wirt gewohnt war, bei den Hochzeitsgästen herumgegangen, hat sich erkundigt, ob es schmeckt, hat dafür gesorgt, dass jeder genug zu trinken hat, und sich mit jedem einmal unterhalten. Ich bin mir recht dumm vorgekommen, wie ich so ohne ihn am Brauttisch gesessen bin. Die Anna und der Seppi haben sich viel mit mir unterhalten, sonst wär ich damals verzweifelt.

Nach zehn Uhr abends sind immer noch mehr Gäste gekommen. Der Tanzboden war voll und es war ein Lärm und eine Gaudi, wie ich es noch nie vorher erlebt hatte. Meinen Bräutigam habe ich in dem Gewühle längst nicht mehr gesehen und ich war so müde und erledigt, dass ich mich einfach davongemacht habe ins Schlafzimmer. Da lag ich dann, stundenlang ganz allein. In der Früh um vier ist der Ludwig zur Tür hereingetaumelt, hat sich aufs Bett fallen lassen, seine

eine Hand in meine Richtung ausgestreckt und dann hat er angefangen zu schnarchen. Und ich hab geheult.

Um halb sechs Uhr morgens hab ich gehört, wie der Knecht und der Melker mit der Stallarbeit angefangen haben und da bin aufgestanden und in den Kuhstall gegangen. Kühe melken und Kälber füttern, das war ich gewohnt, das hat mir geholfen wieder zu mir selber zu finden. Auf einmal ist die Alte, meine Schwiegermutter, in der Tür gestanden. Als sie mich da unter den Kühen gesehen hat, fing sie an mit mir zu schimpfen. „Was fällt denn dir ein! Für die Stallarbeit sind bei uns die Knechte zuständig, für uns Weiber gibt's wahrlich genug Arbeit im Haus. Die Wirtsstuben, der Tanzboden und die Küche gehören aufgeräumt und geputzt, bis Mittag kommen die ersten Gäste. Geh weiter, schau, dass du hineinkommst."

Ja, so war das. So nett wie bei den Besuchen vorher war sie nie wieder zu mir, die Alte. Sie hat mich behandelt wie einen Dienstboten, dem man ständig die Arbeit anschafft und dann hinterher schnüffelt. Oft genug hab ich ihr etwas nicht gut genug gemacht und dann hat sie mir laut und für das ganze Haus vernehmlich erklärt, wie es ihrer Meinung nach richtig wär. Besonders beim Kochen hat sie mich immer kritisiert. Ich hab halt so gekocht, wie ich es zu Hause gelernt hatte, aber das war alles falsch. In die Schmalznudeln gehörten weniger Weinbeeren und Zucker, das wird sonst zu teuer, und in die Knödel und in die Fleischgerichte mehr Salz, damit die Gäste auch einen richtigen Durst entwickeln, hat sie mir erklärt. Gott sei Dank hat es die Tante Erna gegeben. Du weißt ja, Evi, die Schwester von ihrem Mann, der war damals schon seit vier Jahren unter der Erde. Von der hat deine Mutt noch das Kochen gelernt. Die hat ihr ganzes Leben in der Küche von diesem Wirtshaus zugebracht. Sie war ein wenig behindert, mit ihrer Hüfte hat was nicht gestimmt und ihr eines Bein war kürzer. Deshalb ist sie beim Gehen so hin und her gewackelt und einen Mann zum Heiraten hat sie halt auch nie gefunden. Das war ihr aber gar nicht zuwider. Sie hat einmal zu mir gesagt, der Herrgott hat ihr damit viel erspart. Die Erna war mir eine große Hilfe. Sie hat mich immer nett und freundlich behandelt und mir viel beigebracht. Die Küche mit den zwei Hausmädeln, das war ihr Reich und sagen lassen hat sie sich von der Alten gar nichts. Sie war nämlich schwerhörig. Wenigstens hat sie das immer betont. Wenn die Alte wegen irgendetwas angefangen hat zu meckern, hat die Erna weitergemacht, als wenn nichts wäre, oder hat die Hände an das Ohr gehalten und gefragt: ‚Was sagst, Wirtin? Heut versteh ich dich wieder so schlecht. Es ist schon ein Kreuz mit meiner Taubheit.‘ Sie hat den Kopf geschüttelt und mit ihrer Arbeit weitergemacht, wie sie wollte. In Wirklichkeit hat sie recht gut hören können, sie hat jedenfalls jeden Tratsch, den die Hausmädeln sich erzählt haben, ganz genau mitgekriegt und sie haben sich gar nicht so leise in die Speisekammer und an den Kühlschrank schleichen können, dass es die Erna nicht gemerkt hätte. Die alte Wirtin hat nämlich genau Buch geführt über die Lebensmittel und so hungrig wie wir damals waren, hätten wir ein bisserl mehr zu essen recht gut vertragen. ‚Jeden Bissen zählt sie ab, den wir in den Mund schieben!‘, hat sich die Babette oft beklagt.“

„Die Babette? Unsere jetzige Mesnerin?“, fragte Evi erstaunt dazwischen.

„Genau die. Kurz nach meiner Hochzeit ist die Babette, wie sie aus der Schule kam, bei uns eingestanden, als Magd. War die klein und dürr damals, halb verhungert bei den vielen Kindern, die das kleine Sachl, aus dem sie kommt, kaum ernähren konnte. Damals sind solche armen Dirndln, wenn sie nach der achten Klasse aus der Schule kamen, fast alle bei den größeren Höfen eingestanden, was anderes hat es auf dem Land gar nicht gegeben. In ein Wirtshaus hineinzukommen hat die Babette ursprünglich als Glück betrachtet. Aber die alte Wirtin war halt ein rechter Geizkragen, wenn es ums Essen ging, und die Babette hat gedroht, sie sucht sich einen anderen Platz, einen reichen Bauernhof, wo man besser zu essen kriegt. Sie hat ihre Drohung wahr gemacht, aber nach einiger Zeit ist sie wieder zurückgekommen. Ich glaub, weil sie damals schon so neugierig war wie heute. Wenn sie durfte, hat sie nur zu gern in die Wirtsstube das Essen hinausgetragen und die Ohren gespitzt und an den Türen gehorcht. Der Babette ist nichts entgangen. So ein Wirtshaus mit all den Neuigkeiten, die da tagtäglich erzählt werden, das war ganz nach ihrem Geschmack und ein Mundwerk hat sie trotz ihrer Jugend gehabt, sie ist den Männern nichts schuldig geblieben. Du kannst dir nicht vorstellen, wie ich sie darum beneidet hab. Denn ich hab mich gar nicht daran gewöhnen können, eine Wirtin zu sein. Gefürchtet und gehasst habe ich es, besonders in den ersten Jahren, wenn ich in der Wirtsstube draußen bedienen musste. Ich war ja so ungeheuer schüchtern. Ich hab nie gewusst, was und wie ich mit den Männern da drin reden sollte. Gar wenn sie spöttische Bemerkungen gemacht haben oder wenn sie dann zu viel Bier getrunken hatten und auch noch schlüpfrige Witze zum Besten gegeben haben.

Eine Qual war das, rot angelaufen bin ich und so schnell wie möglich zurück in die Küche. Und wann immer es möglich war, hab ich draußen in den Ställen gearbeitet. Der eine gute Knecht ist nämlich in die Stadt gegangen wegen einer besser bezahlten Arbeit und dann hatten wir der Reihe nach ein paar junge Burschen, die gar nicht recht zupacken wollten, und da hat dann die Alte nicht mehr schimpfen können, wenn ich in die Ställe gegangen bin und mich ums Vieh gekümmert hab. Es war einfach notwendig. Und mir hat die Bauernarbeit so viel besser gefallen. Da war mir nichts zu hart und zu schwer, wenn ich nur draußen sein konnte."

Omi lag nachdenklich in den Kissen. Evi stellte schließlich die Frage, die ihr schon lange im Kopf herumging. „Und was war mit dem Opa? Hat dir dein Mann denn gar nicht geholfen? Dich unterstützt und zu dir gehalten gegenüber der alten Wirtin und so?"

„Ach, der Ludwig." Omi seufzte. „Freilich, es hat nie ein böses Wort gegeben zwischen uns. Er selber hat mich immer gut behandelt. Richtig stolz war er, wenn ihm die Gäste Komplimente gemacht haben über seine hübsche junge Frau. Das hat er gern gehört. Aber andererseits, gegen seine Mutter hat er natürlich nie ein Wort gesagt. Höchstens, ‚ja Mutter, ich denk dran', oder ‚ja Mutter, ich mach das gleich.' Sie hat eben angeschafft, die Alte. Gutmütig und in völligem Gleichmut hat er die Alte wirtschaften lassen, ihr auch die ganze Büroarbeit und die Geldangelegenheiten überlassen und sich selber hauptsächlich um die Gastwirtschaft und die Getränke gekümmert. Selten, dass er einmal bei der Heuernte, oder wenn es sonst unumgänglich war, geholfen hat. Seine Welt waren die

Wirtsstube und die Theke. Er hat sich um die Gäste wirklich bemüht, hat jeden zuvorkommend bedient, alle Leute weit und breit gekannt, sich mit allen gleich freundlich unterhalten, deshalb war er auch ungemein beliebt. Jeden Abend war bei uns die Wirtsstube voll, trotz der schlechten Zeit damals. Und er selber war sein bester Gast, was das Bier und so manchen Schnaps anging. Aber da bin ich erst im Laufe der Zeit draufgekommen. Daheim auf dem Hof hatte es das nicht gegeben – so viel Bier, dass einer davon betrunken hätte sein können. Und Schnaps überhaupt keinen. Und man hat es dem Ludwig auch nicht angesehen, wie viel er vertragen konnte. Er ist durch den Alkohol nicht ausfallend geworden, war nicht einmal unsicher auf den Beinen. Er wirkte ruhig und zufrieden, hat viel gelächelt. Nur langsamer und vorsichtiger beim Gehen war er, je mehr er getrunken hat. Vielleicht hat es auch geholfen, dass er ein so guter Esser war. Da hat ihm der Alkohol nicht so viel ausgemacht. Auf den alten Fotos hast du ja sicher gesehen, wie dick er gewesen ist. So richtig zupacken bei der harten Bauernarbeit, das hätte er gar nicht ausgehalten, da wäre ihm der Atem ausgegangen. Dagegen hab ich der Alten gar nicht genug arbeiten können. Für alles hab ich herhalten müssen, für das Vieh und in der Küche und zeitweise sogar für die Feldarbeit, wenn Not am Mann war. Was hab ich mich geschunden! Die Kartoffeln aus dem Keller heraufschleppen, dämpfen und die Schweine damit füttern, das Holz hacken und jeden Tag in die Küche tragen, wenn grade von den Knechten keiner Zeit dafür hatte. In dem großen Gemüsegarten musste ich auch ganz allein arbeiten. Beim Abschneiden von dem Salat und dem Kohlrabi und beim

Ausziehen von den Gelben Rüben und den Radis, da war die Alte dann fleißig und beim Raunzen, wenn ihr die Salatköpfe nicht fest genug gewachsen waren oder wenn die Gelben Rüben wurmig waren. Als wenn ich für das Wetter verantwortlich gewesen wäre! Und wenn Hochzeiten und Beerdigungen waren, da hab ich oft nicht mehr gewusst, wo mir der Kopf steht. Vor allem das Aufräumen und Putzen hinterher, das ist immer mir geblieben, dafür hat sie gesorgt. ‚Das muss sich schon auszahlen, dass du jetzt da bist', hat sie mir direkt ins Gesicht gesagt. An die viele Arbeit hätte ich mich gewöhnen können, das war daheim nicht anders, aber nach einiger Zeit ist eine neue Drangsal auf mich zugekommen.

Ich hab bemerkt, dass sie mich öfters einmal genau gemustert hat, von Kopf bis Fuß, dass ich ganz verlegen geworden bin. Eines Tages hat sie mich allein in der Küche erwischt und dann direkt gefragt: ‚Was ist, gibt's nicht bald was Kleines bei euch? Seid's schon über ein Jahr verheiratet.'

Ich bin abwechselnd rot und käseweiß geworden, so sehr habe ich mich geniert bei dieser Frage, dann hab ich die Schultern gezuckt, den Abfallkübel gepackt und bin hinaus aus dem Haus und in den Schweinestall damit. Beim besten Willen ist mir nix eingefallen, was ich ihr hätte antworten können. Hätte ich ihr sagen sollen, dass der Ludwig bald jede Nacht, wenn er in die Schlafkammer gekommen ist, nachdem der letzte Gast heimgegangen war, so betrunken war, dass er einfach ins Bett gefallen ist und zu schnarchen angefangen hat? Dass es kaum einmal dazu gekommen ist, dass …, du weißt schon, was ich mein, Evi. Sogar ich, wo ich so jung und dumm war, hab mir denken können, dass man da nicht leicht schwanger werden kann. Sie hat in der nächsten Zeit noch öfters nachgefragt und jedes Mal war es mir furchtbar peinlich. Einmal hat sie dazugesetzt: ‚Deine Geschwister haben alle längst Kinder und mit dir ist gar nix los. Ich bin nicht mehr die Jüngste, da wird's höchste Zeit, dass sich was tut, ich möchte meine Enkelkinder schon noch erleben.' Da bin ich so wütend geworden, dass ich ihr vorgeworfen hab: ‚Was erzählst das immer nur mir? Für die Sach bin ich schließlich nicht allein zuständig.' Sie hat mich lang angeschaut und dann recht überlegen gesagt: ‚Am Ludwig liegt das nicht, wenn kein Kind kommt. Das weiß ich sicher!' Das hat mir natürlich glatt die Rede verschlagen. Erst hab ich gemeint, es wär einfach ihr mütterlicher Stolz, dass sie so dahergeredet hat. Aber je länger ich darüber nachgedacht hab, desto seltsamer ist mir ihre Bemerkung vorgekommen. Sie hat sie mit so viel Überzeugung vorgebracht, dass ich mir überlegt hab, da muss mehr dahinter stecken. Ganz erschrocken hab ich mich gefragt, ob er vielleicht heimlich ein uneheliches Kind hat. Ich hab allen Mut zusammengenommen und zum Ludwig, wie er einmal bei einer Hochzeit ein paar recht hübsche Kranzljungfrauen hofiert hat, gesagt: ‚Als Wirt kriegt man viele schöne Madeln zu sehen. Da wirst du dich im Lauf der Zeit öfters einmal in eine verliebt haben?' Er hat nichts dazu gesagt, nur gelächelt. ‚Es wird doch vor mir auch schon einmal eine gegeben haben, die du gern gehabt hast?'

‚Aber nein, zu einem Gspusi hätte ich gar nicht die Zeit gehabt.' Er hat nämlich immer betont, wie viel Arbeit er früher leisten musste, weil sein Vater früh verstorben ist. Ich glaube, deswegen und weil er nicht mehr so jung und damals schon recht übergewichtig war, musste er auch nicht in den Krieg. Jedenfalls, ich hab anfangs nichts herausgekriegt. Aber die Babette mit ihren Luchsohren hat wahrscheinlich etwas von den Bemerkungen, die die alte Wirtin mir gegenüber gemacht hatte, mitbekommen.

Wie wir beiden einmal beim Rübenhacken allein auf dem Feld waren, bei brütender Hitze war es, hat sie angefangen von früher zu erzählen und von den Einquartierungen im Dorf in den ersten Jahren nach Kriegsende. Jedes Haus war voller Leute, Flüchtlinge aus dem Osten und aus den ausgebombten Städten. So wie es eben damals überall auf den Dörfern zugegangen ist. Beim Wirt waren besonders viele untergebracht, sogar der Dachboden und der große Saal waren voller heimatlos gewordener Menschen. Hauptsächlich waren es natürlich Frauen und Kinder. Die Babette hat mich so von der Seite angeschaut und dann gemeint, eine von den jungen Frauen, eine Witwe mit einem kleinen Kind, wäre eine wahre Schönheit gewesen, schwarzhaarig, gut gebaut und rassig. In Hamburg soll sie daheim gewesen sein. Die war von Anfang an hinter dem Wirt her. Das ganze Dorf hatte sich damals das Maul darüber zerrissen, denn dass der Wirt sie auch nicht ungern sah, konnte jeder sehen. Manch einer hat vermutet, es gäbe wohl bald eine junge Wirtin. Aber dann ist die junge Frau als eine der allerersten nach Kriegsende wieder weggekommen. Die alte Wirtin soll ihre Hände dabei im Spiel gehabt haben. Sie hatte kurz vorher einen Besuch beim Bürgermeister gemacht und hinter verschlossenen Türen mit ihm konferiert. Später haben die alten Weiber im Dorf hinter vorgehaltener Hand gewispert, ein Kind wäre unterwegs gewesen. Die alte Wirtin hatte dafür gesorgt, dass sie weiter weg, in einem anderen Dorf, bei einer Verwandten der Wirtin unterkam. ‚Und ich weiß sogar, wie die Geschichte ausgegangen ist', erklärte mir die Babette. ‚Mein Vater hat sich nämlich vor kurzem mit einem Viehhändler unterhalten und da haben sie darüber geredet. Also die Frau hat tatsächlich ein Kind bekommen, aber es hat nicht lange gelebt und danach ist sie nach Hamburg zurückgegangen.' Ich hab lange überlegt und dann zur Babette gesagt: ‚Wer weiß, von wem dieses Kind war.' Sie zuckte die Schultern. ‚Möglich ist alles. Ich sag's halt, wie ich es gehört hab.' Na, da hab ich dann gewusst, was die Wirtin mit ihrer Bemerkung damals gemeint hat und warum sie so überzeugt war, es läge an mir, dass ich keine Kinder bekommen könnte. Und ganz langsam habe ich es selber auch geglaubt.

Die alte Wirtin muss damals mit dem Ludwig auch wegen dem Kinderkriegen geredet haben, denn eine kleine Weile hat er sich bemüht weniger zu trinken und … und sich mehr als ein Ehemann aufzuführen. Aber, also, …., na ja, ich bin halt trotzdem nicht schwanger geworden. Heutzutage würde man in so einem Fall einfach zum Doktor gehen, sich untersuchen lassen und schon wüsste man, was los ist. Damals hat es bei uns weit und breit so etwas wie einen Frauenarzt nicht gegeben. Das einzige, was mir noch eingefallen ist, war, den Herrgott und die Muttergottes um Hilfe anzuflehen. Der Ludwig hat zu der Zeit unser erstes Auto gekauft, einen Volkswagen. Ich hab den Führerschein gemacht und bin gleich danach zum ersten Mal nach Altötting gepilgert. Angst hab ich vielleicht gehabt, wo ich so ganz allein unterwegs war, aber nichts hätte mich davon abbringen können. Schön war es in Altötting. So viele Votivtaferl hab ich gelesen, wo draufgestanden ist: Maria hat geholfen, oder so ähnlich. Es waren sogar ein paar dabei, auf denen ein Baby draufgezeichnet war. Wie ich wieder heimgekommen bin, hatte ich viel Hoffnung, jetzt würde es bei mir auch klappen und ich krieg bald ein Kind. Das war aber nicht so. Hab weiter meine Arbeit gemacht und gehofft und bin jedes Jahr mutloser und verzweifelter wallfahrten gegangen nach Altötting. Viele Jahre sind darüber vergangen und die Alte ist in der Zeit nicht netter geworden zu mir, das darfst mir glauben, Evi. Sie hat mir nicht nur einmal vorgeworfen, dass ich nicht einmal dazu taug, ein Kind in die Welt zu setzen.

Eines Tages hat die Alte zu mir gesagt, es hätte ja wohl keinen Sinn mehr, auf ein Wunder zu warten. Wenn sie mit einer Schwiegertochter geschlagen wäre, die keine Kinder bekommen kann, würde sie eben auf andere Art dafür sorgen müssen, dass es in Zukunft weitergeht mit dem ‚Weißen Hirschen'. Ich hab einige Male bemerkt, dass sie mit dem Ludwig heimlich etwas zu reden hatte.

Anschließend kam die Schwester vom Ludwig, die Rita, zwei, drei Mal zu Besuch und hat sich recht auffällig umgesehen und mit der Alten viel hinter verschlossener Tür konferiert. Die Rita hat zu dem Zeitpunkt fünf Kinder gehabt und das nächste war bereits unterwegs. Die Alte hat mir das oft vorgehalten. Und dann ist sie herausgerückt mit ihrem Plan, oder besser gesagt, sie hat mich vor vollendete Tatsachen gestellt, denn auch mit dem Ludwig war alles beredet und er hatte zugestimmt. ‚Also', hat mir meine Schwiegermutter erklärt, ‚in sieben Monaten kommt das nächste

Baby von der Rita auf die Welt. Und nachdem du ja keine Kinder bekommen kannst, nehmt ihr zwei, du und der Ludwig, dieses Baby an. Die Rita und ihr Mann sind damit einverstanden und der Ludwig auch. Jetzt kommt es nur noch auf dich an. Du musst doch einsehen, dass es so nicht weitergeht. Es muss einfach für einen Nachfolger gesorgt werden. Der Ludwig ist nicht mehr so jung, da wird es allerhöchste Zeit dafür.'

Erst hab ich dumm geschaut und am liebsten hätte ich laut nein, niemals, geschrien. Hauptsächlich, weil mir die Rita auch nicht viel sympathischer war als die Alte. Die hat noch jedes Mal, wenn sie zu Besuch gekommen ist, etwas an meiner Arbeit auszusetzen gehabt. ,Der Gemüsegarten gehört aber gehackt, man sieht ja mehr Unkraut als Gemüse!', hat sie zum Beispiel einmal gespöttelt, dabei ist zu der Zeit nur noch ein Hausmadl da gewesen und ich musste auch noch der Tante Erna in der Küche mehr als sonst helfen. Ein anderes Mal hat sie bemäkelt, die Blumenstöcke in der Wirtsstuben wären ganz trocken und die Vorhänge verstaubt, in ihrem Wirtshaus käme so etwas nicht vor. Natürlich hat mir die Alte gleich am nächsten Tag das Vorhangwaschen angeschafft. Nachdem nun das mit der Rita ihrem Baby ausgetüftelt war, kam die alle Augenblicke dahergefahren. Ein nagelneues Auto hat sie gehabt, das war damals eine Sensation. Und ganz stolz und auffällig hat sie ihren dicker werdenden Bauch vor sich her getragen. Die Alte und ihre Tochter haben überlegt, wo das Kind untergebracht wird, und die Rita hat alle möglichen Kindersachen von ihren anderen fünf Kindern mitgebracht, die schon ganz abgetragen und schäbig waren. Überhaupt hat sich diese Rita aufgeführt, als wenn ihr der ,Weiße Hirsch' gehören täte.

Neue Fensterstöcke auf der Nordseite gehörten eingesetzt, einen großen neuen Herd wollten sie in der Küche und noch so manches wär den beiden Weibern eingefallen. Die Fensterstöcke waren dringend notwendig, das habe ich selber mit dem Ludwig auch schon besprochen gehabt, aber die Alte hat sich vorher vehement dagegen gesperrt. Jetzt, wo sie ihre Tochter für notwendig befand, konnte es ihr auf einmal nicht schnell genug gehen und getan hat sie, als wäre vorher nie davon die Rede gewesen. Ein neuer Herd konnte nicht angeschafft werden, weil die Tante Erna erklärt hat, dann müssten sie sich auch gleich eine neue Köchin dazu suchen. Und jedes Mal, wenn sie bei uns war, hat die Rita mindestens einmal betont, was für ein großes Opfer sie mir bringt. Nebenbei hat sie sich schon ganz genau ausgerechnet, wie viel das wert wär, was ihr Kind später einmal erben würde.

Ich bin bei der ganzen Sache gar nicht mehr gefragt worden. Als wenn ich nicht da wär, außer zum Schuften natürlich. Einmal war ich nach dem Besuch der Rita so fertig, dass ich einfach ins Auto gestiegen und auf unseren Hof heimgefahren bin. Ich hab meiner Mutter erzählt, was die Alte plant, und gedacht, sie könnt mir helfen und raten. Aber die Mutter hat die Sache für gut und richtig befunden. Es wäre nicht das erste Mal, dass der Kinderlosigkeit auf die Weise abgeholfen würde. Sie hat mir von anderen Fällen erzählt, wo ebenfalls kinderlose Frauen von Verwandten, die damit oft reichlich gesegnet waren, ein Baby angenommen hätten an Kindes statt, und meinte, das wäre doch eine gute Lösung solcher Probleme. Ein kleines Kind wäre immer was Nettes und ich würde mich bald wie seine Mutter fühlen.

Aber gerade das habe ich bezweifelt. Angst und Bang war mir bei der Vorstellung, dass die Rita ständig daherkommen und mich überwachen und drangsalieren würde. Und das war inzwischen abzusehen. Zu der Zeit war mir auch der Ludwig keine Hilfe. Er wollte gern ein Kind und hat nur gesagt: ‚Na ja, das wird schon.'

Ich habe mir sogar überlegt, ob ich nicht einfach davonlaufen soll. Aber ich wusste nicht, wohin. Daheim hätten sie mich kaum genommen und wohin sonst? So bin ich dann, wenn die Rita dahergekommen ist, nach draußen verschwunden, aufs Feld oder in die Ställe, und hab mich drinnen erst wieder sehen lassen, wenn sie wieder weg war. Ich hab dafür auch eine gute Entschuldigung gehabt, weil wir damals gerade einen Knecht zu wenig gehabt haben. Die Bauernarbeit hat mich wieder aufgerichtet, wenn ich recht verzweifelt war, und verzweifelt war ich oft in der Zeit. Bin mir vorgekommen wie der letzte Dreck, von allen übergangen, verachtet und zu nichts nutz.

Einmal war am Nachmittag wieder die Rita da gewesen. Die Alte hat ihr, wie üblich, alles Mögliche zugesteckt. Weißt, Evi, nach so einem Besuch war unsere Speisekammer, der Gemüsegarten und vor allem die Kasse immer erheblich leerer. Das war früher schon so gewesen, aber seit sie das mit dem Kind ausbaldowert hatten, war es noch schlimmer geworden, gerade so, als müsste für das Kind bezahlt werden. An dem bewussten Nachmittag sollte am Abend die Geburtstagsfeier für einen von den Gemeinderäten stattfinden und ich hab dafür drei recht schöne, verzierte Torten besorgt. Und als die Rita weg war, waren zwei von den Torten auch weg. Da bin ich voller Ärger hin zu der

Alten und hab gefragt, was das jetzt zu bedeuten hätte. ‚Ach was', hat die Schwiegermutter gemeint, ‚für die Mannsbilder tut's eine Torte auch. Die sollen was Richtiges essen und Bier dazu trinken, das rentiert sich mehr fürs Geschäft. Die Rita und ihre Kinder freuen sich, wenn sie was Süßes kriegen!'

‚Für der ihre Brut hab ich die Torten aber nicht besorgt!', hab ich ihr ins Gesicht geschleudert und bin wutentbrannt davongerannt, bevor mir noch Schlimmeres herausrutschen konnte. Am nächsten Morgen hat mir die Babette brühwarm erzählt, was die Wirtin zum Gemeinderat gesagt hat, weil nur eine einzige Torte da war, wo sie doch drei bestellt hatten: ‚Müsst's schon entschuldigen, Leut, unsere Junge hat das wieder nicht richtig mitgekriegt, dass ihr mehr Torten bestellt habt.' Eine Wut hab ich bekommen, ich hab mich den ganzen Tag nicht mehr im Haus sehen lassen und mich mit harter Arbeit abreagiert.

Ich hab mich wirklich rechtschaffen bemüht mich auf das Baby zu freuen, aber ich habe es nicht geschafft. Ich konnte mich selber nicht verstehen, denn nichts wollte ich lieber als ein Baby. Aber eben keines von der Rita. Ich bin oft in die Kirche gegangen und habe den Herrgott angefleht, dass er einen besseren Menschen aus mir macht, denn zuweilen sind mir böse, sündige Gedanken im Kopf herumgegangen. Es hat nichts genutzt. Manchmal habe ich eine solche Wut auf die Alte und die Rita gehabt, die sich immer mehr aufgeführt hat, als wenn ihr das Wirtshaus gehörte, dass ich nichts mehr gewünscht hab, als es möge etwas passieren, irgendetwas, damit nur das Kind von der Rita nicht ins Haus kommt. Die zwei, die Rita und die Alte, haben mir aber auch das Leben schwer gemacht, du kannst es dir nicht vorstellen, Evi. Verspottet haben sie mich, weil ich keine Kinder haben könne. Ich hab viel geweint. Nach einer Weile hab ich gemerkt, dass dem Ludwig auch nicht mehr recht wohl war in seiner Haut. Er hat die Rita, als sie wieder einmal da war, ein paar Mal unwirsch angefahren, weil sie sich in unsere Angelegenheiten so viel einmischt. ‚Das musst du dir schon gefallen lassen, Bruder. Eine Mutter sorgt und kümmert sich eben um das zukünftige Wohl ihres Kindes', hat sie ihm patzig geantwortet.

Am Abend in der Schlafkammer haben wir viel über die Sache geredet. Er war gar nicht betrunken. ‚Wenn das Kind erst da ist, werden wir es sicher sehr gern haben und die Rita hat auf die Dauer bestimmt nicht die Zeit, dass sie ständig zu uns her fährt', hat der Ludwig gehofft. „Im Großen und Ganzen ist es so am besten, denn ohne Nachkommen hat die tägliche Arbeit mit dem Wirtshaus und der Landwirtschaft halt auch keinen rechten Sinn." Ich hab weinen müssen vor lauter Angst, was da in Zukunft alles auf mich zukommt mit der Alten, der Rita und dem Kind im Haus und da hat der Ludwig mich in den Arm genommen und gestreichelt und getröstet.

Ich glaube, der gemeinsame Kummer und manchmal noch mehr der Ärger über die zwei Weiber haben uns erst so richtig als Eheleute zusammengeführt. Der Ludwig hat sogar angefangen mich in Schutz zu nehmen. Als mir damals die Alte angeschafft hat nach der Stallarbeit noch den Saal für die Hochzeit am nächsten Morgen zu richten, hat er ihr zum ersten Mal widersprochen. ‚Das machen die Kellnerin und das Hausmadl. Heut ist eh nicht viel los in der Wirtsstube.' So etwas war noch nie vorher passiert. Selig war ich! In der nächsten Zeit ist das öfter vorgekommen. Er hat angefangen auf mich zu achten, der Ludwig, dabei waren wir damals schon viele Jahre verheiratet. Einmal hat die Alte mich ausgeschimpft: ‚Die Brennnesseln hinten im Hühnergarten sind schon mannshoch, die hättest längst ausreißen können!' Da hat der Ludwig bestimmt: ‚Das ist eine Arbeit für den Knecht, der macht das morgen, wenn das Heu herinnen ist.' Die Alte war erst ganz schön erstaunt über ihren Sohn und dann hat sie ihn schlicht für ‚narrisch' erklärt, weil er auf einmal so fürsorglich mir gegenüber war. Aber ich war so froh. Der Ludwig hat mir zu der Zeit sogar das Gspusi mit der Hamburgerin gestanden. Er wollte sie gern heiraten, hat er mir gesagt, aber seine Mutter war natürlich dagegen. Sie hat alle möglichen Schlechtigkeiten über die junge Frau vermutet und verbreitet und überhaupt, was ihm einfallen würde, eine Evangelische heiraten, das ließe sie nie zu. Als er einmal einen ganzen Tag nicht da war, hat sie dafür gesorgt, dass die Hamburgerin aus dem Haus kam. Der Ludwig ist zweimal heimlich zu ihr gefahren, aber als ihr Baby zu früh geboren wurde und gleich darauf gestorben ist, wollte sie von ihm und vor allem von seiner Mutter nichts mehr wissen und ist zurück nach Hamburg gegangen. Und so hat er später mich geheiratet, der Ludwig. Ich glaub, die Alte war mit mir nur deshalb einverstanden, weil sie mich junges, dummes Ding so leicht hat bevormunden können. Bei der anderen wär ihr das vielleicht nicht so einfach gelungen. Aber inzwischen war ich gar nicht mehr so schlecht dran. Richtig glücklich war ich mit dem Ludwig.

Und dann, die Rita hat schon jeden Tag auf ihre Niederkunft gewartet, hab ich bemerkt, dass ich wahrscheinlich schwanger bin. Ich war vor Freude ganz aus dem Häuschen. Bei nächster Gelegenheit bin ich in die Stadt gefahren, zum Doktor, ob es auch wirklich wahr wäre. Der Doktor hat gesagt ja, ich krieg ein Baby. Da bin ich heimgefahren, so schnell, wie das alte Auto überhaupt gefahren ist, und habe dem Ludwig erzählt, dass wir jetzt selber ein Kind bekommen. Er hat sich unbändig darüber gefreut. Und das Mädchen, das die Rita inzwischen geboren hatte, blieb bei seiner Mutter. Und das hat mich gefreut, auch wenn solche Gedanken vielleicht eine Sünde sind, ich hab nicht anders können. Meine Schwiegermutter hat nicht gewusst, ob sie sich freuen soll oder nicht. Sie hat sich damit getröstet, dass mein Baby vielleicht ein Bub wird. Das hätte ihr gefallen.

Das Kind war dann ein Mäderl, deine Mutter, Evi."

Vieles von dem, was die Oma eben erzählt hatte, war Evi mehr oder weniger bekannt gewesen. Aber in den letzten Minuten waren ihre Augen vor Erstaunen kugelrund geworden. „Was, deine Schwiegermutter wollte bestimmen, dass du das Kind deiner Schwägerin aufziehen solltest?"

„Mein Gott, sie hätte es halt nicht mit ansehen können, dass das Wirtshaus in fremde Hände kommt. Heute kann ich sie besser verstehen als damals. Gleich als die Hilde auf der Welt war, bin ich nach Altötting und habe ein Votivtaferl gestiftet. Ein Maler aus der Stadt hat es mir gemalt, mit einer Kinderwiege drauf und der Aufschrift: Maria hat geholfen. Und jedes Jahr meines Lebens gehe ich wallfahrten nach Altötting aus Dankbarkeit für mein Kind und weil das Zusammensein mit dem Ludwig so viel besser geworden war, das habe ich damals der Muttergottes geschworen. Und ich habe meinen Schwur gehalten."

„Als wenn du dafür jedes Jahr nach Altötting pilgern müsstest, Oma! Der liebe Gott sieht und hört einen überall, heißt es, da hätte es unsere Dorfkirche auch getan", behauptete Evi.

„Ich denke eben, so schlecht, wie es mir gegangen ist, damals, wie ich hier eingeheiratet hab und all die Probleme mit dem Ludwig und mit dem Kinderkriegen, das verstehen Frauen eben doch eher. Der heilige Georg, dem unsere Kirche geweiht ist, und der liebe Gott, das sind am Ende halt auch bloß Mannsbilder, die für die Anliegen von uns Frauen vielleicht nicht das richtige Verständnis haben. Da war ich in Altötting bei der Muttergottes und bei der heiligen Magdalena von der Klosterkirche doch besser aufgehoben. Aber im vorigen Jahr bin ich nicht nach Altötting gekommen und du siehst, was für ein Unglück daraus entstanden ist."

„Omi! Der Manfred würde sich aber schön bedanken, dass du seine Heirat als Unglück bezeichnest. Er ist doch glücklich mit seiner Gudrun."

„Du weißt schon, wie ich das meine, Evi. Weil es mit dem ‚Hirschen' jetzt wieder genauso weit ist wie damals, wenn du ihn nicht übernehmen willst. Schau, Kind, du hättest doch dein gutes Auskommen mit der Wirtschaft. Wir stehen heute sehr gut da. Ganz im Gegensatz zu früher. Als die Hilde gerade drei Jahre alt war, ist die Schwiegermutter gestorben. Von da an musste ich mich um die Finanzen kümmern. Das hättest du sehen sollen, das Büro deiner Uroma. Es bestand aus fünf Schuhschachteln, über und über voll gesteckt mit Rechnungen, Urkunden über Grundstücke, Versicherungsscheinen, Glückwunschkarten, Bankauszügen. Alles kunterbunt durcheinander. Niemand hat das ganze Zeug vor ihrem Tod auch nur zu Gesicht bekommen. Ich schon gar nicht und der Ludwig hat sich kein bisschen dafür interessiert.

Ich habe wochenlang gebraucht, um mich durchzufinden bei all dem Kram. Immer mehr ist mir Angst geworden, was ich alles herausfinde, weil jede Menge unbezahlte Rechnungen dabei waren, eine Hypothek und zwei Schuldverschreibungen hab ich sogar gefunden. Ein angeheirateter Vetter vom Ludwig, ein pensionierter Lehrer, hat mir schließlich geholfen, denn zum Teil habe ich ja gar nicht gewusst, was das, was da stand, überhaupt zu bedeuten hatte. Am Ende hat sich eine erhebliche Verschuldung herausgestellt. Und ich hab zum ersten Mal begriffen, was für Mengen an Schnaps der Ludwig im Lauf der Zeit in sich hineingeschüttet hat. Er hat es nicht geschafft, die Trinkerei wirklich aufzugeben. An manchen Tagen hat er weniger getrunken, da war ich schon froh darüber. Ich habe auch begriffen, warum die Alte immer so ein Geizkragen war. Ich hab nie Geld von ihr bekommen. Um jeden Pfennig hätte ich fragen müssen und das hab ich oft nicht über die Lippen gebracht. Als wir das Auto angeschafft hatten, hab ich den Ludwig einmal um Geld gebeten fürs Benzin. Er sagte, ich bräuchte es doch bloß aus der Kasse nehmen, und da war ich so dumm und habe es ein paar Mal so gemacht. Dann hat mich die Alte dabei erwischt und das gab vielleicht ein Donnerwetter. Wie einen Dieb hat sie mich angebrüllt und ausgeschimpft. Ich bin nie wieder an die Kasse gegangen. So war das einzige Bare, das ich hatte, das Eiergeld. Ich hab viele Hühner gehalten damals und die Eier, die in der Wirtschaft nicht verkocht wurden, habe ich an einen Händler verkauft und diese Einnahmen hab ich behalten, auch wenn sie mich deshalb bös angeschaut hat, die Alte. Wovon hätte ich auch sonst das Benzin und hie und da ein Kleidungsstück oder eine Seife und solche ganz gewöhnlichen Sachen kaufen sollen. Sogar all die Kindersachen für die Hilde in den ersten drei Jahren hab ich meistens von dem bisschen Eiergeld bezahlt. Nun wusste ich, warum die Alte nie was herausgerückt hat. Da war ich mit meinem Eiergeld noch gut dran gewesen.

Ich hab ernsthaft befürchtet, dass es vorbei ist mit uns. Dass wir über kurz oder lang zur Versteigerung anstehen. Aber der Vetter hat gemeint, wenn wir nur die meisten Schulden bezahlten, dann müssten wir keine Zinsen dafür zahlen. Man müsste eben was verkaufen, Grundstücke zum Beispiel. Ich habe mich mit dem Ludwig beraten und wir haben die drei Felder und Wiesen, die am weitesten weg lagen, verkauft. Da, wo heute in Angerburg das Fußballfeld ist, das war einmal unser Grund und Boden, ebenso der, auf dem die fünf kleinen Einfamilienhäuser in der äußeren Dorfstraße von Irzing stehen. Und der Summererbauer hat eine Wiese von uns gekauft. Ich hab dem Ludwig ins Gewissen geredet, dass er weniger saufen soll, sonst haben wir bald wieder einen Haufen Schulden. Er hat es mir fest versprochen, aber gehalten hat er sich nicht daran. Er ist lediglich auf einen billigeren Schnaps umgestiegen. Und ich hab schauen können, wie Geld hereinkommt. Das Wirtshaus ist nämlich immer schlechter gegangen. Immer mehr Leute haben sich einen Fernseher gekauft und sind zu Hause geblieben. Und mit der Zeit hat es so viele Autos im Dorf gegeben, dass die jungen Leute, wenn sie ausgegangen sind, in

wig und ich auch ganz ernsthaft darüber gesprochen, ob wir nicht aufgeben sollen. Aber das Wirtsein, das war halt dem Ludwig sein Leben. Er hat nie was anderes sein wollen. Da hab ich halt weitergemacht mit meinem Rindvieh und hab noch mehr Schweine gehalten, damit wir durchkommen. Auch wegen der Hilde. Die ist herangewachsen und sie hat sich von klein auf hauptsächlich bei der Tante Erna in der Küche und beim Ludwig in der Wirtsstube aufgehalten. Schon als kleines Schuldirndl hat sie immer ganz stolz verkündet: Wenn ich groß bin, werde ich die Hirschenwirtin. Die Tante Erna, der Ludwig und die Hilde waren ein Herz und eine Seele. War hart für deine Mutter, wie die Tante Erna gestorben ist. Erst recht, wie ihr geliebter Babba krank geworden ist. Da ist sie sofort von der auswärtigen Lehre wieder heimgekommen. Sie hat ihn rührend umsorgt, aber der Ludwig ist jeden Tag weniger geworden. Ganz dünn ist er geworden, wo er doch vorher so dick gewesen ist. Als er gestorben war, hab ich erst gemerkt, wie sehr er mir abgeht. Er war halt trotz allem ein guter Kerl, der Ludwig. Die Hilde hat nichts anderes im Sinn gehabt, als das Wirtshaus wieder auf die Höhe zu bringen. Für die Landwirtschaft hat sie rein gar nichts übrig gehabt. Der Babba wünschte sich auch, dass es mit dem ‚Hirschen' vorwärtsginge, hat sie stets behauptet. Na ja, der Stall war alt und schäbig und so war ich eben einverstanden, dass wir die Kühe und das Jungvieh aufgeben, nur die Schweine hab ich noch eine Weile behalten und statt dessen hat die Hilde die Kegelbahnen eingebaut und mit viel Freibier eingeweiht. Sie hat sich mit der Zeit einen sehr guten Ruf als Köchin verdient und es sind sogar wieder mehr Leute gekommen. Schön langsam ist es modern geworden, an Wochenenden und Feiertagen Ausflüge aufs Land zu machen und mit dem ‚Hirschen‘ ist es tatsächlich aufwärts gegangen. Besonders, wie sie den Rupert, deinen Vater, geheiratet hat.“

„Omi, die Mutt sagt immer, da hast du deine Finger im Spiel gehabt. Stimmt das?“, fragte Evi.

„Ein bisserl nachgeholfen hab ich halt. Der Metzger vom Ort hat damals aufgehört, weil keines von seinen Kindern die Metzgerei übernehmen wollte. Und dein Vati hat bei ihm gearbeitet. Die Hilde hat ihn schon gekannt damals, weil er unsere Schweine für die Wirtschaft immer geschlachtet hat und überhaupt, man kennt sich eben, in einem kleinen Dorf. Und ich war sicher, sie sieht ihn nicht ungern. Da hab ich dem Rupert vorgeschlagen, bis er eine neue Arbeit als Metzger findet, soll er bei uns helfen. Er hat gleich zugesagt. Und wie er da war bei uns, ist einfach nichts passiert. Die Hilde hat ihm nachgeschaut, er hat ihr nachgeschaut und sonst war nichts. Außer seinem Beruf hat er eben nichts gehabt. Seine Eltern waren arme Leute. Da hab ich mir den Rupert vorgeknöpft und hab ihm gesagt, dass er so ein tüchtiger Kerl ist, dass es schade wär, wenn er wieder von uns wegginge. ‚So einer wie du, der so gut metzgern und kochen kann, der ist Gold wert für jedes Wirtshaus.‘ Da hat er sich dann getraut um die Hilde zu werben. Acht Monate später war Hochzeit und tüchtig, wie er ist, dein Vati, hat er nicht nur das Wirtshaus weitergeführt, sondern auch noch den Metzgerladen eingerichtet. Die Leute im Dorf waren ganz schön froh darüber, dass es wieder einen Metzger im Dorf gegeben hat, und seine gute Wurst bringt uns sogar Kundschaft und Gäste aus den Dörfern in der Umgebung und aus Angerburg. So. Und du, Evi, weißt nichts, als alles zu verpachten. Eine Schande ist das."

„Also Omi, nächstens wird dir noch einfallen, ich soll einen Metzger heiraten! Omi, die ganze Zeit hast du mir jetzt erzählt, wie schwer du es gehabt hast, weil du zu einer Heirat und zu einem Leben gezwungen worden bist, das du eigentlich nicht wolltest. Warum willst du mir dasselbe antun? Ich bin eben nicht zur Wirtin geboren."

Die Oma seufzte wieder einmal schwer. „Ich hab gehofft, du überlegst es dir. Noch dazu, wo du den Christian kennen gelernt hast, der ist schließlich ein Wirtssohn."

„Das nützt nichts, Oma. Der Christian ist in erster Linie Bankmensch, wie ich auch."

„Dann hab ich die ganze Geschichte umsonst erzählt."

„Nein, gar nicht, Oma. Ich hab zwar vieles schon einmal gehört, aber die Sache mit dem Kind von der Rita war mir neu. Ich verstehe sowieso überhaupt nicht, warum du dir von deiner Schwiegermutter so viel hast gefallen lassen. Mit mir könnte das niemand machen!"

„Ach Evi, ich war so jung und dumm damals und so hilflos. Was hätte ich denn tun sollen? Seinerzeit war es eben üblich, mit seiner Schwiegermutter in einem Haushalt zu leben. Außer dem Schlafzimmer habe ich keinen Bereich für mich selber gehabt. Und ich hab fest geglaubt, es sei meine Pflicht und Schuldigkeit fleißig zu arbeiten. Ich habe mich immer schrecklich geniert, wenn sie mir Vorhaltungen gemacht hat, weil ihr etwas nicht gepasst hat. Heutzutage sind andere

Zeiten, Gott sei Dank. Ich wünsch dir wirklich, dass du nie mit so einer furchtbaren Schwiegermutter konfrontiert wirst. Das würde dir auch gar nie passieren, wenn du zum Beispiel unseren ‚Weißen Hirschen' übernehmen und heiraten und Kinder haben tätest!"

Evi stand energisch von ihrem bequemen Sessel auf und stellte ihn mit einem Knall zurück in seine angestammte Fensterecke. „Omi, ich brauche keine furchtbare Schwiegermutter, du bist allmählich furchtbar genug mit deinem ständigen Winken mit dem Zaunpfahl. So, und jetzt hab ich Hunger und du sicher auch. Also, was soll ich dir holen?"

„Ach, ich hab gar keinen Hunger. Nein, mir brauchst nix bringen. Nur was zu trinken, Evi."

„Jetzt tu bloß nicht, als wenn dein letztes Stündlein geschlagen hätte, Omi. Damit kriegst du mich auch nicht herum. Ich bringe dir eine kräftige Suppe und hier ist dein Mineralwasser." Sie drückte der Oma ein Glas in die Hand und verschwand in die Küche.

Erstens kommt es anders, zweitens als man denkt

Das nächste Wochenende war ganz Christian vorbehalten. Zwar brummelte Oma nach wie vor, wie matt und appetitlos sie sich fühle, aber seit Evi wieder zu Hause war, stand sie wie immer pünktlich am Morgen auf um mit ihr zu frühstücken. Ihre Miene am Samstagmorgen drückte nur allzu deutlich aus, wie traurig sie über Evis Abfahrt war, aber Evi ließ sich davon nicht abhalten. „Servus Omi. Sonntagabend komme ich bestimmt erst sehr spät heim. Du brauchst nicht auf mich zu warten.“ Evi fuhr winkend ab, in Gedanken schon ganz bei Christian, neugierig auf die kleine Wohnung, die er in München gefunden hatte.

Es handelte sich um ein wirklich enges Einzimmer-Appartement, möbliert mit einem Bett und einem Schrank in einer Nische. Es gab eine winzige Küche, in der man sich kaum umdrehen konnte, und ein genauso winziges Bad, in dem beim besten Willen immer nur eine Person genug Platz hatte. Den Wohnraum an sich wollten sie gemeinsam möblieren. Sie fuhren frohgemut mit einem gemieteten Kleinlaster zu einem Möbelhaus und kauften Händchen haltend einen kleinen runden Tisch und vier Stühle aus weiß lackiertem Holz, ein Sofa plus Sessel mit ebenfalls sehr hellem Bezug und Acrylregale. Und weil Evi das alles wahnsinnig fad fand, ließ sich Christian noch zu einem bunten Teppich überreden. Trotz ihrer gegensätzlichen Geschmäcker amüsierten sie sich beim Einkauf und auch der Rest des Wochenendes verlief vergnüglich. Christian zeigte ihr stolz das Bankhaus, in dem er nun arbeitete, außerdem ein chinesisches Restaurant, das er entdeckt und für gut befunden hatte. Für den Abend hatte er Theaterkarten und am Sonntag, nachdem Christian Evi schon gegen 10 Uhr aus dem Bett geworfen hatte, spazierten sie im Englischen Garten und an der Isar herum.

Abends um neun fand Evi, sie müsse nun bald zurückfahren, aber sie konnten sich einfach nicht trennen, und als sie endlich tatsächlich in ihrem roten Mini abbrauste, war Mitternacht gerade vorbei.

So und ähnlich verliefen mehrere Wochenenden dieses Herbstes. Omi bemühte sich ihren Unmut darüber zu unterdrücken. Sie meinte nur einmal: „Der Christian könnte doch auch einmal heimkommen. Wir würden deine Hilfe oft so dringend brauchen, vor allem an den Wochenenden. Deine Eltern wissen oft gar nicht mehr, wie sie die ganze Arbeit bewältigen sollen. Der Vati hat unheimlichen Betrieb in der Wirtsstube, ich weiß gar nicht, wie er durchkommt. Gerade jetzt im Herbst sind so viele Ausflügler unterwegs und kehren bei uns ein. Außerdem, ich mach mir immer solche Sorgen, wenn du so lange auf der Straße unterwegs bist. Dass dir nur nichts passiert, Evi."

Evi verdrehte genervt die Augen himmelwärts, vergaß Omis Ängste, sowie sie im Auto saß, und strebte singend und pfeifend München und ihrem Christian zu.

Einmal allerdings kam sie zornentbrannt und wütend bei ihm an und beschwerte sich bitter über die Personalentscheidungen der Bank.

„Stell dir vor, Christian, den Trottel lassen sie Karriere machen bei uns. Eine Schande ist das und mit der Meinung bin ich nicht allein. Dabei gäbe es massenhaft Leute, vor allem einige Frauen bei uns, die mehr Grips haben und es verdient hätten, die Leiter nach oben zu klettern."

„Na ja, so übel ist der Typ wirklich nicht. Im Übrigen können Vorgesetzte wohl doch besser beurteilen, was einer taugt, als die anderen Angestellten."

„Was? Das ist deine Meinung? Das darf ja wohl nicht wahr sein. Das ist tiefste, mittelalterliche Machoart." Empört und mit blitzenden Augen reckte sich Evi vor Christian. „Du weißt so gut wie wir alle, dass der unmögliche Typ nur deshalb befördert worden ist, weil er erstens ein Mann und vor allem der Sohn von seinem Alten ist: aus begütertem bürgerlichen Haus, der Vater seit Jahren im Stadtrat, die Mutter im Katholischen Frauenbund und der Onkel sitzt auch noch in einem Büro im Rathaus. So läuft der Hase nämlich! Und die Ilse, die zur selben Zeit in der beschissenen Bank angefangen hat, mit weitaus besseren Noten als dieser Trottel, die bleibt auf ihrem üblichen Posten. Es ist ungeheuerlich! Die Ilse akzeptiert das auch noch. Sie sagt, es ist eben so und ich würde es auch noch zu spüren kriegen. Ihre Familie wäre ihr am Ende wichtiger als die immensen Anstrengungen, die es einen als Frau kostet, Karriere zu machen."

„Ja mein Gott, das ist doch ganz vernünftig. Die Ilse hat schließlich zwei Kinder und einen Ehemann zu versorgen."

Evi platzte beinahe vor Wut. „So denkst du? Ich hab dich für einen modernen und fortschrittlichen Menschen gehalten. Eine unmögliche Einstellung ist das! Ich lass mich jedenfalls nicht davon abhalten, etwas aus meinem Leben zu machen, das sag ich dir. Ich will auf keinen Fall Jahrzehnte lang auf demselben Stuhl sitzen und Kundenbetreuung am Schalter machen. Das wäre einfach ein Witz!"

„Na ja, wenn du so fest entschlossen bist, vielleicht kommst du dann ja auch vorwärts. Müssen wir zwei uns deshalb jetzt streiten?"

Sie vertrugen sich wieder, aber bei Evi blieb ein mulmiges Gefühl zurück. Sie hatte Christian viel weniger altmodisch und konventionell eingeschätzt. Die Erkenntnis, dass es eine ganz schön haarige Angelegenheit werden würde, in der Bank Karriere zu machen, ließ einige Zuversicht für ihre berufliche Zukunft schwinden. Es würde sicher nicht leicht werden.

Privat waren Evis Tage voll ausgefüllt. Sie umsorgte Omi, verbrachte die Wochenenden bei Christian, obgleich der Unwillen ihrer Mutter darüber immer deutlicher sichtbar wurde.

„Musst du schon wieder tagelang weg sein? Du könntest uns wirklich öfter einmal helfen. Gerade an den Wochenenden bräuchten wir dich ganz dringend. Der Vati ist jedes Mal total erledigt, noch dazu wo die Braunerin, unsere beste Kellnerin, seit Wochen ihren kranken Mann pflegt und immer weniger kommt."

„Und warum stellt ihr keine andere ein?"

„Also weißt du, wie kannst du so dumm fragen. Erstens, was soll die Braunerin machen, wenn der Mann wieder gesund ist? Sie ist seit dreißig Jahren immer da, wenn sie gebraucht wird. Und außerdem, mit so einer guten Kraft verdirbt man es sich nicht. Die wär doch eingeschnappt, wenn wir für sie eine andere einstellen würden. So versucht der Vati eben, stundenweise ohne sie auszukommen. Du solltest sehen, wie erschöpft er nach den Wochenenden ist."

Evi kam daraufhin tatsächlich ein- oder zweimal bereits am Sonntagnachmittag zurück, um dem Vater zu helfen. Sie beobachtete ihn genauer, aber eine besondere Erschöpfung konnte sie bei ihm nicht erkennen.

An den Werktagen ging sie manchmal in die Disco, alte Freundschaften wollten schließlich gepflegt werden. Nicht selten, sogar immer öfter im Laufe der Wochen, traf sie dabei auf den Lorenz, den jungen Bäcker, der Christian ein wenig ähnlich sah. Er suchte nach ihr und wusste, wo er sie treffen konnte. Evi gefiel ihr neuer Verehrer, sie unterhielt sich gern mit ihm, tanzte mit ihm, er war ein wirklich netter Kerl. Aber da gab es Christian, der ihr ungemein wichtig war. Sie lehnte es deshalb ab, sich mit Lorenz zu verabreden, und vergaß ihn im selben Moment, in dem er aus ihrem Blickfeld verschwand.

Wenn sie in ihren voll ausgefüllten Tagen noch Zeit fand, besuchte sie ihre Freundin Gaby. Deren Baby war längst geboren, und so wenig sich Evi früher für Babys interessiert hatte, Gabys kleiner Junge begeisterte sie. Er war wirklich niedlich, wuchs und gedieh unglaublich schnell. Es war ein tolles Gefühl, dieses kleine, warme Bündel Mensch im Arm zu halten, und jede Regung seines Gesichtchens wurde aufmerksam registriert. Evi schnitt allerlei Grimassen, um ihn zum Lächeln zu bringen, schnupperte den typischen, süßen Babyduft, den er und Gabys ganze Wohnung ausströmten. Sie ertappte sich bei den unmöglichen Lautäußerungen, die sie früher, bei anderen beobachtet, als in hohem Grade idiotisch eingestuft hatte. Der Kleine gefiel ihr so sehr, dass sie sogar bisweilen daran dachte, dass sie sich so ein süßes Kerlchen auch selber anschaffen wollte. Irgendwann einmal. Sie ertappte sich bei dem Gedanken, dass ein Baby vielleicht sogar Abstriche in der Karriere wert wäre. Und das, obwohl Gaby inzwischen auch einiges Unerfreuliche über kleine Babys zu berichten hatte, wie Geschrei zu jeder Tages- und Nachtzeit.

An einem windigen, sonnigen Herbsttag wurde Evis fröhliches, zufriedenes Dahinleben jäh unterbrochen. Sie kam wie üblich von der Bank nach Hause gefahren und stellte ihren roten Mini vor die Haustür. Da öffnete Omi, die es sich angewöhnt hatte, stets oben in der Wohnung zu bleiben, schon die Haustür.

„Hallo, Omi. Du traust dich wieder die Treppe herunter? Ist ja prima!" Evi rannte auf sie zu, wurde angesichts ihrer sehr ernsthaften Miene stutzig. „Ist was?"

„Ja, Evi, es ist was. Es ist was Schlimmes passiert. Der Vati, also, der Vati, der ist im Krankenhaus."

„Vati? Hat er einen Unfall gehabt? Sag doch, was hat er denn?" Erschrocken packte Evi die Oma am Arm.

„Nein, nein, kein Unfall. Evi, er hatte einen Herzanfall, sagen die Ärzte. Es geht ihm schon wieder besser. Deine Mutt war den ganzen Nachmittag im Krankenhaus, sie ist eben erst zurückgekommen."

„Wo ist sie? Was sagt sie? Ich fahr gleich ins Krankenhaus."

Die Oma zog die Widerstrebende ins Haus. „Jetzt komm erst einmal, du musst was essen und dabei kann dir die Hilde alles erzählen."

Evi ließ sich in die große Wirtsküche führen, wo die Mutter wie immer bei der Arbeit war.

„Evi! Da bist ja endlich. Setz dich." Sie schöpfte ihrer Tochter einen Teller voll Gemüsesuppe und stellte ihn auf den Tisch.

„Wie geht's dem Vati?" Evi sah ihre Mutter ängstlich an, setzte sich, weil sie am ganzen Körper zitterte.

„Gut. Es geht ihm den Umständen entsprechend recht gut, sagen die Doktoren. Es war auch Gott sei Dank ein nicht so schlimmer Herzanfall. Ein Warnschuss, sozusagen."

„Wie ist es denn passiert?"

„Hier in der Küche ist es passiert. Er hat vor Schwäche das Messer fallen lassen, ich hab mich umgeschaut, als ich es auf den Boden fallen hörte. Da hat er sich gekrümmt und mit verzerrtem Gesicht an die linke Seite der Brust gefasst und ich bin schnell gelaufen und hab ihm einen Stuhl hingestellt. Als er einige Zeit gesessen ist, meinte er, es geht gleich wieder, aber der Schweiß ist ihm im Gesicht gestanden und ich bin so erschrocken, dass ich gleich den Notarzt angerufen hab. Gott sei Dank! Ich glaube, es hat eine Ewigkeit gedauert, bis der endlich da war. Der Doktor hat gleich vermutet, dass es ein Infarkt ist, und sie haben ihn sofort ins Krankenhaus gebracht. Und da wird er jetzt auch eine Weile bleiben, obwohl er selber gemeint hat, es ginge ihm schon wieder wunderbar und spätestens morgen käme er wieder heim."

„Oh Gott, was machen wir denn jetzt ohne den Vati?", fragte Evi entgeistert.

„Na, was schon? Weiter halt mit unserer Arbeit. Das Abendessen für die Gäste muss bald fertig werden und es wäre nett, wenn du uns helfen würdest."

„Aber Mutt, ich muss doch zum Vati ins Krankenhaus, ich muss ihn doch sehen."

„Als ich vorhin heimgefahren bin, hat er geschlafen. Besuchst ihn halt morgen früh."

„Morgen erst? Unmöglich. Ich fahr zu ihm, sobald der größte Ansturm in der Gaststube vorbei ist."

Was Evi auch tat. Sie half emsig in der Küche, wie auch, zum ersten Mal seit langer Zeit, die Oma. Und sobald es nur irgend ging, verschwand sie ins Krankenhaus. Eine freundliche ältere Schwester führte sie zu ihrem Vati. Er schlief, sah blass aus in den weißen Kissen und atmete schwer. Aber die Krankenschwester bestätigte, es gehe ihm den Umständen entsprechend gut. Evi saß lange neben ihm und beobachtete ihn ängstlich. Und wie sie so über ihn und sein tägliches Leben nachdachte, machte sie sich Vorwürfe, dass sie nicht bemerkt hatte, wie der tägliche Stress zu viel für ihn geworden war.

Und wie zum Teufel sollte es weitergehen? Vati musste unbedingt entlastet werden, das war am wichtigsten. Die ganze Nacht wirbelten die Gedanken in Evis Kopf herum. Sie schlief wenig. Am Morgen besuchte sie ihren Vater, noch bevor sie in die Bank ging.

Er war wach und guter Dinge und seine kräftige Stimme beruhigte Evi ungemein. „Mir geht's wunderbar. Ich komm bald wieder heim. Macht euch nur nicht so viele Sorgen um mich."

Die Ärzte jedoch warnten. Er sollte gleich nach seiner Entlassung aus dem Krankenhaus eine Kur antreten. Dann musste er versuchen sein Gewicht zu reduzieren und vor allem beruflich kürzer treten, wenn er nicht einen erneuten Infarkt riskieren wollte.

Die drei Frauen des „Weißen Hirschen" saßen sich am späten Sonntagabend, als der letzte Gast gegangen war, nicht ohne dem Wirt herzliche Grüße und gute Besserung ausrichten zu lassen, recht betreten gegenüber. Evi hatte in den letzten Tagen fleißiger als je zuvor im Gasthaus und sogar in der Metzgerei geholfen. Ihre Arbeit in der Bank war in den Hintergrund getreten angesichts der Aufgaben, die sie täglich zu Hause erwarteten. An ein Wochenende mit Christian in München war nicht zu denken. Omi hatte noch am Tag von Vaters Erkrankung kategorisch erklärt: „Du musst uns auch am Wochenende helfen, Evi, anders geht es nicht. Dein Christian kann ja zur Abwechslung heimfahren. Ich versteh sowieso nicht, warum du immer nach München hinaufmusst, umgekehrt ginge es doch auch!"

„Selbstverständlich bleibe ich und helfe euch. Was anderes wäre mir nicht eingefallen!“ Evi hatte einigermaßen aufgebracht geantwortet. Sie hatte Christian angerufen. Er äußerte Bedauern ihres Vatis wegen, volles Verständnis, dass sie nicht kommen konnte, und dachte nicht im Traum daran, deshalb heim nach Wurzbach zu fahren. Evi tröstete sich damit, dass sie eh kaum Zeit fände, mit ihm zusammen zu sein.

Ihr Leben lief derzeit in sehr engen Bahnen. Sie hatte für nichts Zeit, außer für die Bank und für das Wirtshaus.

Dabei war es für die drei Frauen erstaunlich und erfreulich, wie oft und anteilnehmend sich die Gäste nach der Gesundheit des Wirtes erkundigten. Viele besuchten ihn auch im Krankenhaus. Evi unterhielt sich gern mit den Gästen, die für ihren Vati so viele lobende Worte fanden. Den Vater am Ausschank zu vertreten war noch ihre liebste Aufgabe. In der Küche engagierte sich die Oma wie früher in ihren besten Tagen. Sie zeigte keinerlei Kränklichkeit oder Müdigkeit mehr, stand früher auf als Evi und sie war am Abend die Letzte, die sich in ihr Zimmer zurückzog. Babette, die Mesnerin, die sich seit der Erkrankung des Wirtes öfter bei ihnen in der Küche einfand, um Gemüse und Salat zu putzen und zu schneiden, lobte sie. „Mathilde, bei allem Unglück, das freut mich, dass du jetzt wieder so gut drauf bist.“

„Was bleibt mir anderes übrig. Ich werde so dringend gebraucht, da kann ich mich doch nicht ins Bett legen und hier unten geht alles drunter und drüber. Nein, nein, da heißt es sich zusammenreißen und es geht auch.“

Mutt war so beschäftigt und vielleicht auch so in

Gedanken, dass sie ihre sonst reichlich fließenden spitzen Bemerkungen Evi gegenüber vergaß. Sie kümmerte sich um die Metzgerei, die ansonsten nun von der Verkäuferin und dem angestellten Metzger, einem Nebenerwersbauern aus dem Dorf, weitergeführt wurde, und um die Wirtshausküche. Nur mit den Büroarbeiten, um die sich der Vater allein gekümmert hatte, wollte sie nichts zu tun haben. „Ich kenn mich nicht aus mit dem schriftlichen Kram. Das soll der Vati machen, wenn er wieder da ist. Da rühr ich nichts an."

„Aber Mutt, es müssen doch Bestellungen rausgehen, Rechnungen bezahlt werden, die Buchführung können wir auch nicht über Wochen liegen lassen."

„Na, dann kümmere du dich darum, Evi. Du müsstest dich mit dem Kram doch auskennen, oder? Wozu hast du eine Banklehre gemacht?"

Evi seufzte. Sie hatte sich nie um die wirtschaftlichen Aspekte und Vatis Büro gekümmert. Aber da ihr nichts anderes übrig blieb, setzte sie sich in Vaters Bürosessel und versuchte sich in den Unterlagen zurechtzufinden. Mit schlechtem Gewissen, weil ja die Ärzte immer betonten, der Vater müsse geschont werden, beriet sie sich trotzdem mit ihm darüber, was zu tun wäre. Was dem Vater mehr als recht war. Er wollte bei jedem Besuch ganz genau wissen, wie es zu Hause lief. „Die Doktoren verstehen das nicht. Ich werde ja narrisch vor Sorgen, wenn ihr mir nicht sagt, was zu Hause alles los ist. Und erst diese Kur, die ich jetzt machen soll. Ich weiß gar nicht, wie ich die aushalten soll, drei Wochen so weit weg. Ich würde mich daheim bestimmt genauso gut erholen."

„Stimmt nicht, Vati, und das weißt du auch! Du würdest von der ersten Stunde an weiterarbeiten, als wenn nichts gewesen wäre. Du musst diese Kur absolvieren, wir wollen schließlich, dass du wieder ganz gesund und fit wirst." Evi redete ihrem Vater energisch ins Gewissen. „Mach dir keine Gedanken. Wir drei Weiber schmeißen den Laden schon in den paar Wochen. Außerdem telefonieren wir jeden Tag miteinander, versprochen. Du wirst über alles Wichtige informiert und kannst deinen Senf dazugeben. Und außerdem ist die Braunerin, unsere beste Kellnerin, wieder voll da. Ihrem Mann geht's wieder gut."

Der Vater lachte seine Tochter liebevoll an. „Na, dann mach ich halt diese Kur. Was ich so höre, bist du ja ein sehr tüchtiger Ersatz für mich. Die Mannsbilder aus dem Dorf, die mich hier herinnen besuchen, loben dich über den grünen Klee. Die sehen lieber eine hübsche junge Frau an der Theke stehen als einen alten Mann. Und die Mutt und natürlich die Omi erzählen nur das Allerbeste von dir."

Evi war ein wenig überrascht und sehr geschmeichelt. „Wirklich? Sogar die Mutt lobt mich?"

„Ja, und wie. Sie hätte dir so viel Ausdauer und Engagement gar nicht zugetraut. Noch dazu, wo du jetzt Urlaub in der Bank nimmst, damit zu Hause alles gut läuft. Wir wissen das zu schätzen, Kind."

„Ach, Vati, wenn du nur wieder ganz gesund wirst."

Evi freute sich ungemein über die lobenden Worte ihres Vaters. Sie fand auch, sie hätte sie redlich verdient, denn es fiel ihr alles andere als leicht, in der Bank unbezahlten Urlaub zu nehmen und nicht mehr zu Christian nach München fahren zu können, denn in letzter Zeit hatte sie ihn auch telefonisch nur selten erreicht. Aber irgendwann, so hoffte sie, würde Vati wieder gesund sein und sie könnte wieder ihren eigenen Lebensstil pflegen.

Vorläufig sah es jedoch gar nicht danach aus. Sie hatte alle Hände voll zu tun, in der Wirtsstube und in der Buchhaltung. Das Büro blieb ganz ihr überlassen, Mutt weigerte sich einfach es auch nur zu betreten. Je mehr Durchblick sie in Vaters Buchführung gewann, umso mehr wuchs ihr Respekt vor ihm. Sie hatte sich nie Gedanken darüber gemacht, aber nun staunte sie geradezu über die Geschäftstüchtigkeit ihres Vatis. Dass ein einfaches Dorfwirtshaus, das zu Omis Zeiten beinahe eingegangen wäre, mit so viel wirtschaftlichem Erfolg gesegnet sein könnte, hätte sie kaum für möglich gehalten. Auch die Metzgerei warf einen guten Gewinn ab.

Als sie mit dem Vater telefonierte, wie jeden Morgen, seit er zur Kur war, meinte sie: „Ich dachte vorher, wir kommen finanziell eben so durch!"

„Na, du bist gut. Ein bisschen was muss schon hängen bleiben, bei der vielen Arbeit, die wir uns machen. Von so einem Wirtshaus kann man heutzutage wieder recht gut leben. Jedes Jahr kommen mehr Gäste aus der Stadt und der Umgebung. Heutzutage ist es eben modern, am Wochenende Ausflüge zu machen. Sogar an den gewöhnlichen Wochentagen steigt die Zahl der Gäste zum Abendessen. Und in der Metzgerei wirkt es sich langsam, aber sicher sehr positiv aus, dass wir garantiert einwandfrei gehaltene Schlachttiere aus der nächsten Umgebung verarbeiten. Hast du noch nie bemerkt, dass eine Reihe von Kunden aus Angerburg herausfährt zu uns, um Fleisch und Wurst zu kaufen?"

„Ich hab nicht gewusst, dass es so viele sind, Vati."

Evi klärte mit dem Vater noch einige Fragen, da sie in

der nächsten Woche eine Hochzeit auszurichten hatte. Es war die erste, die sie ganz allein organisieren würde, sozusagen eine Bewährungsprobe, und sie war doch einigermaßen aufgeregt, ob alles gut klappen würde. Sie wusste nur zu gut, dass man sie mit Argusaugen beobachten würde, denn im ganzen Dorf war bekannt, dass sie, die Evi, derzeit den Betrieb managte.

Die Hochzeit war für den Samstag angesetzt. Somit war wieder einmal völlig klar, sie konnte nicht zu Christian. Als sie mit ihm das letzte Mal telefonierte, hatte sie ihn aufs Herzlichste gebeten doch einmal für ein Wochenende nach Hause zu kommen, damit sie sich endlich wieder sehen könnten. Er hatte es halbwegs versprochen und nun hegte Evi diesbezüglich die schönsten Erwartungen. Sie blickte auf die Uhr, meinte, Christian müsse derzeit auf alle Fälle in seiner Wohnung sein, und tippte seine Nummer. Sie ließ das Telefon an die zehnmal läuten, dann gab sie auf. Er war wohl wieder auf einem dieser Fortbildungskurse, von denen er ihr ständig erzählte, dachte Evi genervt.

Sie versuchte noch einige Male Christian zu erreichen und am nächsten Morgen, bevor er die Wohnung verlassen musste, gelang es ihr schließlich.

„Sag mal ehrlich, wo treibst du dich den ganzen Abend und die halbe Nacht herum? Ich hab ständig versucht dich zu erreichen“, beschwerte sich Evi, halb im Ernst, halb im Spaß.

„Wo soll ich schon sein? Du weißt doch, wie wichtig diese Weiterbildungskurse für meine berufliche Zukunft sind“, verteidigte er sich in etwas gekränktem Tonfall.

„Also hör mal, nachts um elf Uhr habe ich es zuletzt

probiert. Um diese Zeit gibt es doch keine Fortbildungskurse mehr!"

„Natürlich nicht. Wir waren essen und haben uns unterhalten in einem Weinlokal, fast der gesamte Kurs. Nach anstrengenden Stunden gehört das Entspannen schließlich mit dazu. Das kennst du doch!"

„Ja. Ach, Christian, wie ich dich beneide! Ich wollte, ich hätte auch für solche Kurse Zeit. Aber leider, ich bin voll im Stress, bis der Vati wieder da ist. Sag, kannst du jetzt kommen am Wochenende? Wenigstens da werden wohl keine Kurse sein!"

„Nein, natürlich nicht."

„Fein", fiel ihm Evi ins Wort, „du kommst also?"

„Ach, ich weiß nicht, es hat doch gar keinen Sinn. Du bist vollauf beschäftigt mit dieser Hochzeit und wir hätten kaum Gelegenheit uns zu sehen. Das Wetter ist herbstlich-scheußlich, was soll ich da auf dem Land anfangen?"

„Christian! Du willst wieder nicht kommen? Mein Gott, wir sehen uns ja gar nicht mehr in letzter Zeit. Außerdem sagt der Wetterbericht, das Wetter wird schön bis zum Wochenende. Christian, sei doch nicht so! Macht es dir denn überhaupt nichts aus, wenn wir uns nie sehen?"

„Natürlich bin ich traurig, Evi. Aber schau mal, wir haben doch viel mehr voneinander, wenn du nach München in meine Wohnung kommst. Irgendwann in nächster Zeit wirst du doch in Gottes Namen wieder einmal Zeit haben, oder?"

Evi seufzte schwer. „Hoffentlich. Christian, du …"

„Evi, ich muss weg. Höchste Zeit, sonst komm ich noch zu spät in die Bank. Wir telefonieren bald wieder, ja? Servus, Evi, bis bald!"

Es klickte im Hörer. Zutiefst enttäuscht legte Evi ihn auf die Gabel. Auch wenn Christian mit seinen Argumenten durchaus Recht hatte, er hätte ihr zuliebe wirklich einmal kommen können, fand sie.

Evi stürzte sich in die Arbeit. Der Sohn des zweiten Bürgermeisters im Dorf heiratete, 150 Gäste waren geladen, vom Dorf würden unzählige am Abend dazukommen, denn der Zweite Bürgermeister hatte viele wissen lassen, sie wären herzlich willkommen. Er wollte demnächst Erster Bürgermeister werden, wenn der bisherige aus Altersgründen nicht mehr kandidieren sollte, wie er es vor einiger Zeit angekündigt hatte. Und Evi wollte bei dieser wichtigen Angelegenheit dem guten Ruf des „Weißen Hirschen" gerecht werden und dem Vati alle Ehre machen. Die Hochzeitsfeier verlief dann auch problemlos, als wäre der Vater höchstpersönlich anwesend. Mutts Gerichte wurden als ausgezeichnet und sehr reichlich gelobt, Organisation und Ablauf vom Mittag bis nach Mitternacht klappten wie am Schnürchen und Evi wurde von den geladenen Dorfleuten für die Dekoration des Saales ausdrücklich gelobt. So schön, erklärten nicht wenige angesichts der üppigen, herbstlichen Kreationen aus leuchtenden Pfarrerkäppchen mit Efeugirlanden an den Wänden und den mit Efeu gebundenen Rosensträußchen auf den Tischen, hätte der alte Kuhstall noch nie ausgesehen. Der große Saal, das war früher einmal, zu Omas Zeiten, tatsächlich der Kuhstall gewesen. Mutt und Vati hatten das typische böhmische Gewölbe, gestützt von dicken Steinsäulen, das in diesen Ställen üblich war, restauriert und den Stall so vorzüglich hergerichtet, dass die Leute oft begeistert erklärten, man komme sich vor wie in einem Schloss.

Als Evi am Tag nach der Hochzeit im leeren Saal stand und die Wände betrachtete, schossen ihr gleich mehrere Ideen durch den Kopf, wie man den Saal noch interessanter gestalten könnte und wie man ihn besser ausnützen könnte – aber halt, bald war Vati wieder ganz gesund und sie würde wieder ihren Platz in der Bank einnehmen. Ein leises Bedauern schlich sich in ihr Gemüt. Dass sie in letzter Zeit wegen ihrer Leistungen im elterlichen Wirtshaus so oft ausdrücklich gelobt wurde, war doch eine sehr angenehme Erfahrung.

Nach den Aufregungen der Hochzeitsfeier folgte eine recht ruhige Woche. Das Wetter verschlechterte sich von Tag zu Tag, ein kalter Wind fegte jede Menge Blätter durch die Straßen und die Leute blieben lieber zu Hause.

„Das wird ein fades Wochenende", prophezeite die Braunerin am Samstagmittag und brachte damit Evi auf eine glänzende Idee. „Da werdet ihr ohne weiteres allein mit der Arbeit fertig, nicht wahr?"

„Ja, bestimmt, Chefin." Früher hatte sie Evi gesagt, aber nun, seit Evi sich so engagierte, waren alle Angestellten der Braunerin gefolgt und titulierten Evi als „Chefin", was Evi natürlich außerordentlich gefiel.

„Also, dann werde ich mir ein freies Wochenende genehmigen!" Sie teilte diesen Entschluss sogleich Omi mit, die sehr verständnisvoll konstatierte: „Das hast dir auch wirklich verdient, Evilein. Möchtest nach München hinauf zum Christian, gelt?" Mutt brummelte: „Fahr zu, wenn du dann glücklicher bist, wir werden die paar Tage auch allein mit allem fertig."

Evi versuchte Christian telefonisch von ihrer bevorstehenden Ankunft zu verständigen, erreichte ihn wieder einmal nicht und fuhr kurz entschlossen und freudig erregt los. Sie pfiff und sang auf der Fahrt, das Prasseln des Regens auf dem Autodach war die Begleitmusik.

In München war wenig Verkehr, dafür schienen sämtliche Parkplätze besetzt zu sein. Sie kurvte einige Zeit herum, bis sie ihren Mini endlich abstellen konnte, nahm ihren Rucksack und musste fünf Minuten durch den Regen gehen bis zu Christians Wohnung. Sie war immer noch fröhlich und gut gelaunt, hüpfte um die Regenpfützen herum und summte dabei „I'm singing in the rain" vor sich hin, freute sich schon im Voraus auf Christians verdutztes Gesicht und seine Freude, wenn er sie sah, und dachte mit Behagen an die kommende Nacht.

Mit einem kleinen Lächeln auf dem Gesicht klingelte Evi an Christians Wohnungstür. Einmal, nach einer Minute wieder, dann nochmals anhaltend.

Nichts rührte sich. „Ach verdammt!" Sie schlug enttäuscht mit der Faust an die Tür und tröstete sich sogleich, natürlich, er wusste ja nicht, dass sie gekommen war.

Schließlich setzte sie sich auf die Treppe. Es wurde Abend, immer weniger Licht fiel durch das Fenster in den Flur. Der Fahrstuhl bewegte sich ein paar Mal auf und ab, aber im Stockwerk von Christians Wohnung kam und ging niemand. Bald wurde es Evi zu dumm. Sie beschloss in das nächste Lokal zu gehen.

Gerade als sie mit ihrem Rucksack in der Hand ein, zwei Stufen nach unten gegangen war, hörte sie Türenschlagen und fröhliche, lachende Stimmen, offenbar ein Pärchen. Christians Stimme? Christians Lachen? Stocksteif und mit vor Erstaunen weit aufgerissenen Augen blieb Evi auf der Treppe stehen. Es dauerte einige quälend langsam vergehende Sekunden, bis die Gestalten in Evis Blickfeld kamen. Zwei einander zugeneigte Köpfe waren zuerst zu sehen. Ein Mann in einer dunklen Jacke, die Frau in einer roten, erschienen am Absatz der Treppe. Der Arm in dem roten Jackenärmel umfing Christians dunklen Rücken, sein dunkler Arm den roten Rücken der Frau. Ein Bild, das sich Evi einprägte. Sich eng aneinander klammernd, lachend und albernd kamen die beiden die Stufen herauf.

Sie hatten keinen Blick für ihre Umgebung, und erst als Evis schlanke Beine in den schwarzen Schuhen in ihr Blickfeld gerieten, schaute zuerst das Mädchen und dann auch Christian zu ihr hoch. Das Lachen erstarb langsam auf dem Gesicht des Mädchens, ein sehr hübsches Gesicht mit einer Wolke dunklen Haares drum herum.

Sichtlich überrumpelt fragte Christian: „Evi? Wo kommst du denn plötzlich her?“

„Wie üblich aus Irzing in Niederbayern. Woher sollte ich sonst kommen?“, antwortete Evi und es gelang ihr ein wenig Spott in ihre Stimme zu legen, worauf sie fast stolz war.

„Wohl eine Bekannte aus der Heimat, Christian? Gib mir den Schlüssel, ich geh schon mal in die Wohnung, dann könnt ihr euch ungestört unterhalten“, verlangte das Mädchen.

Christian langte ganz automatisch in seine Tasche und gab ihr den Schlüsselbund. Das Mädchen nahm ihn, sie zog streichelnd den Arm von Christians Rücken, lächelte zuerst ihn und dann Evi an und mit den Worten „Ich mach uns schon mal was zum Abendessen, Chris!“, ging sie langsam an Evi vorbei, sperrte die Tür auf, verschwand dahinter und drückte sie klickend ins Schloss.

Evi hatte die Fremde genau beobachtet. Nun wandte sie ihren Blick zurück zu Christian. Er fuhr sich mit den Fingern durch die Haare.

„Ah … ich … ich hab nicht damit gerechnet, dass du wieder einmal Zeit hast nach München zu kommen. Deinem Vater geht es wohl wieder besser?"

Evi nickte spöttisch grinsend. „Ja, meinem Vater geht es sehr viel besser und, ja, ganz offensichtlich hast du nicht mit mir hier in München gerechnet. Voll erwischt, sagt man in so einem Fall, nicht?"

„Evi, es tut mir entsetzlich Leid. Nicht, dass du es erfahren hast, sondern, dass du es auf diese Weise erfahren hast. Ich wollte es dir längst sagen, aber ich wusste nicht, wie. Du warst so beschäftigt in letzter Zeit und hattest so viel Kummer mit deinem Vater!"

„Beschäftigt? Nicht mehr als du, Christian, nicht wahr? Weiterbildungskurse! Hast du viel gelernt dabei?"

Christian hatte genug Anstand, sich ein wenig vor Verlegenheit zu winden. „Evi, es tut mir wirklich Leid, wenn ich dir jetzt auch noch Kummer mach, aber, weißt du, ich hab mich in die Nicole ganz einfach schrecklich verliebt … auf den ersten Blick. Da kann man einfach nichts dagegen machen. Ich wollte in der nächsten Zeit nach Hause kommen und es dir sagen, wirklich."

„Na, das kannst du dir ja jetzt sparen." Evi sah ihm aufmerksam ins Gesicht. „Also dann, ich fahre am besten gleich nach Hause." Sie wies mit einer Kopfbewegung auf die Wohnungstür. „Sie wartet auf dich."

„Evi, also, Nicole und ich, wir werden in allernächster Zeit heiraten. Ich will, dass du das weißt."

Evi atmete erst einmal tief durch. „Dann muss es dich ja wirklich toll erwischt haben. Heiraten wolltest du doch noch lange nicht, schon wegen deiner Karrierepläne."

Er zuckte die Schultern. „Sie bekommt ein Kind."

„Das ging ja verdammt schnell! Und übrigens, nicht sie bekommt ein Kind, Christian, ihr beide bekommt ein Kind, nicht wahr? Dann bleibt mir nur noch dir viel Glück zu wünschen, Christian." Evi bemerkte die einen schmalen Spalt offen gehaltene Wohnungstür. „Ich bin sicher, du bekommst eine sehr kluge Frau. Was macht sie denn beruflich?"

„Oh, sie ist in der Bank, Kreditabteilung."

Evi nickte vor sich hin. „Sehr passend. Also dann, servus, Christian."

„Servus, Evi. Komm gut nach Hause."

„Bestimmt, Christian. Keine Angst, so tragisch nehme ich die Sache nicht, dass ich gegen den nächstbesten Baum fahren würde. Es gibt außer dir noch andere Männer auf der Welt." Evi reckte sich und stand sehr aufrecht vor ihm. Sie sagte noch einmal „Servus!" und rannte dann mit schnellen Schritten die Treppe hinab und auf die Straße. Die Haustür ging sehr langsam hinter ihr zu.

Christian ging aufatmend auf seine Wohnung zu, die Tür wurde ihm, ohne dass er läuten musste, von Nicole aufgemacht.

Regen und Wind schlugen Evi ins Gesicht, als sie so die Straße entlanglief. Erst nach einigen Minuten kam sie richtig zu sich und sie fragte sich, wohin sie wollte. Natürlich, zu ihrem Mini. Sie musste angestrengt überlegen, bis ihr einfiel, wo zum Teufel sie ihn geparkt hatte.

Halb laufend wegen dem ungemütlichen Wetter und noch mehr, weil eine unglaubliche Wut in ihr hochgestiegen war, erreichte sie ihr Auto. Sie schmiss den Rucksack auf den Beifahrersitz und warf sich in den Fahrersitz. Endlich im Trockenen. Mit einigen Taschentüchern rieb sie Haare und Gesicht ab und erst da bemerkte sie, dass immer neue Tropfen über ihr Gesicht liefen. Das verstärkte nur ihre Wut. Diesmal Wut über sich selber. Dieser Kerl war es doch wirklich nicht wert, dass sie auch nur eine einzige Träne um ihn vergoss. Evi presste ein neues Taschentuch fest auf ihre Augen, damit kein Tropfen mehr herausfließen konnte. Sie schneuzte sich, riss energisch die Augen weit auf. So! Ende und aus. Der Kerl war ein für alle Mal für sie erledigt! Den Zündschlüssel ins Schloss – wo war bloß dieser blöde Zündschlüssel geblieben? Sie suchte nervös und fand ihn schließlich unter dem Rucksack auf dem Nebensitz, stieß ihn ins Schloss und fuhr mit aufheulendem Motor auf die Straße in Richtung Angerburg.

Natürlich konnte sie auf dem ganzen, langen Weg an nichts anderes denken als an Christian und seine Neue, diese Nicole. Kluges Kind, diese Nicole, stellte sie für sich fest, hängte ihm gleich ein Kind an und hatte ihn damit fest an der Angel. Die wird ihn auch in Zukunft ganz genau dahin dirigieren, wo sie ihn haben will! Und was Besseres hat dieser Trottel auch nicht verdient, eben!

Aber weh tat es doch. Warum war sie nicht auf die Idee gekommen, einfach ganz schnell ein Kind zu bekommen? Nein, in dieser Weise hätte sie das nie fertig gebracht.

Und nun hatte er sie „sitzen lassen“. Jawohl, so war

es und nicht anders, musste sich Evi eingestehen und das war ihr noch nie passiert. Bisher hatte stets sie Schluss gemacht. Aber bestimmt nicht auf eine derart schäbige Weise, nicht wahr? Sie war offen und ehrlich ihren Freunden gegenüber gewesen, fand sie jedenfalls.

Als sie nach Hause kam, war alles dunkel und still im Haus. Sie schlich leise in ihr Zimmer und legte sich ins Bett. Aber eine Mischung aus Kummer, Wut und verletzter Eitelkeit ließ sie bis in den frühen Morgen hinein nicht schlafen.

Am späten Vormittag wurde Evi wach, weil Omi zur Tür hereinspähte. „Morgen. Wie viel Uhr ist es, Omi?"

„Morgen ist es jedenfalls nicht mehr, eher Mittag. Bist du in der Nacht noch heimgekommen?"

„Hm."

Die Oma merkte sehr wohl, dass irgendetwas nicht stimmen konnte. „Stehst du auf jetzt? Ich mach dir einen Kaffee und ein Wurstbrot und Spiegeleier, gelt?"

„Hm."

Die Tür schloss sich und Evi schlug unwillig die Augen auf. Ihr gestriges Erlebnis stand wieder lebhaft vor ihr und am liebsten hätte sie losgeheult. Sie verbot es sich energisch. Statt dessen ging ihr ein besonders frommer Wunsch durch den Kopf: Zum Teufel mit Christian und hoffentlich wäre seine Nicole schlimmer als des Teufels Großmutter.

Mit diesem aufheiternden Gedanken wühlte sie sich aus dem Bett, duschte, putzte sich die Zähne und schnitt hässliche Grimassen vor dem Spiegel, als sie sich kämmte. So schön wie diese Nicole war sie auch, fand sie, als sie sich kritisch betrachtete. Sie suchte sich ein hübsches zweiteiliges Wollkleid aus, das ihre schlanke, grazile Figur besonders vorteilhaft zur Geltung brachte, und war dann bereit sich der Oma zu stellen.

Komischerweise stellte ihr die Omi gar keine Fragen mehr. Sie schien auch gar nicht zu bemerken, dass ihre sonst redselige Enkelin diesmal äußerst einsilbig war. Omi berichtete, dass der Vati schon am frühen Morgen angerufen hatte und es gar nicht mehr erwarten konnte, bis er diese Woche nach Hause käme. Sie erzählte von den Leuten, die sie nach der Messe getroffen hatte und dass einige die gelungene Hochzeitsfeier unter Evis Regie sehr gelobt hätten.

Auch das konnte Evi nicht aus ihrem Trübsinn reißen. „Hm."

„Freust du dich, wenn du wieder in deine Bank zur Arbeit gehen kannst?"

„Momentan freut mich überhaupt nichts."

„Aha. Erzählst mir, was los ist?"

Und Evi erzählte, redete sich ihre Wut und ihren Kummer von der Seele, weinte, ärgerlich über sich selber, erneut ein paar Tränen. Sie ließ sich nur zu gern von der Omi trösten, die jedoch selber recht betrübt wirkte. „Ach, Evilein, dass, ist aber schade, dass der Christian so einer ist. Obwohl, es ist auch wieder anständig von ihm, seine neue Freundin zu heiraten, jetzt, wo sie ein Kind von ihm bekommt. Und ich hab so gehofft, er wäre der Richtige für dich und du würdest ihn heiraten."

„Aber nur, weil er aus einer Wirtschaft abstammt. Ich kenne doch deine Träume und Spekulationen", entrüstete sich die Enkelin.

Die Omi seufzte. „Na ja, jetzt ist jedenfalls ausgeträumt! So jung und hübsch, wie du bist, Evilein, wirst du bald einen anderen finden. Ich gehe hinunter in die Küche, die warten sicher schon darauf, dass ich komme und helfe. Und du kommst auch, sobald du fertig bist mit deinem Kaffee, Arbeit ist in so einem Fall eine recht gute Medizin", bestimmte die Oma.

Evi folgte dem Ratschlag ihrer Oma. Sie hatte alle Hände voll zu tun, denn mit Beginn der Adventszeit herrschte Hochbetrieb im „Weißen Hirschen". Alle nur möglichen Vereine der Gemeinde hielten Adventsfeiern ab. Die Freiwillige Feuerwehr, in der so gut wie alle Männer des Dorfes Mitglieder waren, würde wie jedes Jahr eine Christbaumversteigerung zur Aufbesserung ihrer Finanzen veranstalten. Und wie jedes Jahr würde der „Weiße Hirsch" bei dieser Gelegenheit bis in den letzten Winkel des Saales voll besetzt sein. An den letzten Werktagen vor Weihnachten musste dann auch noch mit einer Menge von Weihnachtsfeiern und Essen gerechnet werden, denn erfahrungsgemäß kamen einige kleinere Betriebe und Firmen aus Angerburg bei dieser Gelegenheit in den „Weißen Hirschen". Mutts bodenständige Küche, besonders die Wildgerichte zu dieser Jahreszeit, waren eben mittlerweile sehr gefragt.

Zu ihrer aller Freude war nun der Vater wieder zu Hause, er sah auch recht erholt aus, aber Evi kannte ihn und deshalb schwelte in ihr die Angst, er könnte sich gleich von Anfang an zu viel zumuten. Denn vom ersten Tag an arbeitete er wie vorher, stand früh auf und tat überhaupt, als wäre er nie krank gewesen. Es gelang den drei Frauen nur mit Mühe, ihn hie und da zum Ausruhen zu bewegen. Deshalb hatte Evi beschlossen bis zum Jahresende weiter zu Hause zu bleiben und im

Wirtshaus zu helfen. Sie konnte nicht anders. Zudem stellte sich die Zusammenarbeit mit dem Vater als sehr angenehm heraus. Er lobte Evi ausdrücklich, als sie mit ihm, teils stolz und teils nervös, dic Unterlagen im Büro durchging. „Tüchtig, tüchtig!", hatte er gesagt und Evi hatte vor Freude gestrahlt. Zum ersten Mal kam sie sich ihrem Vater gegenüber wirklich wie ein ernst genommener, erwachsener Mensch vor und das war ein wundervolles Gefühl. In der Bank zeigte man Verständnis und gewährte ihr weiteren unbezahlten Urlaub.

Die Vorweihnachtszeit gestaltete sich derart stressig, dass sie sich sogar mit Gaby nur selten traf. Dabei brannte sie darauf, mit ihr über ihre Misere wegen Christian zu sprechen. Gaby wusste, was passiert war, weil Evi sie gleich nach dem Gespräch mit Omi angerufen hatte. Das Telefonat war jedoch denkbar kurz ausgefallen, denn kaum hatte sie erklären können, dass es aus sei zwischen ihr und Christian, da musste sie so heulen, dass sie nicht mehr reden konnte. Dass Christian sie zum Heulen brachte, ärgerte sie daran am allermeisten.

Nun, über eine Woche später, am Montag, dem Ruhetag im Hirschen, nahm sie sich die Zeit Gaby zu besuchen. Gaby würde ihren Kummer verstehen und sie trösten ohne ihr wie Omi mit Zukunftsvisionen auf die Nerven zu gehen.

Als Gaby die Wohnungtür aufmachte, schallte Evi lautes, wütenden Kindergebrüll entgegen. Die Freundin rief atemlos: „Komm rein, Evi. Ich werde noch verrückt heute! Ich weiß nicht, was er hat. Die Windeln sind sauber, er hat genug getrunken und trotzdem brüllt er wie am Spieß. Ich bin völlig fertig!"

Evi folgte Gaby und dem Gebrüll ins Wohnzimmer. Der kleine Bub lag mit hochrotem, verzogenem Gesichtchen, mit Fäusten und Füßchen strampelnd in seinem kleinen Bett und schrie so laut, dass man sein eigenes Wort kaum mehr verstehen konnte.

Evi ließ Tasche und Mantel auf einen Sessel fallen und beugte sich über den Kleinen. „Ja, du kannst vielleicht gut schreien, na so was! Ja, Spatzerl, du, was passt dir denn nicht, hm? Magst nicht im Bett liegen mitten am Tag, gelt? Ja, da tät ich auch schreien, Spatzerl." Evi redete auf ihn ein, nahm ihn auf ihre Arme. Das Gebrüll riss schlagartig ab. Der Kleine musterte Evi aufmerksam mit seinen großen blauen Augen. Evi sprach weiter auf ihn ein, wiegte ihn in ihren Armen und lachte ihn an. Das Kind lachte nun ebenfalls, grapschte mit seinen Händen nach Evis glatten Haaren und zog daran.

„Na Gott sei Dank. Was für eine herrliche Ruhe!" Gaby ließ sich auf das Sofa fallen. Evi setzte sich dazu und schaukelte den Kleinen. „Wahnsinn, wie groß er geworden ist, seit ich ihn das letzte Mal gesehen hab."

„Kein Wunder, du warst ja ewig nicht mehr bei mir. Ein Glück, dass es deinem Vater wieder besser geht. Aber dieser Christian! Jetzt erzähl mal, was hat dir dieser miese Kerl angetan?"

Evi erzählte die Geschichte, dieses Mal ohne in Tränen auszubrechen.

Gaby tröstete sie wie erwartet, belegte Christian mit allen üblen Schimpfwörtern, die ihr gerade einfielen, und das waren nicht wenige. „Stell dir bloß vor, du wärst an diesem Subjekt kleben geblieben. Du glaubst doch nicht allen Ernstes, so einer entwickelt sich zu einem treu sorgenden, braven Ehemann. Der betrügt seine Frau auch wieder in kürzester Zeit."

„Woher willst du das wissen? Eigentlich ist der Christian ein anständiger Kerl. Dieses Weibsstück hat ihn gecatcht! So ist das."

Gaby verdrehte ihre Augen. „Das arme, unschuldige Kerlchen, von einer bösen, fremden Hexe verführt und er selber kann gar nichts dafür!" Gaby fuhr aufgebracht fort: „Mensch, Evi, schalt deine Gehirnzellen ein. Der Mistkerl hat dich ausgenützt. Er war zu faul auch nur ein einziges Mal herzukommen, als du wegen deinem Vater keine Zeit hattest. Ein anderer, der es wert wäre, dass man einen Gedanken an ihn verschwendet, der wäre gekommen um dir zu helfen. Statt dessen sucht sich dieser Mistkerl auf schnellstem Weg eine Freundin. Ich hoffe, seine Neue ist ein ganz hinterlistiges Weibsstück, denn die hätte er redlich verdient! Jawohl!"

Evi musste lachen. „Ähnliche fromme Wünsche sind mir auch schon durch den Kopf gegangen."

„Hast du es deinen Leuten gesagt, das mit Christian?"

„Ja." Evi nickte. „Der Omi. Die hat sowieso gleich gewusst, dass was nicht stimmt, als ich so bald wieder daheim war. Aber irgendwie kann man mit ihr kein vernünftiges Wort mehr reden. Sie hat mich bedauert und war selber enttäuscht und weißt du, warum? Weil sie sich Hoffnungen gemacht hat, wir würden heiraten, das Wirtshaus übernehmen und einen Haufen Kinder in die Welt setzen. ‚Und sie lebten glücklich und zufrieden bis an ihr seliges Ende', wie es so schön in den Märchen heißt."

„Na, das sind zumindest wirklich fromme Wünsche, die kannst du deiner Oma doch nicht übel nehmen. Kein Grund zur Aufregung!"

„Schon ein Grund zur Aufregung. Omi ist ja total fixiert auf die Vorstellung, ich müsste das Wirtshaus übernehmen und für den ordnungsgemäßen Fortbestand der Familie sorgen. Seit der Manfred weg ist, hat sie keinen anderen Gedanken mehr im Hirn. Das kann einem wirklich auf den Geist gehen."

„Das glaub ich dir. Aber ist die Vorstellung so schlimm? Ich hätte nichts dagegen, ein Gasthaus wie das eure zu erben. Stell ich mir nicht übel vor mit dem richtigen Partner an der Seite. Nachdem du nun seit Wochen zu Hause mithilfst, ist es denn so eine schlimme Arbeit für dich?"

Evi überlegte angestrengt. „So übel ist es nicht. Am meisten überrascht mich, dass ich mit meiner Mutter ganz gut zurecht komme. Aber ich wollte das einfach nie. Du weißt doch, ich hab schon in der Schule nur davon geträumt, in einer Bank zu arbeiten und Karriere zu machen."

„Damals gab es ja auch den Manfred als definierten Nachfolger in eurem Betrieb. Jetzt ist eben alles ganz anders."

„Dieser Idiot. Wenn er bloß geblieben wäre, wo er hingehört, dann ginge es mir heute besser, das kannst du mir glauben."

„Deinen Christian wärst du genauso losgeworden, also was soll's. Erst mal suchst du dir einen anderen, einen, der nicht so ein Filou ist. Wer weiß, vielleicht läuft dir demnächst ein ganz lieber, wunderbarer, treuer, anständiger, intelligenter und natürlich gut aussehender Typ über den Weg, der nichts lieber wäre auf der Welt als Gastwirt, dann sind alle zufrieden."

„Jetzt fang du nicht auch noch an wie die Omi. Ab dem neuen Jahr gehe ich zurück in die Bank, in meinen Job, dann kommt mir mein Leben hoffentlich wieder normal und vernünftig vor. Und von den Kerlen habe ich für den Moment die Nase voll."

Gaby lachte. „Unvorstellbar. Eine Evi ohne einen ganzen Haufen Verehrer um sich herum. Das war ja noch nie da."

„Ach, verehren können sie mich ja, und ausführen und unterhalten." Da musste Evi auch lachen und es ging ihr nun sehr viel besser.

Gabys kleiner Sohn hatte das Gespräch der beiden Freundinnen mit aufmerksamen Augen verfolgt und lachte nun laut krähend auf.

Gaby drückte ihn liebevoll an sich und erklärte, wie gut er schon krabbeln konnte, ja fast schon stehen, wenn man ihn ein wenig hielt, und wie erstaunlich viele verständliche Worte er schon sprechen könne. Evi verstand gar nichts, hörte nur undefinierbare Laute, bestätigte aber begeistert, dass der Kleine großartig, allerliebst und ein sehr gescheiter Bursche sei und dass es wunderbar sein müsse, so ein Zwergerl zu haben.

Auf dem Heimweg wurde ihr klar, dass sie das durchaus ernst gemeint hatte. Ein Baby zu bekommen war keine schlechte Idee. Omi würde sich freuen. Nur zu dumm, dass der dafür benötigte Mann in unbekannter Ferne war. Oder?

Sie ließ ihre guten Bekannten und Freunde Revue passieren. Aber keiner schien ihr geeignet. Dann kam ihr Lorenz ins Gedächtnis. Ein netter Kerl, aber eigentlich kannte sie ihn viel zu wenig. Sie hatte ihn zudem seit Wochen nicht mehr gesehen. Evi schüttelte den Kopf über ihre seltsamen Ideen und beschloss sich lieber mit nützlicheren Gedanken zu beschäftigen, zum Beispiel mit den notwendigen Vorbereitungen für die nächsten Weihnachtsfeiern.

Süße Verführungen

Am Tag der Christbaumversteigerung der Freiwilligen Feuerwehr von Irzing ging es natürlich hoch her. Der „Weiße Hirsch" war voll besetzt und alle Familienmitglieder und Angestellten waren im Einsatz.

Der Christbaum war zum wiederholten Male versteigert, zurückgegeben und erneut versteigert worden. Die Feuerwehrler freuten sich über die reichlichen Einnahmen und die Stimmung wie auch der Lärm stiegen nun erheblich an. Evi verstand die Bestellungen nur noch mit Mühe und es war so übervoll, dass es schwer wurde, mit Essen und Getränken durchzukommen.

Als Evi eben ein volles Tablett mit Bier, Apfelschorle und Mineralwasser an einen Tisch brachte, zupfte sie jemand von hinten am Ärmel. Sie mochte das gar nicht und drehte sich energisch um.

„Lorenz! Wie kommst du denn da her?"

Breit lächelnd zwinkerte er ihr zu.„Grüß dich, Evi. Hast mich denn nicht gesehen? Ich bin schon den ganzen Abend hier."

Evi lächelte zurück. „Ich hab dich nicht bemerkt, du siehst ja, was für ein Mordsbetrieb heute ist. Ich bin froh, wenn ich mit dem Bedienen bei meinen Tischen durchkomme. Wie kommst du denn zu uns aufs Dorf heraus?"

Da es sehr laut zuging, mussten sie sich gegenseitig ins Ohr brüllen.

Er antwortete lakonisch: „Durch die Feuerwehr. Ich gehöre zur Freiwilligen Feuerwehr von Angerburg. Von uns sind mehrere da." Nach einer kleinen Pause sprach er weiter: „Als ich gehört hab, dass die Versteigerung hier bei euch ist, bin ich natürlich gekommen."

„So, die Neugier hat dich hergetrieben."

Er wiegte den Kopf hin und her, legte seine Hand auf ihren Arm. „Dich wollt ich halt wieder einmal sehen. Du warst schon lang nicht mehr in der Disco! Und in der Bank sitzt eine andere an deinem Schalter. Ich hab ein paar Mal nachgeschaut."

Evi nickte erfreut, zuckte dann bedauernd die Schultern. „Ich muss bedienen, wir müssen uns ein anderes Mal weiterunterhalten." Sie wendete sich wieder ihrer Arbeit zu.

Gegen elf Uhr wurde es ruhiger, noch vor Mitternacht waren die meisten Gäste gegangen. Aufatmend genehmigte sich Evi ein großes Glas Mineralwasser am Tresen, wo sie nun bediente, denn der Vater hatte sich zurückgezogen. In drei Grüppchen saßen noch einige Nachtschwärmer zusammen. Die Braunerin und zwei weitere Kellnerinnen begannen die Tische abzuräumen und zu wischen. Etwas abseits saß Lorenz. Evi hatte, seit sie wusste, er war da, während ihrer Arbeit öfters zu ihm hingesehen und beinahe jedes Mal hatten sich ihre Blicke getroffen.

Lorenz erhob sich nun, streckte sich und kam langsam schlendernd an den Schanktisch. „Bist total geschafft, was?", fragte er.

„Ja, heute war es besonders voll. So voll ist es sonst nur bei Hochzeiten und vielleicht noch an Fasching."

„Wahnsinnig stressig. Ist das jetzt dein neuer Job? Kommst du gar nicht mehr in die Bank, nach Angerburg?"

„Doch, natürlich geh ich wieder in die Bank. Das ist mein richtiger Job. Ich helfe hier nur aus, weil mein Vater krank war."

„Hm. Ein schönes Wirtshaus ist das. Gefällt mir. Richtig wie man sich ein ländliches, solides und gemütliches Wirtshaus in einem Dorf vorstellt."

„Ja?" Evi sah sich um. Seit sie denken konnte, standen diese dunklen, hölzernen Bänke und Tische hier, die Wände waren bis auf halbe Höhe mit Holz verkleidet, darüber hingen kolorierte Bilder alter Bauernhöfe aus dem Gemeindegebiet von Irzing, die es zum Teil ja gar nicht mehr gab. Eine Menge vergrößerter Schwarzweißbilder, die die frühere Bauernarbeit dokumentierten, hingen auch dort. Gerade die Gäste aus der Stadt betrachteten oft recht interessiert die Ochsen- und Pferdegespanne, die der Vater gesammelt und liebevoll gerahmt hatte. An den verhältnismäßig großen Fenstern hingen gestreifte Vorhänge in grober Leinenoptik.

Ja wirklich, als Evi sich die Gaststube genau betrachtete, fand sie den „Weißen Hirschen" schön, eine Wirtsstube, in der sich die Gäste wohl fühlen konnten. Und zum ersten Mal empfand sie so etwas wie Stolz in sich aufsteigen: Das alles war ihr Elternhaus, geschaffen und bewahrt von ihrer Familie.

„Ja, ich bin hier drin aufgewachsen. Ich kann mich erinnern, ..." Evi erzählte vom „Weißen Hirschen", von ihrer Kindheit, vom Dorfleben. Lorenz hörte zu.

Dann erzählte er von dem kleinen Häuschen mit Garten am Rande von Angerburg, in dem er aufgewachsen war. Von seinem Vater, der in einer Schreinerei arbeitete, von seinem Leben jetzt. Und Evi hörte zu. Sie sprachen über Gott und die Welt und konnten kein Ende finden. Irgendwann wurden sie gewahr, dass sie allein in der Gaststube waren. Alle Gäste, selbst die Kellnerinnen waren gegangen, sie hatten es gar nicht richtig registriert.

Evi musste gähnen. „Mein Gott, es ist drei Uhr in der Früh vorbei!“, stellte sie mit einem Blick auf ihre Armbanduhr fest.

Auch Lorenz schaute auf seine Uhr. „Tatsächlich. Dann wird es Zeit, dass ich geh.“

Evi fiel ein: „Ach du liebe Zeit, als Bäcker muss man doch sehr früh aufstehen. Wie lange kannst denn da heute noch schlafen?“

„Schlafen? Gar nicht. Die Zeit langt gerade noch um heimzufahren, zu duschen und dann ab in die Bäckerei.“

„Oh jeh, das tut mir aber jetzt Leid, dass ich dich so lange aufgehalten hab. Ich hab überhaupt nicht drangedacht, dass du ja früh raus musst.“

„Mir tut’s gar nicht Leid. Ich bin ganz freiwillig und sehr gern so lange dageblieben. Ist auch nicht schlimm. So was kommt schon mal vor, dass man eine Nacht durchmacht und gleich weiterarbeitet. Dafür schläft man am nächsten Nachmittag um so besser.“

Lorenz grinste heiter vor sich hin, als er mit Evi gemächlich die Wirtsstube verließ. Das Verabschieden vor der Eingangstür dauerte dann noch einmal einige Minuten, weil Evi ihn gefragt hatte, ob es nicht furchtbar wäre, jeden Tag so früh aus den Federn zu müssen. Lorenz verneinte und meinte, ein langer freier Nachmittag sei auch ganz schön und im Lauf der Jahre habe er sich an diese Arbeitszeiten gewöhnt.

Er öffnete die Eingangstür. „Also dann, Evi, bis auf ein anderes Mal. Ich hoffe, wir beide sehen uns bald wieder."

„Ja, warum nicht? Du weißt ja, wo ich fast immer zu finden bin."

„Okay. Ich komme bestimmt bald wieder einmal vorbei."

„Wird mich freuen, Lorenz."

„Ehrlich?"

„Ja, ehrlich."

„Gut. Also dann, servus, Evi, Gute Nacht."

„Servus, Lorenz, und gute Nacht, nein, dir wünsch ich lieber einen guten Morgen, nicht?"

Er ging nun wirklich, drehte sich vor seinem Auto noch einmal winkend um und stieg dann ein. Evi verschloss die Eingangstür angesichts der eindringenden Kälte und ging zu Bett. Und zum ersten Mal seit vielen Tagen verschwendete sie dabei nicht einen einzigen Gedanken an Christian.

An einem der nächsten Tage wurde Evi von ihrer Mutter nach Angerburg geschickt, um verschiedene Einkäufe zu erledigen. Evi nahm die Gelegenheit wahr, ihre Kolleginnen in der Bank zu besuchen. Zu einem gemütlichen Ratsch kam es zu ihrem Bedauern nicht, denn es waren viele Kunden da. „Jeder braucht sein Geld zum Weihnachtsgeschenkekaufen, wie allerweil vor Weihnachten. Sei froh, dass du nicht hier sein musst, wir haben Stress pur!", bestätigte ihr Ilse, ihre liebste Kollegin, die einige Jahre älter war und Evi im

Grunde genommen von Beginn an unter ihre Fittiche genommen hatte. „Wie geht es denn deinem Vater? Kommst du gleich nach Neujahr wieder?“, fragte sie leise und neigte sich dabei Evi zu.

„Dem Vater geht's wieder sehr gut, Gott sei Dank. Ich komme sicher nach Neujahr, gar keine Frage.“

Ilse hatte einen sichernden Blick nach hinten, zu den Bürotüren, geworfen, nun sprach sie sehr leise zu Evi. „Das ist gut. Es ist nämlich so, unser Vize hat ein paar ganz blöde Bemerkungen losgelassen über die ‚Weiber, auf die kein Verlass ist, wenn man sie braucht, weil sie ausgerechnet dann Kinder kriegen oder sonst einen Grund zum Daheimbleiben finden‘. So hat er sich ausgedrückt. Ich habe es zufällig gehört. Unser Chef hat zwar nichts darauf gesagt, aber du kannst dir denken, irgendwie wirkt sich die ewige Stichelei von dem Vize dann doch wieder aus. Dieses Stinktier!“, bemerkte Ilse mit Inbrunst.

Evi war einigermaßen erschrocken. „Meinst du, er hat mich gemeint mit seiner blöden Bemerkung?“

„Ich denke schon. Die Sabrina natürlich auch, du weißt ja, die bekommt in zwei Monaten ihr Baby. Jedenfalls ist es gut, wenn du wirklich bald wieder da bist.“

„Hm. Hoffentlich wird dieser Stinker nie hier drin der oberste Chef. Mensch, Ilse, wie kann einer bloß so dumm daherreden. Ich kann doch meine Familie nicht im Stich lassen. Das müsste doch sogar so ein Trottel wie der einsehen“, empörte sich Evi.

„Das Stinktier“, Ilse benutzte das Wort mit Wonne, „sieht überhaupt nichts ein. Dem seine Frau ist zu Hause bei den drei schulpflichtigen Kindern und pflegt dazu ganz allein seine bettlägerige Mutter. Frauen sind zuständig für Kinder, Küche, Kirche, Krankenpflege, so einer ist das!“

Eine weitere Kundin kam und die beiden verabschiedeten sich rasch voneinander.

Evi brauchte eine Weile, bis sie dieses Gespräch verdaut hatte. Na ja, sie würde diesem altbackenen Macho noch beweisen, was sie konnte, beschloss sie und wendete sich dann den weihnachtlich geschmückten Schaufenstern zu. Die Gelegenheit zu einem ausgedehnten Bummel würde sich so schnell nicht wieder ergeben, das musste sie ausnutzen. Sie erledigte mit leuchtenden Augen und in fröhlichster Stimmung, weil sie bald das Richtige gefunden hatte, ihre Weihnachtseinkäufe: eine schöne warme Jacke für Omi, ein dickes buntes Kochbuch für Mutt, die bereits eine ganze Sammlung davon besaß und stundenlang in ihnen schmökern konnte, ein Kistchen sehr teurer Zigarren für Vati und eine Reihe neuer Krimis für Manfred, der grundsätzlich nichts anderes las.

Evi war begeistert die Einkäufe so schnell und problemlos hinter sich gebracht zu haben. Ganz zufällig hatte sie ihr Weg an der Bäckerei Schuber vorbeigeführt. Die Weihnachtsplätzchen, Stollen, Kuchen und Torten im Schaufenster ließen ihr das Wasser im Mund zusammenlaufen. Sollte sie oder sollte sie nicht? Das wunderbar süße Zeug, wenn es nur nicht gar so tödlich für die Figur wäre, dachte sie aufseufzend und wollte fast schon weitergehen.

Im hell erleuchteten Laden standen einige Kunden vor der Schuber Lies und im Hintergrund kam gerade jemand mit einer Menge Körbe aus der Backstube. Tatsächlich, es war der Lorenz.

Da steuerte sie schnell entschlossen in die Bäckerei

hinein. „Grüß dich, Lies." Die Lies, Tochter des alten Bäckermeisters, beziehungsweise die Schwester des jungen, der die Bäckerei inzwischen übernommen hatte, war für Evi eine alte Bekannte. Sie kam jeden Werktag morgens kurz nach sieben, immer pünktlich und stets in Eile, nach Irzing gefahren, um bei der Kramerin und eben bei ihnen im „Hirschen" frisches Brot, verschiedene Semmeln und Brezen zu liefern.

„Ja die Evi. Grüß dich. Kommst auch wieder einmal in die Stadt herein? Aber gelt, beim Vater geht's jetzt wieder aufwärts. Er schaut jedenfalls sehr gut aus. Was darf's denn sein, Evi?"

„Lass mir Zeit, Lies, ihr habt so viele Köstlichkeiten, dass ich mich auf Anhieb gar nicht entscheiden kann."

Lorenz schüttete inzwischen Körbe voller Semmeln in die vorgesehenen Fächer. Nun, da er Evis Stimme gehört hatte, drehte er sich um, sah sie und lächelte ihr zu. „Hallo, Evi. Lust auf was Süßes?"

„Leider! Wenn es so wunderbar nach Vanille und Schokolade riecht, kann ich einfach nicht widerstehen."

„Ihr kennt euch?" Die Augen der Lies wanderten flink von einem zum anderen.

„Ja, ja, wir sind alte Bekannte", antwortete Lorenz. „Und wobei kannst du jetzt am wenigsten widerstehen?", fragte Lorenz und zeigte auf die Reihe appetitlicher süßer Verführungen hinter der Glastheke.

Die Lies wendete sich einer anderen Kundin zu.

Evi ließ sich die Namen und wichtigsten Ingredienzen einiger, besonders lecker aussehenden Gebäckstücke von Lorenz erklären und hatte am Ende sechs verschiedene Teile gekauft. Sie würde eben der Omi, dem Vati und der Mutt auch eine Freude machen, entschied sie, auch wenn ihr derartiges bis dato noch nie in den Sinn gekommen war.

Lorenz packte alles sorgfältig ein. An der Kasse musste dann die Lies helfen, denn er wusste nicht, was die einzelnen Gebäckstücke kosteten.

„Guten Appetit dann, Evi."

„Danke, Lorenz. Auf Wiedersehen. Wiedersehen, Lies", verabschiedete sich Evi schließlich in heiterer Stimmung und ging.

Sie hatte sich erst wenige Schritte von der Bäckerei entfernt, da kam ihr eine dick eingemummelte Gestalt entgegen, die sie unwillkürlich genauer ansah; das war doch Lore?

Evi streckte automatisch die Hand aus. „Lore?" Dunkle Wolken verdüsterten den Himmel, es wurde richtig dämmrig und ein ungemütlich kalter Wind fegte durch die weihnachtlich beleuchteten Straßen des Ortes. Trotzdem war Evi bester Laune. „Lore! Seit wann bist du denn wieder in Angerburg?"

Lore, die jahrelang mit ihr in dieselbe Klasse gegangen war, gut befreundet mit Gaby und Evi, blinzelte sie erstaunt an, war ganz offensichtlich tief in eigene Gedanken verstrickt gewesen.

„Evi, grüß dich. Ja, ich bin eigentlich nur zu Besuch hier, eine Woche Urlaub und Erholung bei meinen Eltern."

Evi musterte die Freundin genauer. Sie sah irgendwie anders aus als früher, sehr ernst und blass. „Du bist doch nicht krank, oder?"

„Nein, nein, ich hab nur eine kleine Erkältung gehabt. Und meine Mutti ist ganz begeistert, wenn sie mich aufpäppeln darf."

Evi zog Lore am Ärmel ein paar Schritte weit zu einem weniger zugigen Geschäftseingang. „Komm hierher, da erwischt uns dieser scheußliche Wind weniger, nicht dass du noch kränker wirst. Wie geht es dir sonst? Und deinem Mann?“ Lore war die Erste aus der Klasse gewesen, die geheiratet hatte, das war nun schon fünf, nein sechs Jahre her, rechnete Evi nach.

„Danke, gut. Mein Mann ist diesmal nicht dabei, er muss arbeiten, der Job geht vor.“

Ob Lore so bedrückt wirkte, weil ihr Mann nicht mitkommen konnte? Komisch, sie war früher so fröhlich und gesprächig gewesen und nun musste man ihr förmlich jedes Wort aus der Nase ziehen. Oder waren sie sich so fremd geworden? Evi wollte dem abhelfen.

„Du, Lore, da hast du ja viel Zeit. Weißt du was, wir treffen uns zu einem gemütlichen Ratsch. Die Gaby wird sich auch wahnsinnig freuen dich wieder zu sehen. Ich bin für morgen Abend mit ihr verabredet. Ich hol dich um sieben Uhr bei deinen Eltern zu Hause ab und dann fahren wir beiden zu Gaby und überraschen sie, einverstanden?“

Lore zögerte. „Also ich weiß nicht, …“

„Sei kein Frosch, Lore. Wir werden uns blendend unterhalten.“

„Wenn du meinst! Na ja, …“

„Also gut, abgemacht. Morgen um sieben steh ich vor eurer Haustür. Heute hab ich leider keine Zeit mehr, meine Leute wundern sich bestimmt, wo ich so lange bleibe. Ich bin schon den ganzen Nachmittag in der Stadt unterwegs. Servus, Lore, bis morgen dann.“

„Okay, bis morgen, servus, Evi.“ Endlich schien Lore etwas aufgeschlossener zu werden, sie lächelte Evi zum Abschied zu.

Was mit Lore nur los war? Evi beschloss es morgen herauszufinden.

Als Evi zu Hause ihre vielen duftenden Gebäckstücke auf den Esstisch stellte und das Papier aufschlug, zog Omi verwundert die Augenbrauen hoch. „Lauter Kuchenstückerl! Ja was ist dir denn da eingefallen, Evi, du bist doch sonst nicht für so süße, fetthaltige Sachen?"

„Na, ich wollte eben meiner Familie was Gutes tun. Du magst doch Kuchen gern, Omi, und der Vati und die Mutt auch."

„So?" Omi schüttelte den Kopf. „Willst du denn keinen essen?"

„Doch, ein Stückerl ist für mich, zur Feier des Tages. Das wird meine Figur gerade eben vertragen."

„Aha, zur Feier des Tages. Was wird denn heute gefeiert?"

„Oh, nichts Besonderes. Oder doch, stell dir vor, ich hab die Lore getroffen. Sie ist für ein paar Tage hier und wir sehen uns morgen bei Gaby zum Ratschen."

„Hm", brummelte die Omi und schaute Evi zu, die eben das Radio angemacht hatte und zu der erklingenden Schlagermelodie durch die Wohnküche tänzelte und dabei mitsummte. Die Lore sollte der Grund für diese sprühende Lebensfreude sein? Und dann plötzlich wusste sie es: Ein neuer Verehrer musste am Horizont aufgetaucht sein. „Oh Jessas!", seufzte sie leise.

Evi hatte wie versprochen Lore abgeholt und nun fuhren beide zu Gaby. Lore war guter Dinge und schien wieder wie früher zu sein. Ein dicker grauer Mantel mit Kapuze und ein langer weißer Schal ließen nur noch ihre Nasenspitze hervorlugen. „Wenn's weiter so kalt bleibt, erfriere ich noch", behauptete sie.

„Ich weiß, du bist eine richtige Sonnenanbeterin. Verreist ihr immer noch so oft in den sonnigen Süden, dein Mann und du? Du kannst dir nicht vorstellen, wie oft ich dich um deine vielen Urlaubsreisen beneidet habe. Meine Familie würde ausflippen, wenn ich öfter als einmal im Jahr längere Zeit weg wollte."

Es dauerte eine Weile, bis Lore antwortete. „In den letzten zwei Jahren sind wir nur ein einziges Mal für vierzehn Tage nach Mallorca geflogen."

„Tatsächlich? Gefällt dir das Verreisen nicht mehr so?"

„Gefallen würde mir das Reisen immer. Aber, na ja, wir haben unser Geld eben für Wichtigeres gebraucht. Sind wir bald da?"

„Da vorn in dem höheren Haus, da wohnt Gaby. Ich muss nur noch einen Parkplatz finden."

Evi grinste, als sie energisch und ausdauernd klingelte. „Gaby wird staunen!"

Gaby öffnete und schimpfte dabei. „Ich komme ja schon. Mach doch nicht so einen Radau. Typisch Evi!" Sie sah die zweite vermummelte Gestalt hinter ihrer Freundin. „Oh, du hast jemanden mitgebracht. Oh, Lore, das ist ja Lore. Mensch, Lore!" Gaby fiel der wiedergefundenen Freundin um den Hals und klopfte anschließend Evi lobend auf den Rücken. „Das war eine tolle Idee, Lore mitzubringen. Ich hab gar nicht gewusst, dass du hier bist", wendete sie sich Lore erneut zu. „Kommt rein, ihr beiden, zieht eure Mäntel aus, bei mir ist es schön warm. Und als wenn ich es geahnt hätte, dass heute was Besonderes los ist, hab ich zufällig einmal das Wohnzimmer ganz sauber aufgeräumt", schloss Gaby hörbar stolz auf sich selber.

Evi hatte mit einer einzigen schwungvollen Bewegung ihre bunte Winterjacke an die Garderobe gehängt, während Lore noch an ihren Knöpfen nestelte, umständlich den Schal vom Kopf wickelte. Gaby stand wartend dabei, einen Kleiderbügel in der Hand. Lore schälte sich langsam aus ihrem Mantel. Selbst darunter hatte sie noch einen langen, flauschigen Pullover in dunklem Grau an und eine schwarze Hose.

Gaby und Evi verständigten sich mit einem einzigen Blickkontakt und dachten beide das Gleiche: Ganz schön dick geworden!

„Komm, Lore, hier geht's in mein Wohnzimmer. Und bewundert mich mal gebührend, wie sauber und ordentlich es ausschaut. Spätestens morgen Mittag liegt wieder alles kreuz und quer."

Lore ging hinein, blieb stehen, sah entgeistert den Kinderlaufstall an, in dem allerlei buntes Spielzeug herumlag. „Du hast ein Baby!"

„Ja. Hat dir das die Evi noch nicht erzählt? Einen Buben, Berni heißt er, nach dem Bernhard natürlich. Er schläft schon, wenn ihn Evi mit ihrem Sturmgeklingel nicht wieder aufgeweckt hat."

Lore war blass um die Nase, als sie seltsamerweise etwas mühsam und kurz „Gratuliere" hervorstieß und sich dann sofort so in einen Sessel setzte, dass sie den Laufstall und das Kinderspielzeug in ihrem Rücken hatte. Evi blickte sich demonstrativ im Raum um und fuhr mit dem Finger über einen Schrank. „Das ist ja echt wahr mit deiner Putzerei. Kein Stäubchen mehr zu finden. Du hast meine allerhöchste Bewunderung,

Gaby. Und jedes Seidenmalkissen akribisch an seinem Platz, sensationell."

Gaby lachte. „Das kannst du laut sagen. Warte nur, wenn du einmal ein Baby hast, das überall herumkrabbelt, dann sieht es bei dir auch so aus wie bei mir in letzter Zeit", prophezeite sie nicht im Mindesten beleidigt.

„Hast du eine Ahnung, wie es bei mir ausschaut! Ich brauche dazu kein Kind im Krabbelalter, ich schaffe das ganz allein. Und da ich nicht nur krabbeln, sondern auch stehen und gehen kann, in viel größerem Ausmaß."

Nun lächelte auch Lore. „Das kann ich mir gut vorstellen. Deine Bude hat immer schon fürchterlich ausgesehen, außer wenn deine Omi gerade eben Ordnung gemacht hatte. Ich wette, deine arme Omi ist heute noch dafür zuständig."

„Grundsätzlich schon, aber leider hat sie einfach keine Zeit mehr, seit mein Vater krank war. Am Samstag vor einer Woche hab ich allen Ernstes selber aufgeräumt und geputzt."

„Na bravo! Hör dir die bloß an", sprach Gaby zu Lore, „die weiß einfach nicht, wie gut sie es hat im Vergleich mit uns alten, geplagten Ehefrauen: ihre Omi als Putzfrau, die Mutter eine fabelhafte Köchin und für alle anderen Schwierigkeiten ist der Vater zuständig. Und unser Evchen genießt das Leben und ihre verschiedenen Liebhaber."

„Ihre verschiedenen Liebhaber?", wiederholte Lore. „Sehr interessant. Erzählt mal!"

„Ach, Gaby übertreibt maßlos", behauptete Evi kopfschüttelnd. Aber sie nahm die Gelegenheit wahr, von Christian zu erzählen. Dann kam sie auf andere, frühere Freunde, auf gemeinsame Bekannte und Erlebnisse und die Zeit verging wie im Flug.

Gaby kredenzte Tee und Weihnachtsplätzchen, die Evi ganz weit von sich wegschob, um dann doch immer wieder einmal über den Tisch zu langen und sich mit schlechtem Gewissen eines zu genehmigen. Auch Lore fiel es schwer, nur wenige zu essen. Gaby, ganz stolze Hausfrau, grinste dazu. Schließlich nahm Evi die Schale mit den Plätzchen, entschied: „Die Dinger kommen jetzt weg!“ und brachte sie eilig außer Reichweite in Gabys Küche. Alle lachten.

„Dabei seid ihr beide sowieso beneidenswert schlank“, stellte Lore recht bekümmert über die eigene Figur fest. „Ich darf mich gar nicht mehr ansehen im Spiegel.“ Eifrig versicherten ihr die Freundinnen, dass es so schlimm doch gar nicht sei. Ansonsten erzählte Lore kaum etwas über sich und ihr Leben. Fragen beantwortete sie nur sehr kurz und wenig informativ, dagegen schien sie äußerst interessiert an allem, was so in und um ihre alte Heimat herum passierte. Sogar Evi fiel das auf die Dauer auf.

Mitten im Gespräch lauschte Gaby plötzlich aufmerksam. „Scht! Horcht mal!“ Nun hörten es auch Lore und Evi: das klägliche Weinen eines Babys.

Gaby verschwand im Eilschritt, sie hörten beschwichtigendes Gemurmel und dann kam sie mit dem Kleinen auf dem Arm zurück, ihre liebevoll strahlenden Augen ruhten auf ihm. Lächelnd und leise murmelnd kam sie auf die Freundinnen zu, um ihnen mit sichtlichem Stolz ihren Filius zu zeigen.

Lore warf einen kurzen Blick auf ihn und richtete ihre Augen dann auf die Bilder an der Wand. Evi hatte sich erhoben und flüsterte dem Kleinen zu, der sichtlich müde war und mit dem Schnuller im Mund bereits wieder halb schlief.

Lore stürzte an ihnen vorbei, murmelte: „Ich muss mal …“

„Erste Tür links neben der Wohnungstür!“, rief Gaby ihr nach. Sie und Evi schauten sich erstaunt an, Gaby zuckte ratlos die Schultern. „Ich bringe den Kleinen zurück ins Bett.“

Nach einigen Minuten kam Gaby zurück, setzte sich wieder und die beiden rätselten leise, was mit Lore nur los wäre. „Irgendwie ist sie komisch, den ganzen Abend schon. Sie war doch früher so ein toller Kumpel. Seltsam.“

Fünf Minuten vergingen, sieben Minuten, zehn Minuten und Lore kam nicht zurück.

„Das gibt's einfach nicht. Kein Mensch braucht so lang auf dem Klo. Schminken kann sie sich auch nicht, sie hat ihre Tasche noch da liegen.“

„Ich schau mal nach!“, entschied Evi und machte sich auf den Weg. Sie klopfte an die Klotür. Seltsame unterdrückte Geräusche waren von drinnen zu hören. „Lore? Lore, ist was nicht in Ordnung? Lore, sag doch was.“

Evi hörte die Verriegelung, die Tür wurde sehr langsam aufgemacht, Lores Gesicht erschien, verquollen und verheult. Erfolglos versuchte sie einen Strom von Tränen mit einer Menge verknäuelter Papiertaschentücher zu bekämpfen.

Völlig ratlos fragte Evi erneut: „Was ist denn, Lore, was hast du denn bloß?“

Ein weiterer Tränenstrom brach aus Lore heraus, sie klammerte sich an Evi fest, drückte das Gesicht an Evis Schulter, sagte etwas, aber Evi verstand nichts.

Sie streichelte ihr beruhigend über den Rücken und auch Gaby, die inzwischen dazugekommen war, versuchte zu helfen.

Es brauchte eine geraume Weile und etliche weitere Taschentücher, bis Lore fähig war verständlich zu reden. Gaby und Evi hatten die Freundin mittlerweile zum Sofa im Wohnzimmer zurückgeführt und setzten sich, nahmen Lore in die Mitte.

„Geht's wieder?", fragte Gaby besorgt.

Lore nickte, schneuzte in ihr Taschentuch.

„Soll ich dir was bringen? Einen Schnaps vielleicht?"

Lore schüttelte den Kopf.

Evi wurde schon langsam ungeduldig. „Was hast du denn überhaupt, Lore? Will dein Mann sich scheiden lassen?"

Lore schüttelte den Kopf.

„Was dann? Bist du krank oder was ist?"

Lore schüttelte wieder den Kopf, dann endlich raffte sie sich zu einer stockenden Antwort auf. „Ich bin nicht krank, eigentlich. Oder doch, es ist, ich kann …, ich kann kein Baby bekommen."

„Ach so." Evi wollte schon hinzufügen, so schlimm wäre das doch auch wieder nicht, aber angesichts Lores tiefer Verzweiflung hielt sie lieber den Mund.

Gaby dagegen nahm die Freundin fest in die Arme und murmelte: „Oh Lore, das ist ja schrecklich für dich! Das tut mir ja so Leid, Lore."

Lore schluckte, atmete ein paar Mal tief durch.

„Aber Lore, heutzutage gibt es doch einen Haufen Möglichkeiten sich behandeln zu lassen, künstliche Befruchtung und so was", meinte Evi in aufmunterndem Tonfall.

„Ja“, antwortete Lore müde. „Ich weiß. Ich glaube nicht, dass es eine Methode gibt, die ich noch nicht kenne, ich habe sie nämlich alle durchprobiert. Es hat nie geklappt.“

„Oh! Ich dachte, da gibt es heute so gute Möglichkeiten.“ Evi verstummte und fügte dann hinzu: „Aber wenn ich ehrlich bin, hab ich mir darüber nie viele Gedanken gemacht. Mein Problem war immer eher das Gegenteil: dass ich nur um Gottes Willen kein Kind bekomme. Meine Mutt wäre glatt ausgeflippt.“

Sogar bei Lore zeigte sich ein kleines Lächeln auf den Lippen. „Echt Evi. Immer verliebt und von mehreren auf einmal umlagert. Wirst du denn nie vernünftiger? Inzwischen haben wir alle drei das reife Alter von 25 Jahren erreicht.“

„Na und? 25 ist doch blutjung, da muss man das Leben genießen“, behauptete Evi.

„Ich könnte nicht so leben wie du, Evi. Du bist so unbeschwert. Ich kann seit Jahren an nichts anderes mehr denken als an ein eigenes Baby. Ich wünsche es mir so sehr. Als wir drei Jahre verheiratet waren und immer noch kein Kind hatten, bin ich zum ersten Mal zum Frauenarzt gegangen und seitdem …., es kommt mir vor, als wäre ich mehr beim Arzt gewesen als sonst irgendwo. Unzählige Male bin ich auf diesem scheußlichen Stuhl gesessen, ihr wisst schon.“

„Ja, klar. Wo man sich immer vorkommt wie ein aufgespießter Schmetterling im Schaukasten, einfach grässlich!“, stimmte ihr Gaby zu.

„Ja, genau. Außerdem bin ich vier-, nein fünfmal im Krankenhaus stationär behandelt worden, ich hab unzählige Medikamente eingenommen, Spritzen bekommen, genützt hat alles nichts. Im Gegenteil. Die vielen Hormone, die ich bekommen musste, haben bei mir ganz blöde Nebenwirkungen ausgelöst. Ich war jedes Mal richtig krank: Bauchschmerzen, Übelkeit und aufgeschwemmt hat es mich, dass mir nichts mehr gepasst hat. Ich habe mir nur noch Hängekleider und Gummizughosen gekauft."

„Ach jeh, bist du deshalb ... molliger geworden?", fragte Evi.

„Nein, nein, das Wasser im Gewebe verschwindet wieder, wenn die Hormonbehandlung vorbei ist. Mein Gewicht stammt eher vom Frust: Erst erzählt einem der Arzt, was man alles machen könnte, damit es doch noch klappt, man nimmt alles, aber auch alles Unangenehme in Kauf, weil man hofft wie verrückt und dann, dann war es wieder umsonst. Da hab ich eben auch noch zu viel gegessen. Was mich auch nicht gerade glücklicher macht. Und jetzt ..." Erneut kullerten ein paar Tränen aus Lores Augen. „Jetzt ist es endgültig aus. Unsere Krankenkasse bezahlt nicht mehr und wir können uns keine weiteren Versuche mehr leisten, würde sowieso nichts mehr nützen. Es ist vorbei."

„Ach Lore! Ich kann mir gut vorstellen, wie schlimm das für dich ist", versicherte Gaby und dachte dabei an ihren Berni. Ganz unvorstellbar, ein Leben ohne ihn. „Und dein Mann? Was sagt der dazu?"

„Er ist sehr lieb. Wir haben immer alles gemeinsam beschlossen und entschieden. Er versteht, dass ich unbedingt ein Baby haben wollte. Aber er sagt, er kann sich ein Leben ohne Kinder auch einrichten. Er hat sogar Verständnis für mich gehabt, als ich meine Stellung verloren hab. Ich konnte einfach nicht mehr arbeiten, war natürlich auch oft krank, deshalb bin ich geflogen. Ich habe ständig geheult, besonders wenn ich ein kleines Kind gesehen hab oder wenn die Kolleginnen von den ihren erzählt haben. Es ist schrecklich. Ich brauche nur irgendetwas zu sehen, was mit Babys zu tun hat, ein Kinderwagen oder Spielzeug, ja eine Puppe genügt und schon heule ich los. Ich kann einfach nichts dagegen machen."

Verständnisvoll nickte Gaby, während Evi wissen wollte: „Und jetzt? Wollt ihr jetzt ein Kind adoptieren?"

„Nein. Zumindest vorläufig nicht. Wir wollten doch so gern ein Kind von uns selber haben. Wir haben beschlossen, dass es am wichtigsten ist, dass ich wieder klarkomme, auch ohne Kinder. Mein Mann und ich, wir unternehmen viel miteinander, ausgehen, bergsteigen, schifahren, alles Mögliche. Aber wir gehen nirgends hin, wo aller Wahrscheinlichkeit nach viele Kinder unterwegs sind. Sonntags spazieren zu gehen ist zum Beispiel unmöglich. Mein Mann weiß, es würde nicht lange dauern und ich drehe durch. Einmal haben wir das in der letzten Zeit ausprobiert: Wir sind in den Wald gefahren und ein paar Meter gegangen. Dann ist uns eine Familie, Papa, Mama, Kinderwagen mit Baby drin und ein Kleinkind an der Hand, entgegengekommen. Ich habe zu heulen angefangen und konnte gar nicht mehr aufhören, stundenlang, auch noch als wir längst wieder zu Hause waren. Seitdem gibt's bei uns nur noch Aktivitäten, bei denen wir höchstwahrscheinlich keinen kleinen Kindern begegnen. Bergsteigen zum Beispiel und abends ins Theater oder in eine Kneipe. Aber ich muss an mir arbeiten, ich muss darüber hinwegkommen und mich damit abfinden. Wir beide als glückliches Ehepaar sind wichtiger als ein

Kind, sagt mein Mann. Am 1. Februar fange ich eine neue Arbeit an."

„Na, jedenfalls hast du ein Mordsglück, dass du so einen netten Mann hast", meinte Gaby.

„Ja, ich weiß. Er ist so wunderbar geduldig und verständnisvoll mit mir. Ihm fehlt auch nichts. Er könnte ohne weiteres Kinder bekommen. Aber ihm sind sie nicht so wichtig. Ich muss mich zusammenreißen. Sonst hat er noch eines Tages genug von mir und sucht sich eine andere. Hat mir meine Mutter eingebläut. Ich soll dankbar sein, für das, was ich habe, den nettesten Mann der Welt." Lore schniefte. „Inzwischen kann ich sogar durch die Straßen gehen und ich ertrage es ganz gut, wenn mir Kinder begegnen. Ich schau halt nicht so genau hin. Mein Mann sagt immer, schau nur hin, wenn sie sich fürchterlich aufführen. Ihr wisst schon, höllisches Geschrei, wenn sie im Supermarkt was sehen, was sie unbedingt haben wollen, und die Mutter sagt nein. Kommt ja gar nicht so selten vor. Er sagt, halte dir das vor Augen, dann bist du froh um unsere wunderbare Ruhe. Man muss an allem im Leben das Positive sehen. Ich versuche es auch, wirklich. Tut mit Leid, Gaby, dass ich so einen Zirkus aufführe, aber ich wusste nicht, dass du ein Baby hast. Ich war total überrascht." Sie fuhr sich über die Augen. „Aber jetzt geht's wieder. Ich bin wieder okay."

Evi war ganz still geworden. Nun meinte sie bedrückt: „Eigentlich muss ich mich wohl entschuldigen, Lore. Ich hab einfach vergessen dir von dem Kleinen zu erzählen."

„Woher hättest du auch wissen sollen, dass ich so verrückt reagiere?"

Sie versuchten noch eine Weile über andere Themen zu sprechen, aber es kam keine Stimmung mehr dafür auf. So bat Lore recht bald, Evi möge sie doch nach Hause bringen.

Auf der Fahrt im dunklen Auto durch die stillen, leeren Straßen sprach Lore noch einmal von den vielen Behandlungen, die sie über sich hatte ergehen lassen, um doch ein Kind zu bekommen.

Evi konnte sich nur wundern. „Das war ja ein regelrechter Leidensweg. Wie hast du das nur alles ausgehalten? Ich glaube, ich könnte das nicht."

Lore antwortete mit Inbrunst: „Ich würde alles tun, buchstäblich alles, wenn ich nur ein Baby haben könnte. Nichts wäre mir zu hart oder zu schwer. Ich denke auch, wenn ich jetzt einige Jahre warte, macht die Wissenschaft vielleicht solche Fortschritte, dass man mir in einigen Jahren dann vielleicht doch helfen kann. Dann werde ich bestimmt noch mal versuchen, ob es klappt." Man hörte Lores Stimme an, wie viel überzeugte Hoffnung sie in die Zukunft investierte. Warum auch nicht, dachte Evi, vielleicht überwindet sie auf diese Weise ihre derzeitige Misere besser, und stimmte ihr zu.

„Natürlich, Lore. Kann leicht sein, dass die Ärzte im Lauf der Zeit auf bessere Methoden kommen."

„Eben, ich gebe die Hoffnung so schnell nicht auf", antwortete Lore fast zuversichtlich. Sie hatte sich beruhigt.

Die beiden Freundinnen verabschiedeten sich. Über ein erneutes Treffen wurde gesprochen, aber es kam keine Vereinbarung mehr zustande.

„Puh!" Evi atmete aus tiefstem Herzen auf, als Lore winkend in der Haustür verschwunden war und sie losfahren konnte. Ihre bedrückende Geschichte ging ihr eine ganze Weile im Kopf herum, bis andere Gedanken sie in den Hintergrund drängten.

Sie wäre zu gerne in die Disco gegangen, um vielleicht Lorenz zu treffen, aber im Gasthaus wie in der Metzgerei herrschte Hochbetrieb bis zum Nachmittag des Heiligen Abends. Da wurde es plötzlich stiller, die Straßen leer, das Gasthaus konnte schließen. Die Angestellten gingen nach Hause, die Familie war unter sich.

Evi saß mit ihrem Vater im Büro. „Bin ich erledigt! ‚Frohe Weihnachten und ein gutes neues Jahr!' Ich hab das so oft gewünscht und gehört, es ist zum Auswachsen. Am liebsten würde ich jetzt einen ganzen Tag lang schlafen, dabei geht's morgen Vormittag nach der Messe schon wieder los."

„So ist das halt in unserem Job. Aber keine Angst, an den Feiertagen kommen nicht viele Gäste. An Weihnachten bleibt man in der Familie oder die Verwandtschaft besucht sich gegenseitig. Da wird bei uns nicht viel los sein. Du kannst ruhig schlafen oder deine Freundinnen besuchen, wenn dir danach ist, Evi."

„Hm. Danke, Vati. Ich weiß noch nicht, was ich tue. Gaby hat ja auch ihre Familie, Eltern besuchen, Schwiegereltern, Schwägerin und so weiter. Und bei Ilse ist es genauso."

„Ja, so ist es eben, wenn man einmal Familie hat."

Evi verzog das Gesicht. „Blöd ist das. Alle Welt ist plötzlich scharf aufs Heiraten und Kinderkriegen, der Manfred und alle meine guten Freundinnen sind inzwischen verheiratet."

Der Vater lächelte ihr zu. „Du wirst ja wohl auch irgendwann heiraten und Kinder kriegen, oder?"

„Hm. Mal sehen, ob ich den Richtigen dafür finde.

Okay, die Rechnungen hier sind bezahlt und abgeheftet. Ich geh hoch zu Omi, die hat bestimmt einen schönen heißen Tee gekocht. Kommst du auch?"

„Bald, Kind, ich muss noch ein paar Bestellungen aufschreiben."

Als Evi eben die Treppe hoch lief, klingelte es an der hinteren Haustür, die an diesem besonderen Tag bereits verschlossen war.

Sie öffnete und blickte mit einigem Erstaunen auf den Besucher.

„Lorenz! Grüß dich."

Etwas verlegen stand er vor ihr, reichte ihr die rechte Hand und zog dann die linke mit zwei bunten Päckchen hinter seinem Rücken hervor. „Evi, ich wollte dir frohe Weihnachten wünschen und alles Gute zum Namenstag und dir diese kleinen Geschenke überreichen."

„Oh, das ist eine Überraschung, die ist dir gelungen. Gleich zwei Päckchen. Großartig. Ich hab mich mein Leben lang darüber geärgert, dass mein Namenstag auf den Heiligen Abend fällt und ich deshalb keine Extrageschenke bekommen hab. Komm doch herein." Die Freude ließ ein warmes Lächeln auf ihrem Gesicht aufblühen. „Was ist denn da drin? Komm mit hinauf in die Wohnung, da ist es gemütlicher und wärmer als hier unten."

„Aber nur kurz, ich will euch am Heiligen Abend nicht stören."

„Du störst gar nicht. So spät ist es noch nicht und bei uns gibt es ja auch keine kleinen Kinder und keine Bescherung und all diesen Quatsch. Das große Geschenkeverteilen haben wir in unserer Familie längst abgeschafft", berichtete Evi bewusst cool.

„Bei uns ist es auch so. Schade, dass wir keine Kinder mehr sind, gerade an Weihnachten, nicht? War doch eine aufregend tolle Sache, das Warten aufs Christkind. Meine ältere Schwester hat zwei kleine Kinder. Da ist Weihnachten erst richtig Weihnachten, finde ich."

„Meinst du? Na gut, jedenfalls freue ich mich genauso wie ein kleines Kind über dein Weihnachtsgeschenk", versicherte ihm Evi und zog ihn in die Wohnküche. Omi saß zeitunglesend am Tisch.

Über ihre Lesebrille hinweg musterte sie die eintretende Enkelin und den Fremden.

„Omi, das ist der Lorenz, ein Freund von mir. Stell dir vor, er ist extra gekommen, um mir sein Weihnachtsgeschenk zu überreichen."

Unverblümt neugierig versuchte die Omi den Fremden einzuschätzen. „So, der Lorenz. Grüß dich, Lorenz. Zieh dir nur deine Jacke aus und setz dich her", lud sie ihn ein.

Lorenz wünschte ebenfalls sehr höflich „grüß Gott" und schälte sich bereitwillig aus seiner dicken Winterjacke. Er setzte sich neben Evis Großmutter, Evi nahm gegenüber Platz.

„Wie ist das, darf ich dein Geschenk gleich aufmachen oder muss ich bis zum Abend warten?", fragte Evi und nestelte bereits an der Schleife.

Lorenz grinste. „Beides, weil eigentlich sind es zwei Päckchen. Das große könntest du gleich öffnen und das kleine hebst du dir auf als Weihnachtsüberraschung."

„Fein." Langsam, fast genussvoll löste Evi sorgfältig die Schleife und anschließend die Klebestreifen, faltete das Papier auseinander.

„Wau, Weihnachtsplätzchen! Hm. Omi, schau

nur!“ Mit leuchtenden Augen betrachtete sie die Köstlichkeiten. „Woher hast du gewusst, dass ich genau darauf die größte Lust habe?“

Auf einer flachen Schale, dekorativ in Kreisen angeordnet, lagen die verschiedensten Sorten, köstlich anzuschauen und verführerisch duftend.

„Na, das war nicht schwer zu erraten. Du hast doch erzählt, dass deine Mutter für das Backen von Weihnachtsplätzchen leider gar nichts übrig hat. Da dachte ich, ihr könntet welche brauchen.“

„Bravo, da hast du ganz richtig gedacht. Omi, schau nur: Spitzbuben, Schokoladenkringerl, Mandelplätzchen, Nusshäufchen, Marzipanherzen, Makronen, Schwarzweißgebäck und das, wie heißt das?“

Evi zeigte auf die Plätzchen und Lorenz musste ihr die Namen sagen. Schließlich zog Evi die schützende durchsichtige Folie ab und entschied sich für ein besonders lecker aussehendes Nougatkipferl. „Fabelhaft. Hast du die alle selber gemacht, Lorenz?“

„Eine ganze Menge jedenfalls.“ Lorenz strahlte über das ganze Gesicht, als er sah, mit welcher Begeisterung Evi sein Geschenk annahm.

„Eigentlich müsste ich ja sauer sein. Das ist ein Frontalangriff auf meine schlanke Linie, aber die sind einfach zu gut.“ Sie biss genussvoll ziemlich kleine Stückchen von einem Nougatkipferl ab, das in Schokolade getauchte Endstückchen hob bis zum Schluss auf.

Lorenz beobachtete sie kopfschüttelnd. „Du isst ja wie ein Spatz. Davon wirst du nicht dicker.“

„Das will ich aber auch schwer hoffen, sonst wäre ich dir ernsthaft böse.“ Sie sagte es lächelnd, aber an der Ernsthaftigkeit ihrer Aussage blieb kein Zweifel.

„Die sehen so schön aus, dass man sich gar nicht traut sie zu essen. Und selbst gebacken sind sie?“ Die Omi sah Lorenz fragend an.

„Omi, der Lorenz ist doch von Beruf Bäcker und Konditor, deshalb!“, erklärte Evi schnell.

„So ist das. Deshalb sind die Plätzchen so schön. Und riechen tun sie gut. Ich darf auch eines probieren, gelt?“

„Aber selbstverständlich. Die sind durchaus für die ganze Familie gedacht. Ich weiß doch, dass die Evi enorm an ihrer schlanken Linie hängt.“

„Ja, was das betrifft, spinnt sie ein bisserl, das muss ich schon sagen, auch wenn es sich um meine Enkelin handelt. Dabei haben die Ärzte heutzutage längst festgestellt, dass so ein dürres Gestell gar nicht so gesund ist.“ Die Oma nahm sich ein Marzipanherz und biss herzhaft die Hälfte davon ab. „Gut sind sie, deine Plätzchen, Lorenz. Ach, ich hab vorhin eine Kanne Tee aufgegossen. Der ist jetzt gerade richtig.“

Die Oma wollte aufstehen, aber Evi drückte sie zurück auf den Stuhl. „Lass, Omi, ich mach das schon.“ Die Enkelin holte den Tee und Tassen, Zucker und Rum für die Oma und Lorenz, Milch für sie selber.

„So, Bäcker und Konditor bist du also. In Angerburg drin? Und wo bist du daheim?“ Ohne sich im Geringsten zu genieren, fragte die Oma den Freund ihrer Enkelin nach Strich und Faden aus, während sie Tee tranken und sich die Weihnachtsplätzchen schmecken ließen.

Lorenz erzählte bereitwillig von seinem Beruf, den er liebte. Seine Mutter war Hausfrau, sein Vater Schreiner. Seine ältere Schwester war verheiratet und hatte zwei Kinder. Sein jüngerer Bruder hatte gerade die Schlosserlehre beendet. Omi stellte dabei zufrieden fest, dass sie die Familie, in die seine Schwester eingeheiratet hatte, kenne und es seien sehr ordentliche Leute. Und der Schlosser, bei dem der Bruder angestellt war, der war sogar schon des Öfteren bei ihnen im Gasthaus gewesen, den kannte sie ja besonders gut. Evi saß staunend dabei und wunderte sich, wie geschickt die Oma alle möglichen Informationen aus Lorenz herausholte. Sie hörte Dinge, die er bis jetzt nicht einmal ihr erzählt hatte, zum Beispiel, dass sein größtes Hobby das Angeln sei, die künstlichen Fliegen zum Forellenfischen binde er selber. Außerdem begeisterte er sich für das Fußballspielen. Sie registrierte auch, dass er von seinen Plätzchen wenig aß. Das gefiel ihr, er wollte also auch nicht dicker werden.

Eine knappe Stunde verging im Nu. Dann erhob sich Lorenz und meinte: „Es ist wahnsinnig gemütlich bei euch, aber jetzt muss ich gehen. Ich will auch nicht länger stören, schließlich ist heute der Heilige Abend."

„Du störst gar nicht. Bleib ruhig noch da", forderten ihn Evi und die Oma auf. Aber Lorenz ließ sich nicht länger halten, wünschte der Oma ein schönes Weihnachtsfest und Evi begleitete ihn zur Haustür.

„Nochmals vielen Dank für deine Geschenke, Lorenz. Es war eine Riesenüberraschung für mich."

„Vergiss nicht das zweite Päckchen heute noch aufzumachen und ich hoffe, du denkst dann an mich."

„Aber natürlich. Also dann …"

Evi reichte ihm die Hand und mit gegenseitigen guten Wünschen zum Weihnachtsfest gingen sie schließlich auseinander.

Kaum war er draußen, kam die Mutt aus der Küche und fragte: „Wer war das denn?"

Evi erklärte lapidar: „Ein Freund. Er hat uns Weihnachtsplätzchen gebracht." Ihre Mutter zog erstaunt die Augenbrauen hoch.

Und als Evi in ihrem Zimmer verschwunden war und auch der Vater in die Wohnung nach oben gekommen war, machte es Omi ein wahres Vergnügen, ihrer Tochter alles Wissenswerte über den neuen Freund der Enkelin zu berichten.

Evis Mutter winkte ab. „In ein paar Wochen ist er wieder passee und der nächste taucht auf. Nicht wert, dass man sich seinen Namen merkt. So war das noch immer mit ihren Mannsbildern!", behauptete Hilde ärgerlich und mit nicht zu überhörender Geringschätzung in ihrer Stimme.

Entschieden setzte sich die Oma für ihre Enkelin ein. „Ach was, die Evi ist schon richtig. Sie ist eben jung und muss sich austoben. Irgendwann findet sie dann den Richtigen und bei dem bleibt sie dann."

„Mein Gott, wo nimmst du bloß deine Illusionen her."

Allein in ihrem Zimmer drehte Evi Lorenz' kleineres Geschenkpäckchen in ihren Händen und öffnete dann die Verpackung, langsam und sorgfältig. Eine kleine, bunt bemalte Schachtel kam zum Vorschein, und als sie den Deckel hob, weiße Watte. Sie nahm die Watte ab und das Licht der Deckenlampe spiegelte sich in fein gearbeitetem Glas. Ein wunderbar zierliches Schwanenpärchen lag da, zum größten Teil durchsichtig, blitzend und an wenigen Stellen mit weißen und dunklen Einschlüssen unterlegt. Evi drehte und wendete das Gebilde vorsichtig in ihren Händen, ein breites Lächeln auf ihrem Gesicht. Na, so was, er hatte ihre irgendwann einmal beiläufig hingeworfene Bemerkung, sie sammle Glasfiguren, nicht vergessen.

Evi ging zu der kleinen Wandvitrine, in der sie ihre Kostbarkeiten aufhob. Ein kleines getrocknetes Moosröschen musste weg und das Schwanenpaar hatte seinen Platz gefunden.

Sie nahm einige Figuren ihrer Sammlung der Reihe nach in die Hand, strich mit zärtlichen Fingern und leuchtenden Augen über die glänzenden, glatten Oberflächen, entlang der schön geschwungenen Linien, bewunderte die zierlich und fein geformten Einzelheiten eines bunt schillernden Hahnes, einer langhalsigen Giraffe mit pfiffigem Kopf, eines überaus elegant springenden Delfins, eines feurig galoppierenden Pferdchens und eines sich geschmeidig räkelnden Kätzchens. Diese und all die anderen betrachtete sie mit intensiver Freude. Sie konnte niemandem erklären, warum sie diese Figuren so liebte, aber es war nun einmal so. Glasgeschäfte konnten ihre wahre Freude daran haben, denn sie sammelte mit Leidenschaft und hatte es inzwischen auf immerhin 47 Exemplare gebracht, nein, 48 waren es nun. Also Lorenz war wirklich ein überaus netter Kerl, fand sie, er musste ihr wirklich gut zugehört haben, dass er nun die richtigen Geschenke für sie fand.

Aber was, zum Teufel, sollte sie ihm geben? Worüber würde er sich freuen? Wofür interessierte er sich gleich wieder? Ah ja, Fußball und ja, Angeln war das andere gewesen. Künstliche Fliegen? Ob es so etwas zu kaufen gab? Einen Fußball in Form eines Schlüsselanhängers?

Hm. Ihre Augen musterten immer noch die Glasmenagerie. Ein Fisch! Sie hatte drei verschiedene

Fischchen dabei. Ob einer davon einer Forelle ähnlich sah? Evi hatte keine Ahnung. So entschied sie sich schließlich für ein kleines, in zarten bläulichen Tönen schillerndes, schlankes Fischchen. Es hatte zumindest eine vage Ähnlichkeit mit Forelle blau. Na also. Sie war sehr mit sich zufrieden. Da musste sie nicht erst nach den Feiertagen die Geschäfte nach einem Geschenk abklappern. Oder doch. Fischchen gab es in vielen Variationen und sie würde keine Probleme haben, sich wieder ein ganz ähnliches Exemplar zu besorgen. Prima!

Ein Blick auf die Uhr zeigte ihr, sie musste bald zur familiären Weihnachtsfeier auftauchen: Omi helfen das kleine Bäumchen zu schmücken, Geschenke austauschen, Mutts traditionellen Fischeintopf gebührend würdigen, indem sie zumindest einen Teller davon aß.

Evi machte sich auf den Weg, stahl sich dann schnell entschlossen an der Tür, hinter der weihnachtliche Lieder erklangen, vorbei und lief eilig in die Wirtsstube. Sie suchte im Telefonbuch nach Lorenz' Nummer, beziehungsweise der seiner Eltern, fand die richtige Adresse und wählte.

Eine weibliche Stimme meldete sich.

„Könnte ich den Lorenz sprechen?"

„Lorenz, Telefon für dich!", schallte der laute Ruf bis zu ihr. Nach wenigen Sekunden war er am andern Ende.

„Ja?"

„Hallo, Lorenz, ich bin's, Evi. Ich wollte mich bei dir bedanken für das Schwanenpärchen. Es ist wunderschön."

„Hm." Ein zufriedenes, erfreutes Brummen drang

aus dem Hörer. „Hab ich das Richtige für dich gefunden?"

„Oh ja, goldrichtig. Ich freue mich ganz wahnsinnig darüber. Ein Glanzstück in meiner Sammlung. Vielen, vielen Dank!"

„Hm. Gut. Schwanenpärchen sind sich ein Leben lang treu, wenn sie sich einmal gefunden haben, hast du das gewusst?"

„Hm. Tatsächlich? Nein, wusste ich nicht. Schön für die Schwäne."

„Finde ich auch. Wie im Märchen: Und sie liebten sich herzlich und lebten glücklich zusammen bis an ihr seliges Ende."

Für einige Momente herrschte Schweigen. Aus dem Hintergrund erklangen aufgeregte helle Kinderstimmen. Dann begann Evi zögernd: „Sag mal, wie wäre es, wenn wir uns treffen würden, morgen oder übermorgen? Oder hast du schon was Wichtiges vor?"

Er musste nicht lange überlegen. „Nein, nein, ich hab gar nichts vor, meine ich. Morgen Nachmittag wäre schön. Was machen wir?"

„Wir könnten spazieren gehen? Das Wetter soll ganz annehmbar werden. Du könntest mir ja zum Beispiel dein Fischwasser zeigen."

„Interessiert dich das? Ganz gut. Prima. Um zwei hol ich dich ab, okay?"

„Okay. Dann bis morgen. Schöne Weihnachtsfeier noch heute Abend", wünschte Evi. Auch Lorenz wünschte das und jeder legte etwas zögernd auf.

Evi war sehr mit sich und der Welt zufrieden und abwechselnd singend und pfeifend löschte sie das Licht in der Wirtsstube und hüpfte leichtfüßig die Treppe nach oben. Eigentlich mochte sie die Weihnachtsfeier mit der Familie nicht, aber wenn sie sich Mutts Unmut nicht zuziehen wollte, musste sie auch wohl oder übel die Omi zur Christmette um Mitternacht in die Dorfkirche begleiten. Mutt und Vati würden schlafen gehen, um am nächsten Vormittag nach der Messe die wenigen Gäste, die sich an so einem Tag meist einfänden, zu bewirten.

Evi erlaubte sich, am nächsten Tag erst kurz vor Mittag aufzustehen. Nicht einmal Omi war in der Wohnung. So ging sie hinunter in die Gaststube, nahm sich eine Tasse Kaffee und schlenderte in die große Küche. Mutt und Vati standen über dampfende Töpfe und Reinen gebeugt und bereiteten bereits die ersten Teller fürs Mittagessen der Gäste. Babette war damit beschäftigt, Gemüse zu putzen, wie nicht selten an Feiertagen, wenn sie sich ihres Alleinseins doch recht bewusst wurde. „Da halte ich es zu Hause einfach nicht aus. Allein am Tisch schmeckt einem an so einem Tag das beste Essen nicht. Ganz abgesehen davon, dass es bei euch sowieso was Besseres gibt. Für mich allein könnte ich mir ja nie ein Ganserl braten oder eine Ente. Da komm ich halt zu euch, arbeite mit in der Küche, damit ist euch geholfen und mir auch“, hatte sie einmal erklärt. Und die Oma bestärkte sie und lud sie immer wieder ein, nur ja zu kommen, an den Feiertagen würde jede Hand gebraucht. Und dann arbeiteten die beiden alten Damen zusammen und ratschten über die alten Zeiten und tauschten Neuigkeiten aus. Und zwischendurch, wenn die Arbeit weniger wurde, saßen sie am kleinen Tisch und ließen es sich schmecken.

Wie meistens richtete Omi auch heute die Salatteller. Die Braunerin sauste eilig zwischen Küche und Gaststube hin und her.

„Wird aber auch Zeit, dass du dich blicken lässt!“, warf die Mutt Evi zur Begrüßung zu.

Babette wünschte ein schönes Weihnachtsfest und stellte begütigend fest: „Die jungen Leut brauchen halt noch mehr Schlaf als wir alten, gelt, Evi?“

Worauf Evi heftig nickte und erneut gähnte. „Du sagst es, Babette.“

Vati blinzelte ihr über einen duftenden Schweinebraten hinweg zu. „Na, ausgeschlafen? Da, nimm, dass du groß und stark wirst.“ Und mit diesem alten Spruch reichte er seiner Tochter einen Teller mit dem Bratenanschnitt, schön knusprig gebrutzelt mit einem gehörigen Stück Schwarte, die beim Hineinbeißen krachte. So, wie Evi es liebte.

„Hm!“ Evi setzte sich an eine Ecke des Tisches, an dem Omi herumwerkelte. Die reichte ihr auch gleich eine Scheibe Brot. Evi legte das Bratenstück darauf und biss kräftig hinein.

„Magst einen Salatteller dazu?“, fragte die Omi.

„Nein danke, jetzt nicht. Das ist mein Frühstück. Sobald ich fertig bin, helfe ich der Braunerin, die ist heute allein da, nicht? Und dann, als Mittagessen sozusagen, mag ich einen von deinen leckeren Salattellern, Omi.“

„Dass du nur nicht zu viel erwischt“, spöttelte Omi, „du könntest ja glatt einmal ein Gramm Fett ansetzen.“

„Eben, Omilein“, antwortete Evi frohgemut.

Evi half mit, wo sie gebraucht wurde. Sie klapperte laut mit dem Geschirr, das sie in die große Spülmaschine stapelte. Sie tat es in Windeseile und sah dabei öfter einmal auf die Uhr.

„Dir pressiert’s aber. Du hast wohl was Besonderes vor?“, wollte die Omi wissen.

„Nix Besonderes. Nur spazieren gehen, Omi. Weil das Wetter so schön geworden ist.“

„So. Na dann geh zu, wir werden schon allein fertig mit den paar Leuten heute.“

Evi stellte noch die Geschirrspülmaschine an, rief allen „Servus miteinander“ zu und weg war sie.

Pünktlich, zwei Minuten vor dem verabredeten Zeitpunkt, fuhr Lorenz in einem roten Kombi älteren Baujahrs vor.

Evi hatte sich warm angezogen und setzte nun auch noch eine flauschige Wollmütze auf, denn trotz des sonnigen Tages wehte ein eisig kalter Wind. Von Zeit zu Zeit verdunkelte eine Wolke die Sonne und die Kälte wurde deutlich spürbar.

Lorenz war ausgestiegen und hielt ihr nach der Begrüßung die Beifahrertür auf.

„Danke schön, mein Herr!“ Sie nickte ihm lächelnd zu, angetan von seiner netten, altmodischen Höflichkeit.

„Bitte schön, meine Dame!“, entgegnete er und setzte sich ans Steuer.

„Und wohin geht's jetzt? Wo ist dein Fischwasser?“

„Wart's ab, es ist von hier aus gar nicht weit. Ich fahre von Angerburg aus normalerweise einen anderen Weg, aber eigentlich ist es ganz in der Nähe.“

Er schlug die Straße nach Wurzbach ein und bog nach kurzer Strecke in einen Schotterweg ein. Bald darauf hielt er an einer Einzäunung, parkte vor einem Tor aus verrosteten Eisenstreben und Zaundraht. Eine hohe, dichte Hecke verbarg das dahinter liegende Grundstück.

„Da sind wir schon, bitte aussteigen, meine Dame.“

„Das ist dein Fischwasser? Das kenne ich ja. Das gehört doch dem alten Wittmann."

„Genau. Der alte Wittmann ist nämlich mein Großvater mütterlicherseits. Bei dem hab das Fischen gelernt, und weil er inzwischen nicht mehr recht kann, habe ich die Bewirtschaftung übernommen. Ich kümmere mich um den Besatz mit Fischen und natürlich um das Angeln. Im Sommer, wenn es warm und schön ist, kommt der Großvater selber auch öfters her."

„Komisch. Ich kenn mich hier in der Gegend aus, aber ich hab dich noch nie hier gesehen und deinen Großvater auch nicht. Den kenne ich nur von der Kirche her."

„Das glaube ich gern. Wir kommen immer von der anderen Straße her, von Richtung Wiesing drüben. Gegenüber liegt der richtige Eingang, ein neueres Tor, nicht so ein altes, verrostetes wie hier." Sie waren beide inzwischen ausgestiegen und standen davor. Eine Kette mit einem alten Schloss hing an dem Tor.

„Wir können hier gar nicht hinein. Dahinter ist auch alles zugewachsen, der Weg wird eben nie benutzt. Aber weil wir spazieren gehen wollten, dachte ich, wir nehmen den Weg durch den Wald da drüben, einverstanden? Oder sollen wir mit dem Auto über die Straße nach Wiesing an das andere Tor fahren?", fragte er zuvorkommend.

„Nein", antwortete Evi und schüttelte den Kopf, „durch den Wald ist es bestimmt schöner. Ich geh sehr gern spazieren."

„Gut, dann los." Er fasste Evis Hand und zog sie an der Hecke entlang auf einen sehr schmalen Fußpfad. Wucherndes Gestrüpp und überhängende Äste an den Bäumen bewirkten, dass sie meistens nur hintereinander gehen konnten. Lorenz ging voraus, knickte kleinere Zweige ab oder hielt größere zur Seite, damit Evi vorbeigehen konnte.

Gutmütig spöttisch bemerkte sie: „Bist du sicher, dass das hier ein richtiger Weg ist? Mir schaut das ganz nach einem Hasenwegerl aus.“

Lorenz grinste. „Na ja, ehrlich gesagt, ich bin hier schon einige Jahre nicht mehr gewesen, vielleicht benutzen ihn in letzter Zeit wirklich nur noch die Hasen. Früher jedenfalls war hier irgendwo ein Jägerstand und deshalb sind zumindest die Jäger da unterwegs gewesen.“

Wie um seine Worte zu bestätigen, tauchte vor ihnen ein schräg in den Bäumen hängender Jägerstand auf; die Streben waren zum Teil zerbrochen und mit Moos überwachsen.

„Aha, der berühmte Jägerstand. In den letzten Jahren ist da aber keiner mehr hinaufgeklettert.“

„Hm. Wahrscheinlich ist er vor zwei Jahren umgefallen, da waren die Frühjahrsstürme ziemlich schlimm. Drüben im Garten hat es eine hohe Fichte erwischt und einen schweren Ast von einem alten Apfelbaum.“

„Verdammt“, fluchte Evi, als ihr ein stacheliger, überhängender Weißdornzweig die Mütze fast vom Kopf zog. Sie griff nach oben, aber die Mütze hing fest.

„Wart, ich helf dir.“ Lorenz löste mit vorsichtigen, geschickten Fingern die Dornen und zog ihr die Mütze wieder über den Kopf. Evi spürte deutlich die Wärme seiner Finger, als er behutsam ihre Haare darunter strich. Er sah ihr in die Augen, seine Daumen fuhren sachte und leicht über ihre Wangen. Er wurde ein bisschen rot, räusperte sich verlegen und wandte sich ab. Dann erklärte er: „Nur noch ein paar Schritte, dann gibt's einen breiten Fahrweg."

Evi fragte sich, ob sie richtig gesehen hatte, war er wirklich ein wenig rot geworden? So schüchtern hätte sie ihn eigentlich nicht eingeschätzt. Aber, stellte sie fest, es gefiel ihr. Lorenz war eben wirklich ein sehr netter Kerl.

Wie versprochen kamen sie nun tatsächlich auf einen zweispurigen Waldweg und in einigen hundert Metern Entfernung konnte man wieder die freie Landschaft und damit das Ende des Waldstückes sehen.

Sie konnten nun nebeneinander her gehen. „Friert dich?", fragte er.

„Nein, gar nicht. Man spürt hier drinnen wenig vom Wind. Wohin geht es jetzt?"

Er zeigte geradeaus. „Einfach diesen Weg weiter, schau, hier ist wieder unser Zaun und die Hecke dahinter und dort, bei der großen Esche, ist schon das Tor."

Lorenz kramte einen großen Schlüssel, der an einem roten Band hing, aus seiner Manteltasche und öffnete das Tor. „Simsalabim, voilà, das ist mein Fischweiher."

Schon vom Tor aus konnte man das von einer dünnen Eisdecke überzogene Wasser sehen. Über kurz gemähtes Gras fiel der Blick an das Ufer eines kleinen, etwas tiefer liegenden Weihers, der sicher nicht mehr als hundert Meter lang und vielleicht achtzig Meter breit war. Ein schmaler, hölzerner Steg war da, daneben im Gras lag ein umgedrehtes kleines Boot.

„Schade, dass es so kalt ist. Wenn jetzt Sommer wäre, müsstest du mich herumpaddeln, Lorenz."

„Das nächste Frühjahr kommt bestimmt und dann mach ich das“, versprach er.

Evi sah sich neugierig um: Eine winzig kleine Hütte, eigentlich nur ein sehr spitzes Dach, stand verborgen zwischen Sträuchern und sonst gab es nur viele Büsche und Bäume. Auf dem gegenüberliegenden Ufer des Weihers stand hohes, dürres Schilf und eine Menge Rohrkolben.

„Ist die Hütte eingerichtet?“

„Nein, das ist nur ein Geräteschuppen. Ein paar alte Angelschnüre und ein bisschen Werkzeug: eine Säge, damit ich die Obstbäume schneiden kann, eine Hacke und ein paar alte, ausrangierte Stühle.“ Er hatte eine sehr schmale Brettertür aufgemacht und wirklich sah der Inhalt der Hütte nach Gerümpel aus.

„Schade. Im Sommer zum Baden könnte ich es mir hier sehr gemütlich vorstellen.“

„Ist es auch. Ich bin oft da.“

Ihr Blick fiel auf ein paar Backsteine und eine geschwärzte Stelle am Boden. „Aha, ein Lagerfeuer.“

„Ein Grillfeuer. Ganz frisch schmecken die Fische am besten.“

„Nicht übel. Also wirklich, nicht schlecht, so ein Fischweiher mit ganz vielen Bäumen und einer Hecke drum herum. Richtig romantisch. Und wie viele Vögel hier herumhüpfen!“

Lorenz freute sich sichtlich über Evis anerkennende Worte. Er zeigte und erklärte ihr alles; jeder einzelne Apfelbaum wurde ihr vorgestellt und vor allem bekam sie eine Menge über Fische zu hören: Also wenn man sich im Sommer ganz ruhig ins seichte Wasser stelle, kämen die jungen Fischchen und zupften an den Beinen. Und wenn man die großen sehen wolle, müsse man nur altes Brot hineinschmeißen, dann kämen sie. Und dort, an der tiefen Stelle, hatte er seinen größten Hecht gefangen, so groß war er gewesen, zeigte er. Es dauerte eine geschlagene halbe Stunde, bis die Geschichte seines Erfolges in allen Einzelheiten und überaus lebendig dargelegt war.

Evi hörte ihm lächelnd zu. Sie war überrascht und fast ein wenig entgeistert, dass Lorenz über so etwas wie Fischefangen erzählen konnte, als wäre es eine große Aktion.

„Was hast du denn am Ende mit dem Hecht angestellt? Ihn präparieren lassen und an die Wand gehängt?"

„Nein, so besonders war er auch wieder nicht", gab Lorenz zu. „Wir haben ihn schlicht aufgegessen. Das Präparieren ist teuer und dann, wohin damit!"

„Eben, das ist ein Problem." Lachend berichtete Evi: „Der Irzinger Fischerverein wollte das einmal mit einem recht großen Karpfen machen und ihn bei uns im Wirtshaus anbringen. Aber meine Mutt war dagegen, auf solche glotzende Staubfänger kann sie verzichten, hat sie zur Omi ganz entsetzt gesagt. Die Fischer hat sie dazu überredet, den Karpfen in der Küche zu einem Festessen zu verarbeiten. Sie waren dann auch damit einverstanden. Und die Babette, unsere Mesnerin und die Buschtrommel in unserer Gemeinde, hat später erzählt, dass die Frau von dem glücklichen Angler, der den Fisch unbedingt ausgestopft haben wollte, ihren Mann mitsamt seinem Fisch aus dem Haus geschmissen und ihm mit Scheidung gedroht hat, wenn er es wagt, so ein Ungetüm ins Haus zu bringen. Sein Aquarium würde ihr schon reichen."

Lorenz grinste über die Geschichte. „Ja, ja, wir

Angler sind schon arme Teufel, wenn die Frauen kein Verständnis für unsere Passion haben."

„Das kommt wohl öfters vor?"

Er lachte nur und zuckte die Schultern. „Man hört so allerlei."

„Aha. Hast du auch solche Probleme?"

„Ach, nicht so tragisch. Ich habe niemand, der sich daran stören würde, dass ich Stunden hier am Weiher verbringe. Nur, meine Leut essen nicht so gern Fisch. Vor allem muss ich sie selber zubereiten, aber das macht nichts, ich koche sehr gern. Allerdings, ein großes Aquarium zu haben, das wäre schon traumhaft", sagte Lorenz ganz sehnsüchtig. „Aber dazu fehlt bei uns zu Hause der Platz. Als Bub hab ich ein kleines Aquarium gehabt, bis es eines Tages kaputt gegangen ist."

„Armer Lorenz! Schaust du dir gerne Fische an?"

Er zuckte ergeben die Schultern. „Jeder hat halt so seine Spinnerei."

„Ja, bei mir ist es die Sammelleidenschaft, du weißt schon, Glasfiguren und so. Übrigens hab ich da was für dich, Lorenz. Ein Weihnachtsgeschenk."

Evi langte in ihre Manteltasche und holte eine kleine, flauschige Rolle heraus.

„Oh, Evi!" Gerührt nahm er das Geschenk und löste die goldfarbene Schleife, wickelte die Rolle auf und stand etwas verdattert da, mit einem blau und gelb gestreiften Waschlappen in der Hand. „Ah, ja, ein sehr schöner Waschlappen."

Evi musste laut lachen. „Also, wenn ich du wäre, würde ich mal nachsehen, was innen drin ist!"

Er tat es und fand das schillernde Glasfischchen. „Oh! Das ist aber schön." Er drehte es hin und her, ließ die Sonnenstrahlen darauf tanzen. „Es glitzert wunderschön, hast du das gesehen? Mindestens drei verschiedene Blautöne, da ist sogar ein wenig Silber. Es gefällt mir wirklich sehr, Evi. Dass du daran gedacht hast! Danke schön."

Sichtlich glücklich, aber auch etwas befangen stand er nah vor ihr, in einer Hand das Fischchen, in der anderen den Waschlappen. Er neigte ihr seinen Kopf zu, und als Evi keine Anstalten machte sich zurückzuziehen, drückte er einen zarten Kuss auf ihren Mundwinkel.

Evi legte beide Arme um seinen Nacken und küsste herzhaft zurück. Da wagte er es und schloss sie fest in seine Arme.

Einigermaßen atemlos trennten sie sich und grinsten sich an.

„Solche Geschenke möchte ich öfter bekommen, die gefallen mir", meinte Lorenz und sah sie dabei staunend an. Seine Hände streichelten sanft ihre Wangen, fuhren unter die Mütze und über den Hals in ihren Nacken.

„Welche Art Geschenke meinst du jetzt genau, Glasfische?"

Er schüttelte langsam den Kopf. „Nein." Er küsste sie erneut.

Evi ließ es sich nur zu gern gefallen.

„Du bist sehr hübsch, Evi. Sicher hast du eine Menge Freunde."

„Ja, sicher. Aber keinen speziellen Freund, wenn du das meinst. Keinen, der mir besonders viel bedeuten würde. Nicht mehr. Und wie ist das bei dir?"

„Nein, bei mir gibt's niemanden. Früher einmal hatte ich eine Freundin. Die war gar nicht davon begeistert, dass ich selten bis spät am Abend mit ihr ausgehen wollte, da hat sie sich eben einen anderen gesucht. Wie ist das mit dir, willst du auch immer abends ausgehen?“

„Na ja, eigentlich schon. Aber im Moment komme ich nicht dazu, ich bin in unserem Wirtshaus ganz ordentlich eingespannt. Wenn ich allerdings nach Neujahr wieder in der Bank arbeite, werde ich hoffentlich wieder öfters abends Zeit haben. Im Übrigen, ich hab dich doch abends in der Disco kennen gelernt.“

„Ja, das schon. Aber eigentlich gehe ich nicht so gern in die Disco. Aber was soll's, beim Fischen trifft man selten hübsche junge Mädchen. Und es hat sich rentiert, wie man sieht: Ich habe dich kennen gelernt.“ Was ihn so begeisterte, dass er Evi erneut küssen musste.

„Hör mal, heißt das, du willst jetzt nicht mehr ausgehen, in die Disco und so?“

Er überlegte kurz. „Na ja, dir zuliebe tu ich es halt.“

„Das will ich aber auch hoffen! Wo bald die Faschingsbälle losgehen. Und an Silvester steigt bei uns ein großer Ball. Da kommst du doch?“

„Aber ja, freilich. Wenn ich schon so nett eingeladen werde!“

„Gut“, stellte Evi fest und dann: „Du, Lorenz, wenn wir jetzt nicht weitergehen, frieren mir die Zehen ab. Außerdem muss ich heim. Die Arbeit wartet auf mich.“

Stampfend und trampelnd liefen sie unter viel Gelächter weiter, umrundeten weiter den Weiher und verließen das Grundstück.

Lorenz verschloss sorgfältig das Tor und weiter

ging es, am Zaun entlang über einige Wiesen, um auf der anderen Seite zum Auto zurückzukommen.

„Ist dir wieder warm?“, fragte Lorenz, legte einen Arm um ihren Rücken und zog sie beim Gehen eng an sich.

„Ja, sogar meine Zehen. Sag mal, da drüben, hinter dem Gehölz und einem großen Feld, ist da nicht der Wurzbacher Weiher?“

„Ja, stimmt. Kennst du den?“

Evi zeigte auf das Waldstück. Dort, so fiel ihr ein, auf der anderen Seite der Fichtenschonung, musste die alte Hütte mit dem Wohnwagen liegen. Erinnerungen wollten auf sie einstürmen. Christian. Nein, sagte sie zu sich selber. Vergiss ihn!

„Ich war ein paar Mal beim Baden dort“, antwortete sie. Dann wandte sie den Kopf ab, schaute Lorenz an. „Dein kleiner Fischweiher ist viel schöner. Nächsten Sommer komme ich zu dir zum Baden.“

„Okay. Weil du es bist. In meinen Weiher darf nicht jeder zum Baden kommen. Zu viele Badegäste verstören mir die Fische.“

Evi sah ihn kopfschüttelnd an. „Ein bisserl spinnst aber schon, mit deine Fisch’!“

„Mach dir nichts draus, es ist harmlos. Ansonsten bin ich der liebste, netteste Mensch von der Welt, das wirst du schon noch merken, wenn wir uns öfter sehen. Apropos, wann sehen wir uns wieder?“

Und Evi machte es möglich, dass sie sich zumindest jeden zweiten Tag sehen konnten. Für den Silvesterabend lud sie Lorenz zu dem großen Ball ein, zu dem der Großteil des Dorfes erscheinen würde.

Es ging hoch her, die Stimmung stieg, immer mehr Menschen drückten herein, je näher es auf Mitternacht zuging. Die Gaststube und der anschließende Saal waren voll besetzt. Was zur Folge hatte, dass alle Kellnerinnen und auch Evi keine Minute Verschnaufpause hatten und der Wirt an der Theke kaum mit dem Einschenken nachkam. Kurz entschlossen drängte sich Lorenz zu Evi durch, fasste sie am Arm und bot ihr an: „Du, ich helfe euch, okay?"

„Was? Ja, wenn du magst. Am besten hilfst an der Theke." Sie nickte ihm zu und führte ihn zu ihrem Vater hin. „Vati, das ist der Lorenz. Er hilft uns." Der Vater hatte nur einen kurzen Blick für sie übrig, nickte und arbeitete weiter an den Zapfhähnen.

Evi zeigte Lorenz im Schnellverfahren, was er wie zu tun hätte, und verschwand gleich wieder mit einem Tablett voller Gläser.

Danach war Lorenz pausenlos beschäftigt. Ab und zu reichte es zu einem kurzen Blickwechsel mit Evi, Grimassen, Lächeln und dergleichen, miteinander zu sprechen war nicht möglich, weil die Lautstärke im Saal stetig zunahm.

Kurz vor Mitternacht öffnete Lorenz eine Unmenge Sektflaschen, schenkte unzählige Gläser ein. Als die Kirchenglocken das neue Jahr einläuteten, drängten die meisten Leute nach draußen, um das Feuerwerk der bunten Lichtersterne, Kugeln und Blitze, die der Burschenverein abschoss, besser sehen zu können.

Evi kam zurück an die Theke. „Puh, das Schlimmste wäre geschafft." Sie setzte sich auf einen Hocker.

Mit zwei Sektgläsern kam Lorenz auf sie zu. „Ein gutes neues Jahr wünsch ich dir, Evi. Prost."

„Wünsch ich dir auch, Lorenz. Prost."

Sie tranken den Sekt, lächelten sich an. Der Vater

stand an einem der Fenster und sah auf das Spektakel draußen.

„Schauen wir auch zu?“

„Ja. Aber vom Flurfenster aus, komm.“ Evi führte Lorenz ans Fenster und da waren sie ganz allein und bewunderten eng aneinander geschmiegt die fliegenden Funken des Feuerwerks.

Als es vorbei war, mussten sie noch einmal kräftig zupacken, die einen Gäste wollten nun zahlen und nach Hause gehen, einige blieben und feierten weiter.

Und als nach drei Uhr früh der Letzte ging, nahm Evi ihren unentwegten Helfer Lorenz an der Hand und mit hinauf in ihr Zimmer.

Etwa sechs Stunden später drang ein energisches Klopfen an ihr unwilliges Ohr. „Evi, aufstehen, es gibt Frühstück und dann gehst mit mir in die Kirche, gelt?“

Kirche! „Neieiin!“, schrie Evi empört, aber nicht allzu laut und steckte ihre Nase besonders tief in das Federkissen.

„Deine Mutter?“, fragte Lorenz.

Wohlig warm aneinander gekuschelt und mit ineinander verschlungenen Händen lagen Evi und Lorenz in dem schmalen Bett.

„Meine Oma. Ständig versucht sie mich in die Kirche zu locken, aus einem Saulus doch noch einen Paulus zu machen. Weil sie nicht so gut gehen kann, angeblich. Dabei kommt sie die paar Meter bis zur Kirche hinüber auch ganz gut allein zurecht. Ich will schlafen.“

Nach einigen Sekunden der Stille öffnete sie mühsam die Augen und drehte ihr Gesicht Lorenz zu. „Du hörst dich so unerhört munter an. Bist du schon lange wach?“

„Hm, ja.“

„Echt? Ist ja widerlich, und das am frühen Morgen.“ Sie schloss ihre Augen wieder, zog die Bettdecke bis über die Nase hinauf.

„Es ist kurz nach neun, mitten am Vormittag.“

Evi gab nur ein undeutliches Brummen von sich.

„Ich musste doch möglichst früh wach werden. Wenn ich die ganz Zeit schlafe, merke ich gar nicht richtig, wie unglaublich schön es ist, mit dir im Bett zu liegen.“

„Ja? Okay, ich verzeih dir alles, sogar das Wachsein am frühen Morgen.“ Sie rieb ihre Nase an seiner und machte versuchsweise erneut die Augen auf.

„Sag mal, Evi, was macht deine Oma, wenn du nicht aufstehst? Kommt sie dann hier rein?“

„Schon möglich. Sie kann unglaublich hartnäckig sein.“

„Dann sollten wir vielleicht doch lieber aufstehen.“

Das brachte Evi zum Grinsen. „Kriegst du es jetzt mit der Angst? Na schön, die arme Omi würde wirklich zu Tode erschrecken. Ein Mann frühmorgens in meinem Bett und noch dazu unter ihrem Dach, das ist ihr bis jetzt erspart geblieben. Also los, aber du stehst zuerst auf und gehst ins Bad, kennst dich ja aus inzwischen.“

Das „Kinderbad“, wie sie es früher genannt hatten, war zumindest ungefährlich, denn es stand seit Manfreds Auszug ihr allein zur Verfügung.

Evi stellte fest, dass es ihr allein im Bett gar nicht mehr so gut gefiel, zudem schien die Sonne zum Fenster herein, also stand sie auch auf.

Zehn Minuten später waren sie beide fertig und es blieb nichts übrig, als sich der Familie zu stellen. Lorenz war sein Unbehagen anzusehen und selbst Evi war ein kleines bisschen nervös.

Mit einem forschen „Guten Morgen“ betrat Evi als erste, Lorenz knapp hinter ihr, die Wohnküche.

Omi beantwortete den Gruß freundlich, sah dann zu ihr hin, erblickte Lorenz und riss vor Erstaunen die Augen auf. Dann sah Vati von der Zeitung auf, schaute ebenfalls auf Lorenz, allerdings nicht übermäßig überrascht. „Morgen.“

Mutt saß mit dem Rücken zur Tür, ihr kam das Verhalten von Omi und ihrem Mann wohl etwas sonderbar vor, sie drehte sich deshalb um und erstarrte förmlich.

„Guten Morgen miteinander“, wünschte Lorenz laut und deutlich.

„Morgen, Lorenz. Da, setz dich her.“ Vati hatte sich als erster gefangen und deutete auf den Stuhl neben sich.

Auch Omi erwiderte schließlich den Gruß und fragte: „Was trinkst du denn zum Frühstück? Magst einen Kaffee oder lieber Tee?“

„Kaffee wäre prima, danke“, entgegnete Lorenz und lächelte die Oma vor Erleichterung strahlend an. Als er an Mutt vorbeigehen musste, streckte er ihr die Hand hin. „Ich glaube, wir kennen uns noch gar nicht. Grüß Gott, ich bin der Lorenz.“

Ganz automatisch und immer noch recht verdattert reichte Mutt ihm die Hand und sagte ebenfalls rein automatisch „Grüß Gott“. Mehr fiel ihr angesichts ihrer Überraschung über die Situation wirklich nicht ein.

Lorenz setzte sich auf den Platz, der ihm von Vati zugewiesen war, Evi stellte eine Tasse vor ihn hin,

Omi schenkte ihm Kaffee ein, bot Zucker und Sahne an und fragte, was er lieber wolle, „ein Wurstbrot oder Marmelade oder Honig?“

Mutt hatte sich erholt. Sie trank ihre Kaffeetasse leer, presste energisch ihre Lippen zusammen.

Ohweia!, dachte Evi, jetzt wird's brenzlig!

Aber noch bevor Mutt ein Wort sagen konnte, schlug Vati mit viel Geraschel die Zeitung zusammen, sagte: „Höchste Zeit, dass wir mit der Arbeit anfangen. Heute kommen bestimmt viele Leute ins Wirtshaus. Wie lang hat es denn gestern gedauert, Evi? Nach drei? Dafür dürft ihr jetzt in die Kirche gehen, und wenn der Pfarrer recht lang predigt, ein bisserl Schlaf nachholen. Kommst auch gleich mit, Hilde?“

Er stand wartend an der offenen Tür, so dass seiner Frau praktisch nichts anderes übrig blieb, als ihm zu folgen, was sie auch, mit einem letzten, nicht gerade freundlichen Blick auf Evi und Lorenz, tat.

Sofort entspannte sich die Atmosphäre. Omi wollte genau wissen, welche Gäste gestern besonders lange geblieben waren, Evi gab Auskunft. „Ah, ja, das sind jedes Jahr ungefähr die gleichen Leute, die gern lang Neujahr feiern“, stellte sie fest. Fröhlich plaudernd, in aller Ruhe und Freundschaft, beendeten die drei das Frühstück.

„Gehst du mit uns in die Messe, Lorenz?“, wollte sie dann wissen.

Er zögerte. „Lieber nicht. Ich sollte mich zu Hause sehen lassen, die meinen sonst, ich wäre verloren gegangen. Außerdem“, bemerkte er zu Evi hin, „ich glaube, für heute hab ich schon für genügend Aufregung gesorgt. Kriegst du Probleme mit deiner Mutter?“

Evi zuckte ergeben fatalistisch die Schultern. „Ich hab immer irgendwelche Probleme mit meiner Mutt. Der Vati wird ihr gut zureden, dann beruhigt sie sich wieder. Und du hältst auch zu mir, gelt, Omi?“

„Was bleibt mir anderes übrig. Aber das sag ich dir, Dirndl, mit dir macht man was mit!“

„Du bist gut, Omi. Stellst du dir vielleicht vor, ich schleiche mit dem Lorenz ganz heimlich und leise an der Küchentür vorbei und lass ihn dann hinten in der Speisekammer zum Fenster hinausklettern oder so was Ähnliches? Wir sind doch alles erwachsene Menschen und überhaupt, Heimlichkeiten und Lügerei liegen mir nicht.“

Einige Minuten später, es war Zeit für den Kirchgang, half Lorenz der Omi sehr galant die Treppe hinunter. Er hielt ihr seinen Arm hin, forderte: „Darf ich bitten, gnädige Frau?“ Und dann führte er sie langsam, Stufe für Stufe, hinab.

Er gab ihr zum Abschied die Hand, küsste Evi auf die Wange und fuhr winkend davon.

„Also Evi, aber eines musst du dir von mir schon sagen lassen: Wenn du bloß einmal bei einem bleiben würdest. Der Lorenz jetzt, das ist so ein netter Kerl.“

„Finde ich auch, Omi. Aber was kann ich dafür, wenn es auf die Dauer doch nicht klappt? Aber wer weiß? Vielleicht ist der Lorenz der Richtige. Das stellt sich im Laufe der Zeit schon heraus.“

„Ich hoffe es. Du musst halt auch einmal vernünftiger werden, Evi. Man kann nicht immer wegen irgendwelcher Kleinigkeiten wieder auseinander laufen. Kein Wunder, dass es heutzutage kaum noch stabile Ehen gibt. Früher war das ganz anders und wir haben es auch überlebt.“

„Eben, ihr habt es überlebt; wenn das alles ist, dann bleibe ich gerade so gern Single. Das ist lustiger."

Die alte Frau schüttelte den Kopf. „Evi, Evi! Ich werde beten für dich, unseren Herrgott bitten, dass du vernünftiger wirst. Ich glaube allerweil, ich muss noch viel beten für dich."

„Wenn du meinst, das hilft, dann mach das, Omi." Aus Evis Stimme war ein wenig spöttische Ironie und Unglauben zu hören. Die Großmutter dagegen war fest entschlossen alles nur Erdenkliche und in ihrer Macht Stehende zu tun, damit Evi den „Hirschen" einmal in ihrem Sinne weiterführen würde, und der Lorenz, fand sie, würde sehr gut zu Evi und zum „Hirschen" passen. Sicherlich wäre ein Wirtssohn, ein Metzger oder Koch noch besser gewesen, aber ein Bäcker, musste sie zugeben, war auch nicht übel. Und er war ihr vor allem auch sehr sympathisch. Lieber Gott, bat sie, lass die Evi bei ihm bleiben!

„Guten Morgen und ein gutes neues Jahr." Sie trafen auf andere Kirchgänger und mussten ihr persönliches Gespräch abbrechen.

Am nächsten Tag war Evi wieder an ihrer Arbeitsstelle in der Bank, fröhlich und gut gelaunt. Mutt hatte ein paar Mal versucht ihr die Leviten zu lesen: „Alles, was recht ist, jetzt bringst du deine Mannsbilder auch noch in unser Haus!" Evi war es nur mit größter Mühe gelungen, sich schnellstens davonzumachen.

In der Bank war es, als wäre sie nie weg gewesen. Sie war am selben Schalter und dieselben Menschen kamen. Als sie an diesem Tag zum x-ten Mal eine Überweisung ausfüllte und den Kunden höflich um die Unterschrift bat, schoss ihr durch den Kopf, dass es doch sehr interessant und abwechslungsreich gewesen war, zu Hause im „Hirschen“ auszuhelfen. Sie dachte an die verschiedenen Arbeiten, die sie erledigt hatte, mal mehr praktisch, mal mehr im Büro, an die vielen gut gelaunten Gäste, die ihr Bewunderung zollten und sich gern mit ihr unterhielten, und an die Angestellten, die sie „Chefin“ genannt hatten, sogar die Braunerin und die Babette, obwohl die beiden sie von Kindesbeinen an kannten.

Am späten Nachmittag machte der Vize eine vordergründig freundliche, aber doch spöttische Bemerkung, ob denn jetzt wieder alles in Ordnung sei bei ihr zu Hause? Dann hätte sie ja wieder Zeit für die Bank.

Er ging zurück in sein Büro und Evi schnitt hinter seinem Rücken eine Grimasse, die Ilse mit einem verständnisinnigen Lächeln quittierte.

Als sie am Abend nach der Arbeit mit Ilse zu ihrem geparkten Mini kam, lehnte Lorenz daran.

Ilse schaute zwar neugierig zu ihm hin, verabschiedete sich aber dann gleich. „Servus, Evi, bis morgen. Meine Kinder warten aufs Abendessen.“

Mit einem Lächeln ging Evi auf ihn zu. „Hallo, Lorenz. Das ist eine Überraschung.“

Er küsste sie auf die Wange. „Servus. Gehen wir in ein Café? Hast du Zeit?“

„Für dich immer!“

Lorenz kam nun jeden Tag. Und Evi gewöhnte sich so daran, dass sie schwer enttäuscht gewesen wäre, wenn er es einmal versäumt hätte. Die neugierigen Blicke der Kolleginnen, die sie um so viel standhafte Hingabe beneideten, taten ein Übriges.

Der „Weiße Hirsch“ war für zwei Wochen geschlossen, wie jedes Jahr um diese Zeit, vor den Aufregungen des Faschings. Daher hatte Evi viel Zeit. Und an den Wochenenden kam regelmäßig Lorenz. Selbst als der alltägliche Betrieb im Gasthaus wieder begann, wurde sie nicht sonderlich eingespannt, denn der Vater fühlte sich wieder vollkommen gesund. Zumindest bestätigte er das auf die ängstlichen Fragen seiner Frau. Evi hörte das Gespräch eher zufällig, als sie eines Tages noch spät abends in die Speisekammer ging, um auf Omis Geheiß ein Stück Butter für das Frühstück am nächsten Morgen zu holen. Die Eltern hatten sie nicht bemerkt.

„Gott sei Dank, dass es dir wieder so gut geht, Rupert", sagte Hilde. „Aber aufpassen musst du trotzdem. Wir zwei müssen noch lange fit sein, bis dem Manfred seine Kinder so weit sind."

Unwillkürlich blieb Evi, die eben durch die Tür zum Hausflur weggehen wollte, stehen.

Auch Vati wusste mit dieser Äußerung von Mutt nicht viel anzufangen. „Manfreds Kinder? Was meinst du denn damit?"

„Na ja, die Evi hat mit dem ‚Hirschen' ja nichts im Sinn. Also müssen wir halt weiterwirtschaften die nächsten zwanzig Jahre. Der Manfred und seine Gudrun werden hoffentlich nicht nur ein Kind haben, da findet sich dann schon ein Enkel, der den ‚Hirschen' haben will, meinst du nicht?"

„Ach mein Gott, was du dir für Gedanken machst. Da ist noch so lange hin!"

Baff erstaunt hatte Evi diese Worte mitbekommen. Sie machte sich leise davon und wusste absolut nicht, ob sie sich über diese Pläne von Mutt freuen sollte oder ob sie nicht eigentlich allen Grund hätte äußerst sauer zu sein. Typisch Mutt. Sie hing eben mit allen Fasern ihres Herzens an Manfred und jetzt sogar schon an seinen Kindern, die noch gar nicht geboren waren.

Bah! So was! Mit jeder Stufe, die sie die Treppe nach oben hastete, stieg auch der Ärger in ihr. Sie war bitterböse und sehr, sehr sauer! Jawohl. Mutt hat ja noch nie viel für mich übrig gehabt, dachte sie. Am liebsten wäre es ihr wahrscheinlich, ich wäre gar nicht geboren worden! Lange konnte Evi an diesem Abend nicht einschlafen und sinnierte über Mutts Zukunftsvisionen. Schließlich kam sie zu der Erkenntnis, dass es auch sein Gutes hatte. Mutt würde sie sicherlich nie beknien den „Hirschen" zu übernehmen, sie konnte sich frei und ungezwungen fühlen ihr eigenes Leben zu führen, nicht wahr?

Aber die Selbstverständlichkeit, mit der sie von Mutt übergangen wurde, ärgerte sie ganz gewaltig! Evi hatte Mühe ihr inneres Gleichgewicht wieder zu finden. Aber, ihrer frohgemuten Lebenseinstellung gemäß, schaffte sie es schließlich.

Evi fand ihr Leben wieder einmal sehr angenehm und hoffte, es würde lange so weitergehen. Nicht einmal das abscheuliche Wetter Anfang Februar – abwechselnd nass, kalt und eisig – konnte ihre gute Laune verderben.

An einem späten Nachmittag dieser Tage läutete gerade, als Evi gehen wollte, das Telefon an ihrem Schalter.

„Evi? Ich bin's." Evi erkannte sofort die atemlos aufgeregte Stimme und unwillkürlich fuhr ihr der Schreck in die Glieder. Es war etwas passiert.

„Omi? Was ist?"

„Evi, pass auf, du musst heute gleich heimkommen. Ich hab keine Zeit für lange Erklärungen, aber ich bitt dich, Dirndl, fahr gleich heim, du musst uns heute helfen."

„Omi, was ist denn passiert, um Gottes Willen?" Aber noch während sie sprach, hörte sie ein Klicken im Hörer. Die Oma hatte aufgelegt.

Vati! Ein zweiter Herzinfarkt?

Evi eilte im Sturmschritt aus der Bank. Lorenz wartete wie immer am Auto, begrüßte sie lächelnd und bemerkte schnell ihre nervöse Aufregung. „Ist irgendwas passiert?"

Evi erklärte und regte sich fürchterlich auf, weil Omi ihr nicht gesagt hatte, was überhaupt los war. „Ich fahr sofort los."

„Soll ich mitkommen? Soll ich fahren?"

„Nein, Schmarrn, ich kann schon selber fahren."

„Nein, du bist viel zu nervös. Rutsch rüber, ich fahre."

„Na gut, ich bin wirklich nervös. Warum sagt sie auch nicht, was los ist, verdammt noch mal!"

„Es wird eben nicht gar so schlimm sein", versuchte er sie zu beruhigen.

Die Fahrt verlief in angespanntem Schweigen. Evi hielt verkrampft ihre Handschuhe fest.

Lorenz hatte den Mini noch nicht zum Stehen gebracht, da hüpfte Evi schon heraus, wunderte sich, dass im Hof alles ruhig und wie immer war, rannte in den Hausgang. Aus der Wirtshausküche waren die üblichen Geräusche zu hören: leises Reden, klapperndes Geschirr. Sie stürmte hinein.

„Was ist los?" Evi schaute sich schnell um.

Der Vater stand da, ganz gesund und munter, die Omi saß an ihrem üblichen Tisch beim Gemüseputzen und dabei, mit dem Rücken zu ihr, auch die Mutt.

Verwirrung bei Evi.

Omi zeigte auf Mutt. „Da schau her, dann siehst, was los ist."

Die Mutt drehte sich ein wenig im Stuhl und da sah nun Evi, dass ihr rechter Arm schwer auf dem Tisch lag und bis vor zu den Fingerspitzen eingegipst war.

Erst einmal fühlte sie sich sehr erleichtert. Ein gebrochener Arm, das war ja nun wirklich nichts Schlimmes.

„Wie hast du denn das angestellt?"

Mutt zuckte die Schultern. „Ausgerutscht bin ich auf dem vereisten Schnee im Hof und dann war es auch schon passiert. Gebrochen. Vier Wochen im Gips, sagt der Doktor."

„Tut es weh?"

„Wo es gerade vor fünf Stunden passiert ist, natürlich tut es weh. Aber am schlimmsten ist, ich kann kaum etwas tun. Ausgerechnet der rechte Arm! Wenn ich mir wenigstens den linken gebrochen hätte, da könnte ich einiges arbeiten."

„Jetzt nutzt alles Jammern nichts mehr." Von Evi forderte Omi: „Evi, du musst uns heute helfen. Ab morgen kommt die Margot stundenweise, weißt schon, die Schwiegertochter von der Braunerin, aber heute musst du einspringen."

„Ja, klar helfe ich euch."

„Ich helfe euch auch, wenn ich darf", bot Lorenz an, der hinter Evi hereingekommen war.

„Du?" Evi war freudig überrascht.

„Als gelernter Bäcker und Konditor werde ich mich schon nicht so dumm anstellen, oder?"

Omi strahlte über ihr ganzes rundes Gesicht. „Lorenz, das ist aber nett von dir. Freilich darfst du uns helfen. Wir sind froh über jede Hand, die zugreift."

Und so kam es, dass Lorenz von da an, außer an den Ruhetagen, so gut wie jeden Abend in der Küche des „Hirschen" anzutreffen war. Evis Mutter ließ es sich nicht nehmen, hier die Oberaufsicht zu führen. Nach einigen Tagen äußerster Vorsicht im Umgang miteinander verstanden sich Mutt und Lorenz, zu Evis nicht geringem Erstauen, ganz ausgezeichnet. Sie steckten die Köpfe zusammen und diskutierten stundenlang über Teige und Gewürze und mit welchem Topf die Dampfnudeln innen wunderbar locker und luftig würden und die schönste Kruste bekämen. Er durfte Faschingskrapfen und Schmalznudeln aller Art, Kuchen und Mehlspeisen backen und wurde für seine gelungenen Werke von Mutt, oh Wunder, mehr als einmal, wenn auch mit sehr sparsamen Worten, oft nur mit einem zustimmenden Nicken, eindeutig gelobt.

Evi sprach eines Nachts darüber mit Lorenz. „Darauf kannst du dir was einbilden. Ich kann mich gar nicht erinnern, dass ich jemals etwas so richtig gemacht hätte, dass sie mich gelobt hätte!", bemerkte Evi voller Neid.

Und so, wie Mutt früher stets Manfred an ihre Seite gerufen hatte, um ihm die Vor- oder Zubereitung ihrer Fleischspezialitäten zu erklären, war es nun mit Lorenz. „Schau her zu mir, Lorenz, so geht das: …", rief sie ihn tagtäglich mehrmals.

„Wie hältst du das bloß aus?", fragte ihn Evi. „Sie kommandiert dich ganz schön herum. Mich würde das wahnsinnig machen."

Lorenz lachte nur dazu. „Sie ist eine wirklich tolle Köchin und kann mir eine Menge beibringen."

„Ja und sie ist zumindest höflicher zu dir, als sie es je zu mir war." Und wieder war gekränkter Neid in Evis Stimme unüberhörbar.

„Dir stinkt das, was? Nimmst du mir das übel?"

„Hm." Evi musste ernsthaft überlegen. „Nein, nicht eigentlich. Eher der Mutt. Aber ich muss mich wohl damit abfinden: Früher war der Manfred ihr Herzepopperl und jetzt bist du auf dem besten Weg dazu es zu werden. Na ja, es hat auch sein Gutes: Sie sagt kein Wort darüber, dass du beinahe täglich bei mir übernachtest."

„Und das ist schließlich am wichtigsten überhaupt." Lorenz nahm sie fest in seine Arme. „Schließlich bist du mein Herzepopperl."

„Spinner", titulierte sie ihn liebevoll.

Was Evi nicht ahnte: Omi hatte ihrer Tochter am Tag, nachdem Lorenz zum ersten Mal in der Küche geholfen hatte, sehr ernsthaft und in aller Ausführlichkeit ins Gewissen geredet. Sie solle nur ja zu schätzen wissen, was für einen fabelhaften Schwiegersohn der Lorenz abgeben würde. Was Besseres hätte der Evi gar nicht über den Weg laufen können und sie müssten um Gottes willen das Ihre dazu beitragen, dass er ihnen erhalten bliebe. Sie bete tagtäglich dafür, dass die Evi solide und vernünftiger werde und nicht nach ein paar Wochen wieder einen anderen Kerl daherbringe.

Grimmig beklagte sich die Wirtin. „So war es immer schon. In deinen Augen kann die Evi nichts verkehrt machen, egal was sie anstellt. Selbst wenn ich ihn ganz sympathisch finde, muss das sein, dass er bei uns übernachtet? Dauert nicht lang und das ganze Dorf zerreißt sich das Maul darüber. Helfen ist ja recht und schön, aber in der Nacht soll er heimfahren oder sie heiraten. Dieses Zusammenleben ohne Trauschein gehört sich einfach nicht bei uns auf dem Dorf. Da wird man nur zum Gespött von den Leuten, wenn's dann vorbei ist. Und wir kennen ja unsere Evi."

Die Oma ließ sich in ihren Ansichten nicht beirren. „Gerade deshalb musst du nett sein zu den beiden. Wenn du ihm recht grantig kommst, vertreibst du sie alle beide: den Lorenz und die Evi noch dazu."

Die Tochter hatte zuerst skeptisch dreingeschaut und erst, als der Lorenz in der Küche zu ihrer Zufriedenheit arbeitete – und klug genug war, gutmütig alle ihre wertvollen Ratschläge bezüglich der Kunst des Kochens zu akzeptieren –, behandelte sie ihn von Tag zu Tag freundlicher.

Das größte Aufsehen aber erregte Lorenz im Dorf. Babette war ganz in ihrem Element. Sie hatte als Erste mitbekommen, was sich im „Hirschen" tat, und genoss es aus vollem Herzen, ihre Neuigkeiten unter die Leute zu bringen. „Ein ganz ein lieber, netter Kerl ist das, der Lorenz. Und tüchtig!"

„So? Und wohnen tut er auch schon im Wirtshaus, was man so hört, gelt?", wurde sie oft gefragt.

„Ah ja, wie das halt heutzutage so üblich ist bei den jungen Leuten."

„Dann meinst du also, wir kriegen einen jungen Wirt, Babette?" Und so manch einer fügte hinzu: „Schlecht wär das net, bevor der ‚Hirsch' zumachen muss, wenn die Alten nimmer so können oder unser Wirthaus gar an irgendwelche Ausländer verpachtet wird. Hat's alles schon gegeben. Heiratet sie den dann bald, die Evi?" Und wenn die Babette dann zugeben musste, dass sie davon zumindest noch nichts gehört habe, schüttelten die Skeptiker die Köpfe: „Die Evi, gelt. Die mag die Abwechslung, mein ich allerweil. Da muss sich der Mehlwurm gehörig anstrengen, dass er ihr bleiben darf. Schadet ihm auch nicht. Wer möchte sich nicht gern in so ein warmes Nest hineinsetzen."

Babette pflegte Evi und Lorenz dann vehement zu verteidigen, beeinflusst von den stets nur positiven Worten der alten Wirtin über ihre Enkelin und deren Freund. Nur eines ärgerte die Mesnerin maßlos. Die Schuber Lies erzählte ihr absolut nichts über den Lorenz. Die Lies, Tochter des Bäckers, bei dem Lorenz seit Jahren angestellt war, kam jeden frühen Morgen zur Kramerin Kathl, um frisches Brot und Semmeln zu liefern. Auch Babette war regelmäßig schon unterwegs. Aber weder direkte Fragen noch ganz zufälliges Gerede führte zum Erfolg. „Weißt du auch nix über den, Kathl?", fragte sie die Kramerin.

„Nein", antwortete die, „über den hab ich noch nie was gehört. Nur der Jäger, der Paule, hat was über die Familie gewusst. Die Mutter von dem Lorenz muss aus unserer Gegend stammen, eine Wittmanntochter, die hat damals nach Angerburg geheiratet. Einen Bruder soll er noch haben, der Lorenz. Aber mehr weiß ich wirklich nicht."

Aber alles in allem gab die Geschichte schon einen sehr interessanten Gesprächsstoff ab im Dorf. Keiner, der nicht genau wusste, wann der Lorenz am frühen Abend in den Hof des „Hirschen" fuhr, keiner, der nicht erfahren hätte, dass er in der Früh um halb vier wieder nach Angerburg unterwegs war in die Bäckerei. Keiner, der nicht zu gern über die Angelegenheit redete, gern noch mehr darüber gewusst hätte oder Zukunftsprognosen aufgestellt hätte.

Evi bekümmerte dies alles kein bisschen. Sie hatte

andere Probleme: Sie haderte mit ihrem Schicksal. „Verdammt noch mal", schimpfte sie sich Ilse gegenüber aus, „warum ist das so? Warum muss mir das passieren? Alles wäre so viel einfacher, wenn Manfred, dieser Idiot, nicht weggeheiratet hätte. Jetzt hab ich alle Probleme am Hals. Als Kind hab ich immer gedacht, wenn man erst erwachsen ist, ist das Leben viel einfacher und schöner, weil einem kein Mensch mehr in sein Leben dreinreden kann. Von wegen! Das stimmt überhaupt nicht, ich komme mir vor wie eine Marionette. Jeder zieht nach seinem Gutdünken an meinen Schnüren und ich muss springen. Seit der Manfred gegangen ist, erwartet meine Omi, dass ich jetzt die Wirtin spiele. Mein Vater hat einen Herzkasperl, also werde ich eingespannt; meine Mutter bricht sich den Arm, also werde ich wieder eingespannt und auch noch der Lorenz. Wo bleibt mein eigenes Leben, das, was ich mir einmal erträumt habe? Meine Selbstverwirklichung? Zum Verrücktwerden ist das!"

Ilse sah das wieder ganz anders. „Du weißt gar nicht, wie schön du's hast. Familie ist doch auch etwas, worauf man sich verlassen kann. Schau mal, ich habe all die Freiheit, die du dir wünscht: Meine Mutter wohnt weit weg bei der Familie meiner Schwester, mein Vater ist seit Jahren tot, meine Schwiegereltern sind auf eigenen Wunsch im Altersheim in Landshut, weil sie da gut versorgt werden, wir leben hier in einer Mietwohnung. Und was ist die Folge? Mein Mann und ich, wir müssen beide viel arbeiten, wenn wir einigermaßen gut leben wollen. Für meine Kinder musste ich früher ständig Tagesmütter und Nachbarinnen engagieren, weil ich nun einmal in der Bank bin. Ich hätte mir so gewünscht einige Jahre in erster Linie für meine

Kinder da zu sein, aber es ging einfach nicht. Ich stelle es mir wunderbar vor, eine Familie zu haben, wo alle sich aufeinander verlassen können und helfen. Wenn du einmal Kinder hast, wird deine Omi sie mit Begeisterung betreuen. Und einen Familienbetrieb wie euren ‚Hirschen' würde ich mit Kusshand nehmen. Da kann man seine Kinder um sich herum aufwachsen sehen, das muss doch herrlich sein."

Evi wurde nachdenklich. „Etwas Wahres ist schon dran an dem, was du sagst, aber du siehst es durch eine rosarote Brille verklärt."

„So wie du die sogenannte Freiheit und Selbstverwirklichung verklärst, stimmt's?"

Evi tat es ungern, aber sie musste zugeben, dass es so sein könnte.

„Glaub mir, es ist so", versicherte Ilse. „Außerdem", und dabei musste sie lachen, „sind wir Menschen schon besonders doof. Jeder will immer das haben, was er nicht hat, nicht wahr?"

„Ja, stimmt. Und weißt du, was ich am meisten will? Die Karrieretreppe hinauffallen. Die Bensch geht in Rente, da muss sich einiges tun. Meinst du, ich habe Chancen, Ilse?"

Ilse zuckte die Schulter. „Ich weiß es nicht. Ich wünsche es dir."

„All die Kurse und Schulungen, die ich freiwillig gemacht habe. Das muss sich doch irgendwann auszahlen." Evi war eigentlich recht zuversichtlich. „Es wird wieder!", begeisterte sie sich. „Fasching und die Arbeit mit den Bällen sind bald vorbei, bei meiner Mutt kommt der Gips vom Arm, ich bekomme die neue Stellung, es wird Frühling und ich kann vielleicht bald mit dem Lorenz in den sonnigen Süden in Urlaub fahren."

Unerfüllte Träume

Der wichtigste von Evis Träumen platzte schon nach wenigen Wochen. Sie bekam die vakante Stelle in der Bank, auf die sie so gehofft hatte, nicht. Dabei hatte sie fest geglaubt die aussichtsreichste Anwärterin darauf zu sein. Ein männlicher Kollege, der nicht mehr Jahre Berufserfahrung hatte als sie selber, bekam sie. Evi fiel es sehr schwer, die Fassung zu wahren. Es war ein harter Schlag. Sie konnte es nicht begreifen. War es so gekommen, weil sie einige Wochen unbezahlten Urlaub genommen hatte? Oder überschätzte sie sich? Ilse, wie auch einige andere Kolleginnen, sprachen ihr Bedauern darüber aus. Evi war als Aspirantin für die vakante Stellung durchaus im Gespräch gewesen. Dass ein Mann sie nun besetzte, wunderte Ilse dagegen gar nicht. „Inzwischen müsstest du doch gemerkt haben, wie das bei uns läuft. Die Männer unterstützen sich gegenseitig und wir bleiben auf der Strecke. Vor ein paar Monaten war es doch das Gleiche, erinnerst du dich?"

„Aber dagegen muss man doch etwas tun können!"

„Hm. Doppelt so viel arbeiten wie ein Mann und dreimal so gut sein und das jeden Tag mindestens zwanzigmal mehr oder weniger deutlich verkünden."

„Wie die Mannhart?"

„Genau. Die wird es weit bringen. Dafür ist sie nicht verheiratet, denkt Tag und Nacht bestimmt nur daran, wie man den Umsatz unserer Bank steigern kann, und arbeitet für drei, Privatleben Nebensache. Willst du so leben?"

„Nein. Ich will beides, beruflichen Erfolg und Familie."

„Solange hier in der Bank der Vize was zu sagen hat, wird dir das kaum gelingen, so sehr ich es dir wünschen würde, Evi."

„Der Vize. Was hat der bloß gegen mich?"

„Er hat irgendwie erfahren, dass sich deine Mutter den Arm gebrochen hat und du wieder mehr zu Hause eingespannt bist. Ob man wohl damit rechnen müsse, dass du wieder zusätzlichen Urlaub brauchst, hat er mich neulich gefragt."

„Was? Dich? Dieses Stinktier. Warum fragt er mich nicht selber?"

Evi konnte sich nach diesem Gespräch mit Ilse kaum mehr beruhigen. Diese verdammten Männer! Warum musste es immer einen geben, der ihr vor die Nase gesetzt war? Zu Hause war ständig der Manfred von Mutt bevorzugt worden und in der Bank regierten sowieso die Männer, zum Teufel noch mal! Sie berichtete Lorenz darüber. Er versuchte ihren Ärger zu verstehen, meinte aber nur beschwichtigend, es gäbe sicher bald eine neue Aufstiegschance.

Auch Gaby äußerte Verständnis für ihre Enttäuschung, als sie ihr die Geschichte lang und breit erklärte. Aber wirklich wichtig für Gaby war einzig und allein ihr Sohn. Er war ein Stück gewachsen, konnte einige Schritte allein gehen, grapschte nach allem, was in seine Reichweite gelangte und zeigte ein strahlendes, gurgelndes Lachen. Die stolze Mutter brüstete sich mit seinen Taten, als da wären zerdeppertes Porzellan, eine ausgeleerte Schublade und diverse Flecken im Teppich und an der Wand. Aber man konnte dem kleinen Kerl nichts übel nehmen. Er war wirklich allerliebst, wenn er sich auf seine noch wackeligen Beinchen stemmte, vor Vergnügen krähte, wenn er ein paar Schrittchen geschafft hatte, und nur mit Mühe davon abgehalten werden konnte, mit seinen Händen mitten in den Kuchenteller zu patschen.

Evi jedenfalls hatte ein Lächeln auf dem Gesicht, als sie von dem Besuch nach Hause kam. Viel ging ihr in diesen Wochen im Kopf herum. Sie musste immer an die unerquickliche Situation in der Bank denken, an das, was Ilse gesagt hatte, an die Erwartungen, die von ihrer Familie an sie gestellt waren. Und Mutts Vorstellungen von einer Zukunft durch Manfreds Kinder fiel ihr wieder ein. Und wieder flutete der Ärger darüber in ihr hoch. Sie, Evi, sollte jedes Mal, wenn Not am Mann war, wenn jemand krank war, da sein und helfen und arbeiten und am Ende sollte der „Weiße Hirsch" dann an eines von Manfreds Kindern gehen? Also wirklich, Mutt hatte Ideen! Sie fand, es wäre an der Zeit wichtige Entscheidungen zu treffen und das fiel ihr verteufelt schwer.

Als sie zum zweiten Mal wach war, als Lorenz am Morgen zur Arbeit aufstehen musste, wunderte sich der, denn Evi schlief normalerweise tief und fest und war selbst später am Morgen nur mit Mühe zum Aufschlagen der Augen zu bewegen.

So fragte er: „Ist was? Geht's dir nicht gut?"

„Ich muss nachdenken."

„Worüber denn, mitten in der Nacht?"

„Ich grübele ständig darüber nach, was ich machen soll, in der Bank bleiben oder den ‚Hirschen' übernehmen. In meinem Kopf dreht sich alles. Ich weiß nicht weiter", erklärte Evi und brachte die Argumente für und wider das Weiterführen des Wirtshauses vor.

„Ich kann dir da nicht raten, Evi. Du musst selber wissen, was du lieber willst." Lorenz saß auf der Bettkante und zog sich an.

„Das ist nicht sehr hilfreich von dir", nörgelte Evi.

„Na, du würdest mir später ganz schöne Vorwürfe machen, wenn etwas nicht klappt – egal, zu welcher Entscheidung ich dir raten würde."

„Hm." Der Ehrlichkeit halber musste sie das zugeben. „Stimmt, das könnte passieren. Aber anders gefragt: Könntest du dir zum Beispiel vorstellen Wirt zu sein?"

Er sah sie lange an. „Das könnte ich mir sehr gut vorstellen. Kochen und backen, da ist nicht so viel Unterschied, ich mag beides. Ich bin gern Bäcker und Konditor. Hm, ein Wirtshaus wie eures, das ist heutzutage nicht übel. Ins Wirtshaus zu gehen scheint mir wieder richtig im Trend zu liegen. An den Wochenenden sind recht viel Gäste aus der Umgebung da, nicht? Mir gefällt auch die Atmosphäre in einem Dorfwirtshaus wie dem euren: so richtig gemütlich und ländlich. Wirt sein, warum nicht? Allerdings, Metzger würde ich nie werden wollen. Das liegt mir nicht."

„Das ist kein Problem. Angestellte braucht man immer, also warum nicht einen Metzgermeister, so wie jetzt auch. Außerdem ist unser Metzger noch relativ jung und er wird uns bestimmt erhalten bleiben, weil er seine Landwirtschaft im Nebenerwerb weiterführen will. Der ist froh, dass er bei uns einen guten Job hat, nur wenige hundert Meter von seinem Hof entfernt. Er braucht nicht einmal ein Auto um an seine Arbeitsstelle zu kommen. Trotzdem, verdammt noch mal. Ich wollte nie im Leben Wirtin sein. Ich hasse kochen."

„Das musst du als Wirtin auch nicht unbedingt

machen. Wenn du gern in der Wirtsstube bist und die Büroarbeit machst, warum nicht? Diese Arbeit muss schließlich auch getan werden. Wenn du es wirklich gern machst, wohlgemerkt. Wenn dir aber die Arbeit in der Bank doch lieber ist, musst du dabei bleiben."

„Die Ilse beneidet mich darum, dass ich das Wirtshaus haben könnte. Sie findet es doof, dass ich überhaupt daran denke, in der Bank zu bleiben. Schon wegen der Kindererziehung und so." Nach einer kleinen Pause fuhr sie fort. „Wie denkst du eigentlich über Kinder? Hättest du gern welche?"

Lorenz band gerade seine Schuhe. Er warf ihr einen kurzen Blick zu und richtete seine Augen dann wieder auf seine Schuhbänder. „Natürlich will ich irgendwann Kinder haben. Was wird das jetzt? Machst du mir einen Heiratsantrag?"

„Ich dachte, dafür seid ihr Männer zuständig. Aber sag mal, wenn ich dir einen Heiratsantrag machen würde, Lorenz, würdest du ja sagen?"

Er drehte sich zu ihr um, legte sich auf das Bett, die Arme und Hände neben ihrem Kopf, küsste sie und flüsterte: „Natürlich würde ich ja sagen."

Evi hielt ihn fest. „Auch wenn ich nicht Wirtin sein will?"

„Dein Beruf spielt doch dabei keine Rolle. Ich hab beim Schuber einen sicheren Job als Bäcker. Da kann ich ein Leben lang bleiben." Er sah auf den Radiowecker und erschrak. „Wenn ich auch pünktlich komme in der Früh. Ich muss schleunigst fahren."

Noch ein kurzer Kuss und er lief eilig davon.

„Lorenz, hör mal", Evi sprang aus dem Bett und rannte ihm nach zur Tür, „ich bin heute erst ganz spät am Abend zu Hause, ich fahr nach Passau und besuche den Manfred."

„Ja. Servus!", erklang seine Stimme leise und sein Kopf verschwand im Treppenhaus.

Im Wirtshaus war Ruhetag und in der Bank hatte Evi einen Tag frei genommen. Eine Beratung mit Manfred sollte ihr helfen eine Entscheidung zu fällen.

Ihr Bruder war auf ihr Kommen vorbereitet, sie hatte ihn angerufen und diesen voraussichtlich ruhigen Tag zu Beginn der Fastenzeit mit ihm ausgemacht.

Manfred erwartete sie in den privaten Wohnräumen. Seine Frau, der man die Schwangerschaft schon deutlich ansah, entschuldigte sich nach der Begrüßung, sie müsse ins Büro, so dass Bruder und Schwester allein blieben. Evi sah der Schwägerin nach und etwas wie Eifersucht beschlich sie. Nur noch wenige Monate und das Baby würde geboren. Alle jungen Leute um sie herum schienen jetzt Kinder zu bekommen.

„Was gibt's so Dringendes? Geht's den Eltern schlechter? Der Bruch von der Mutter ist doch gut verheilt?"

„Noch nicht ganz. Sie hat ziemliche Schmerzen bei manchen Bewegungen und schwer tragen kann sie natürlich auch noch nicht. Aber das wird schon wieder. Vati geht's auch gut. Ich bin nicht deswegen da. Manfred, du musst mir helfen. Ich weiß einfach nicht, was ich tun soll: den ‚Weißen Hirschen' übernehmen und weiterführen oder besser bei meinem Job in der Bank bleiben."

„Oh je, da darfst du mich nicht fragen. Ich bin selbstverständlich für das Wirtshaus, gar keine Frage. Für mich hat es noch nie einen anderen Beruf gegeben."

„Aber glaubst du denn, wir haben da draußen auf dem Dorf wirklich eine Chance auch in Zukunft davon leben zu können? Man hört doch immer wieder davon, dass Wirtshäuser auf den Dörfern zumachen müssen, die gehen einfach Pleite!"

„Ja, in irgendwelchen ganz abgelegenen, einsamen Gegenden vielleicht, aber doch nicht bei uns in Irzing. Vom Dorf allein zu leben, das wäre natürlich schon schwierig. Aber man muss halt vor allem versuchen die Leute aus der Umgebung anzuziehen. Das ist bestimmt nicht schwer. Es gibt einige größere Dörfer, ein paar davon haben selber kein Wirtshaus, das ist unser Vorteil. Und vor allem Angerburg. Du siehst doch selber, wie viele Gäste gern aufs Dorf hinausfahren, und wenn man ihnen einen Anreiz bietet, kommen noch mehr."

„Eben deshalb bin ich da. Ihr habt früher oft über große Pläne gesprochen. Was du alles machen würdest, wenn du den ‚Hirschen' übernimmst, aber ich habe mich nie dafür interessiert und keine Ahnung davon. Also erzähl: Wie wolltest du mehr Gäste anlocken?"

„Oh Gott, da muss ich erst nachdenken. Damals sind mir eine Menge Ideen im Kopf herumgeschwirrt. In erster Linie wollte ich natürlich eine 1a-Küche bieten. Hab von Sternen geträumt, das kannst du dir ja vorstellen, tue ich übrigens immer noch. Das schaffe ich auch noch! Ja. Die Mutt kocht sehr gut, aber halt ganz bodenständig. Ein bisschen exklusiver könnte man schon werden. Mehr Gänge und dafür kleinere Portionen, zum Beispiel, mehr leichtere Kost, mehr Salate, mehr Wert auf Garnituren legen …"

Evi unterbrach ihn. „Ha! Wenn du das der Mutt gesagt hättest, hättest du dich mit der Zeit vielleicht durchsetzen können, wenn ich so was anspreche, reißt sie mir höchstens den Kopf ab!“

„Ach was, du fängst das verkehrt an. Du darfst nicht so viel darüber reden, einfach machen, stückchenwei se, dann merkt sie es gar nicht richtig.“

„Hast du eine Ahnung! Bei mir merkt sie alles!“

„Na, dann hilft der Vati dir, bei dem hast du doch Narrenfreiheit.“

„Also hör mal, Narrenfreiheit.“

„Ist doch so! Aber wirklich, Evi, peu à peu eine Erweiterung und Modernisierung der üblichen Speisekarte, das wär schon was. Und für den Sommer, für den Ausflugsverkehr an den Wochenenden, besonders nachmittags, damit auch viele Familien mit Kindern kommen, habe ich mir damals vorgestellt eine überdachte, eventuell sogar verglaste Terrasse anzubauen, auf der Gartenseite, weißt du. Und dort im Obstgarten wollte ich echte weiße Hirsche halten, ein paar wenigstens, eventuell auch Kaninchen und zum Beispiel Ziergeflügel: Fasane oder bunte Zwerghühner und Mandarinenten. Eingezäunt natürlich, nur zum Anschauen für die Gäste. Und ich wollte mehr Wild und hie und da ausländische Spezialitäten anbieten, böhmische Woche, französische Woche und so weiter, und dafür gehörig Werbung in unserer Zeitung machen. Das bringt Gäste und manchen gefällt es so gut, dass sie dann öfter kommen. Ich hab mir sogar überlegt, ob man Zimmer für Feriengäste ausbauen sollte. Oben über dem Saal, der alte Heuboden wäre gut geeignet.“

„Urlauber? Meinst du nicht, denen wäre bei uns stinklangweilig? Was sollen die denn anfangen, den lieben langen Tag?

„Ja, stimmt schon. Es reicht auch völlig, das Wirtshaus als Wirtshaus gut zu führen. Wenn du dich an diese Arbeit gewöhnen kannst, geht's dir sicher nicht schlechter, als wenn du in der Bank bleibst."

Evi runzelte die Stirn und schwieg.

Schließlich sprach Manfred weiter. „Hast du auch privat neue Vorstellungen für deine Zukunft, weil du dich plötzlich für den Betrieb interessierst? Der Wirtssohn aus Wurzbach, von dem die Oma mir mal erzählt hat?"

„Der? Der ist schon lang passee."

„Typisch Evi!", lachte Manfred lauthals. „Schon wieder ein anderer?"

„Ja. Ein anderer. Aber wer weiß, vielleicht diesmal der Richtige. Er ist jedenfalls netter als alle seine Vorgänger." Und dann erzählte Evi von Lorenz, der von Beruf Bäcker und Konditor sei.

Manfred hörte aufmerksam zu und bestärkte sie darin, es mit dem „Hirschen" zu versuchen, besonders, wenn der Lorenz der „Richtige" sei. Ein schöneres Leben als das eines Wirtes könne er sich jedenfalls nicht vorstellen. Und dann fiel ihm noch ein, mit dem Lorenz könne man vielleicht als weiteren Betriebszweig ein Café ausbauen. Eine gut bestückte Kuchentheke würde sicher Gäste bringen, besonders Ausflügler, denn weit und breit gab es nur ein einziges Café, das außerhalb der üblichen Geschäftszeiten geöffnet war, das Café am Stadtplatz in Angerburg. An schönen Tagen würden ihnen die Gäste nur so zufliegen, meinte Manfred überzeugt. „Immer vorausgesetzt, dein Lorenz kann wirklich gut backen!"

„Und ob! Er macht phantastische Torten, wahre Kunstwerke allein vom Ansehen her, und wie sie alle riechen, ich sage dir, großartig. Du solltest mal seine spezielle Schokoladentorte probieren und seine Eclairs mit Mokkacreme und die bunten Obstkuchen … hm, einfach Spitze."

Angesichts dieser Schwärmerei musste Manfred grinsen. „Ich glaube, dich hat es wirklich erwischt."

„Na, für das süße Zeug war ich doch immer schon zu haben", antwortete ihm Evi, ihn bewusst missverstehend.

Manfred bestand darauf, ihr „sein" Hotel, besonders das Restaurant, genauer vorzuführen, da könne sie sich vielleicht schon einige Anregungen holen, erklärte er. Evi hatte sich bei den früheren Besuchen flüchtig umgesehen, aber nun betrachtete sie mit ganz anderen Augen, was Manfred ihr voller Stolz vorführte. Er machte auch gar kein Hehl daraus, dass er sehr erleichtert wäre, wenn Evi nun das Wirtshaus übernehmen würde, denn er hatte den Eltern, besonders Mutt gegenüber, doch ein schlechtes Gewissen und das unangenehme Gefühl, sie schmählich im Stich gelassen zu haben. „Wenn du den ‚Hirschen' übernimmst, kommt alles wieder auf die Reihe."

„Also irgendwie reizt es mich ganz gewaltig. Vielleicht mach ich es wirklich. Eigentlich komisch. Wenn mir vor einem Jahr, ach was, vor einem halben Jahr, einer vorausgesagt hätte, ich würde auch nur in Erwägung ziehen Wirtin zu werden, hätte ich ihn für glatt verrückt erklärt."

„Wie heißt es so schön: Die Liebe ist eine Himmelsmacht, nicht wahr?"

Nachdenklich betrachtete Evi ihren etwas süffisant grinsenden Bruder. „Ich weiß nicht, ob mein Entschluss gar so viel mit dem Lorenz zu tun hat. Die Arbeit an sich reizt mich, die vielfältigen Aufgaben, die auf mich zukommen, selber etwas zu Wege bringen können, selber entscheiden können, Chefin sein. Und der Lorenz ist dabei bestimmt ein guter Partner. Außerdem stinkt mir natürlich, dass ich in der Bank trotz aller Anstrengungen nicht vorwärts gekommen bin, ich gebe es ja zu. Aber hör zu, Manfred, sag nichts von meinen Überlegungen zu Mutt oder Omi, ich möchte es ihnen selber verkünden, wenn es so weit ist."

„Nein, natürlich verrate ich nichts."

Evi kam recht spät zurück nach Hause. „Hallo, Omi. Da bin ich wieder. Ist der Lorenz gar nicht da? Ich hab sein Auto nicht im Hof gesehen."

„Der hat sich heute nicht bei uns blicken lassen."

„Aha. Dann muss ich ihn gleich mal anrufen." Evi hob den Hörer ab.

Die Oma entsetzte sich. „Was, um die Zeit noch? Der schläft bestimmt schon."

„Hast auch wieder recht. Wieso ist der heut auch nicht da. So was Blödes", ärgerte sich Evi.

„Ganz einfach, weil du nicht da bist. Und verheiratet seid ihr ja auch nicht, dass man sagen könnte, er wäre hier zu Hause."

Evi verdrehte genervt die Augen. „Das würde dir gefallen, wenn ich den Lorenz heiraten würde, nicht wahr, Omi?"

„Kannst du dir das nicht vorstellen? Jetzt geht er bald ein paar Monate bei uns ein und aus, arbeitet quasi mit und schläft bald jede Nacht hier, da wäre es an der Zeit, endlich klare Verhältnisse zu schaffen. Was sollen sich denn die Leute denken!"

„Omi! Du bist doch sonst nicht so altmodisch."

„Ach, weil's wahr ist!" Eifrig beugte sie sich zu ihrer Enkelin hinüber, legte ihre Hand auf Evis Hand.

„Der Lorenz ist doch endlich der Richtige, oder? Bei dem wirst du doch bleiben, nicht wahr?"

Überrascht von der Eindringlichkeit der alten Frau antwortete Evi: „Der muss dir aber gut gefallen, der Lorenz."

„Ja, tut er auch. So ein netter Kerl. Und auch von seinem Beruf her würde er sehr gut in unser Wirtshaus passen. Wär ewig schad, wenn du es nicht ernst meintest mit ihm, Evi."

Evi spöttelte. „Unser Wirtshaus! Omi, du denkst doch immer nur an das eine, an das Wirtshaus. Wenn es möglich wäre, würdest du ihn selber heiraten, den Lorenz, was?"

„Ja, wenn ich so jung wäre wie du, würde ich ihn heiraten, auf der Stelle. Er ist ein selten netter Mann, immer höflich und gut gelaunt und ein ganz Braver: Er trinkt nicht, vertut kein Geld, ist fleißig und arbeitsam, was willst du denn noch mehr? Was Besseres kommt nicht nach, heißt ein altes Sprichwort, merk dir das, Evi."

Evi war ernst geworden. „Ich schreib mir's hinter die Ohren, Omi. Und im Übrigen, was den Lorenz betrifft: Du könntest Recht haben. Ich finde auch, er ist ein sehr netter Mann."

„Gut." Sie atmete erleichtert auf. „Hoffentlich bleibt es auch dabei."

„Musst halt dafür beten, Omi."

„Das mach ich auch. Wenn du wüsstest, wie oft ich für dich bete, Evi. Sobald das Wetter nicht mehr gar so kalt und gräulich ist, werde ich wieder einmal nach Altötting wallfahrten."

Evi lachte auf. „Und dann bittest du dafür, dass ich den Lorenz heirate, oder was?"

„Lach nicht, Evi. Die Muttergottes hat mir immer geholfen, wenn ich gemeint hab, es geht gar nicht mehr weiter."

„Na, wenn sie dich beruhigt, die Beterei, dann bleib nur dabei, Omi. Gute Nacht."

„Gute Nacht, Evi. Schlaf schön."

Evi schlief wenig und unruhig. Sie wachte ständig wieder auf, stellte fest, dass sie es gar nicht mehr gewohnt war, allein in ihrem Bett zu liegen, und dachte auch immer wieder an die anstehende Entscheidung: Bank oder Wirtshaus.

In den frühen Morgenstunden war ihr Entschluss gefasst. Danach schlief sie fest und traumlos, bis der Wecker klingelte.

An diesem Tag konnte sie es kaum erwarten, bis sie Lorenz wieder traf. Er war abends, als sie von der Bank nach Hause kam, in der großen Küche bei Mutt. Alle arbeiteten leise und konzentriert, es roch nach kochender Brühe und frisch angeschnittenen, würzigen Kräutern.

„Hallo, alle miteinander! Was gibt es Neues heut?" Evi stürmte aufgekratzt und fröhlich hinein. Mutt schaute sie missbilligend an, der Vater und Lorenz lachten ihr zu.

„Was soll es denn Neues geben?", brummte Mutt.

Als Lorenz in die Speisekammer ging, folgte sie ihm und begrüßte ihn mit Küssen und Umarmungen, als hätten sie sich wochenlang nicht gesehen, dabei hatte es sich lediglich um einen Tag gehandelt. „Heute muss ich dir was sehr Wichtiges sagen", versprach sie.

Da wenige Gäste kamen, konnten sich die beiden jungen Leute bald zurückziehen. Evi hatte einen Blumenstrauß auf dem kleinen Tischchen arrangiert. Nun zündete sie eine Kerze an und schenkte Kognak in zwei Gläser.

„Was ist denn heute mit dir los? Gibt's was zu feiern?“ Lorenz sah sie fragend an.

„Erraten. Es gibt was zu feiern!“ Evi setzte sich auf die Couch, fasste Lorenz an der Hand und zog ihn neben sich.

„Und das wäre?“

„Also, es ist so: Ich habe eine Entscheidung getroffen.“

Als sie nicht weitersprach, fragte er sie: „Und welche?“

„Kannst du dir das nicht denken?“ Erwartungsvoll und mit kindlicher Begeisterung sah sie ihn an.

Freude, gepaart mit einem Rest von Unsicherheit, zeigte sich auf Lorenz' Gesicht. „Vielleicht kann ich es mir denken. Warum sagst du mir nicht einfach, was du ausbaldowert hast?“ Er neigte sich zu ihr und verteilte ein paar schnelle Küsse auf ihre Lippen.

„Ich kann doch nichts sagen, wenn du zu schmusen anfängst. Da vergesse ich alles andere.“ Sie erwiderte mit Leidenschaft seine Zärtlichkeiten.

„Wenn du mich so lieb anschaust, kann ich nicht anders, dann muss ich dich einfach küssen.“

Nach einer Weile – Evi hatte ihr Gesicht an seine Schulter gelegt – meinte sie, fast enttäuscht: „Willst du denn gar nicht wissen, was ich entschieden hab?“

„Doch, natürlich. Also red schon.“

Sie griff nach seinen beiden Händen und sah ihm aufmerksam ins Gesicht. „Also, ich habe beschlossen, ich übernehme unser Wirtshaus.“ Und als er nicht sonderlich reagierte, fuhr sie fort: „Ich meine ganz richtig und endgültig. Ein neuer Job fürs Leben: Wirtin. Was sagst du dazu?“

Sie wartete atemlos auf seine Reaktion.

Eine oder zwei Sekunden vergingen, dann antwortete er: „Das hab ich mir schon gedacht.“

Etwas wie Enttäuschung malte sich auf ihren Zügen. „Na so was! Ich weiß es erst seit heute Morgen.“

Er lächelte. „Deine Omi wird überglücklich sein. Und du wirst eine wunderbare Wirtin abgeben.“

Sein Kompliment zauberte sogleich wieder ansteckende Fröhlichkeit in ihr Gesicht. Sie langte nach den Gläsern. „Prost! Das ist doch ein Grund zum Feiern, meinst du nicht?“

„Hm.“

Sie tranken langsam, kleine Schlucke, und Evi leckte sich genüsslich die Lippen. „Übermorgen, wenn die Omi ihren Geburtstag hat, sag ich es der Familie. Die werden staunen und meine große Tat hoffentlich gebührend zu würdigen wissen! Aber das mit der Kündigung ist noch nicht alles“, verkündete sie. „Ich muss dir noch was sagen.“

„Aha?“

Sie hatte nun offensichtlich Schwierigkeiten, die richtigen Worte zu finden, redete dann, aus einer gewissen Nervosität heraus, recht schnell. „Also, es ist ja so: Den ‚Hirschen‘ einfach weiterzuführen an sich hätte ja noch nicht viel Sinn. Da muss ich doch auch an die Zukunft denken. Deshalb habe ich beschlossen, ich will jetzt auch sofort ein Kind bekommen.“

Lorenz grinste ein wenig schief. „Schön, dass ich davon erfahre. Ich nehme an, ich bin an dieser Angelegenheit nicht ganz unbeteiligt?“

„Also ja, mit deiner Beteiligung daran hatte ich eigentlich gerechnet. Du magst doch Kinder?“

„Natürlich mag ich Kinder. Hast du schon beschlossen, wie viele es sein sollen?“

Sie sah ihn nachdenklich an. „Eigentlich nicht. Großzügig wie ich bin, erlaube ich dir in diesem Punkt mitzureden. Für den Anfang einmal eines oder zwei. Gab es in deiner Familie jemals Zwillinge? Bei uns nie.“

„Bei uns auch nicht.“

„Dann sind Zwillinge unwahrscheinlich. Also ein Baby. So ein wunderschönes, süßes Zwergerl wie Gabys Kleiner. Das wünsch ich mir.“

„Einen Buben?“

„Nein, ein Mädchen hätte ich genauso gern.“ Evi wurde ernst. „Ich würde einen Buben auch nie bevorzugen und ein Mädchen einfach links liegen lassen, wie das bei uns war. Als wenn ein Mädchen nicht genauso viel wert wäre wie ein Bub. Am Ende ist die Mutt jetzt sogar auf mich angewiesen und ihr Herzerl, der Manfred, nützt ihr gar nichts mehr. Was willst du lieber, Bub oder Mädel?“

„Egal. Hauptsache gesund.“

„Sag ich mir auch.“ Wieder lächelnd und gut gelaunt fuhr sie fort: „Also, wir bekommen ein Baby. Ganz bald. Ich kann es kaum noch erwarten.“

„Okay. Und weiter?“

„Was weiter?“, fragte Evi ehrlich erstaunt.

„Ja, wenn wir zusammen Kinder haben wollen, sollten wir doch vorher heiraten, meinst du nicht?“

„Ach ja, heiraten. Ja, sicher. Wenn ich schwanger bin, heiraten wir. Da müssen wir uns jetzt keine Gedanken machen. Ich möchte auch gar kein so riesiges

Fest, wie das bei Manfred war. Mit sämtlichen Verwandten und womöglich dem ganzen Dorf noch dazu. Eine kleine Feier tut's auch. Hauptsache, ich werde erst einmal schwanger."

„Na schön, dann woll'n wir mal!"

Lorenz hob sie auf seine Arme und schleppte sie zum Bett, ließ sie darauf fallen. Er kam dabei mit den Ellenbogen an eine Reihe alter Plüschtiere, die Evi an der Stirnseite auf ein Regalbrett drapiert hatte, und sie purzelten herunter auf Evis Gesicht.

„Oh, nein!" Sie lachte, nahm einen Teddy und einen Löwen und warf sie ihm entgegen. Sie lachten und rangelten mit den Plüschtieren, bis Evi plötzlich fürchterlich zu niesen anfing. „Oh Gott, ich sollte öfters Staub wischen! Ein, ein Taschentuch, bitte!"

Lorenz reichte ihr eines und hielt es ihr zuvorkommend an die Nase.

„Danke." Sie schnaubte hinein, legte es beiseite und breitete die Arme nach ihm aus. Er beugte sich zu ihr, riss plötzlich den Kopf zurück und griff nach dem Taschentuch, musste ebenfalls fürchterlich niesen.

Evi lachte hell auf. „Mein armer Schatz, jetzt hat es dich auch erwischt." Sie zog ihn liebevoll zu sich auf das Bett und strich sanft über seine Nase und Wange.

Keiner von beiden musste noch einmal niesen.

Für Lorenz war es doch eine kleine Enttäuschung, dass Evi so wenig Wert auf die Heirat legte. Das Kind war ihr bei weitem wichtiger, wie es schien. Aber Lorenz tröstete sich schnell. Erst dann zu heiraten, wenn ein Kind unterwegs war, kam auch in anderen Beziehungen nicht gerade selten vor. Und Evi musste er nun einmal nehmen, wie sie war: selbstbewusst und eigensinnig, aber auch fröhlich und warmherzig und verantwortungsbewusst ihrer Familie gegenüber. Für all das liebte er sie und schätzte sich glücklich, dass sie ausgerechnet ihn liebte, bei all den Männern, die sie oft umschwärmten.

An Omis Geburtstag saß die Familie sehr früh am Morgen beim Frühstück beisammen. In der Mitte prangte eine herrlich verzierte Geburtstagstorte, die Lorenz am Tag vorher gemacht hatte. Eine Kerze war in der Mitte angezündet und in schwungvollen Zügen war mit Schokolade „Alles Gute zum Geburtstag“ draufgeschrieben.

„Schön hat er das gemacht, der Lorenz. Schade, dass er jetzt nicht da sein kann.“

Das Telefon klingelte. „Omi, heb ab, das ist bestimmt für dich.“

Es war Manfred, der ihr gratulierte und ein Weilchen mit ihr plauderte. Danach, als Vater, Mutter, Großmutter und Evi vereint um den Tisch saßen, reichte Evi ihrer Omi mit blitzenden Augen einen einfachen weißen Briefumschlag mit den Worten: „Hier, Omi, das ist mein ganz besonderes Geschenk zu deinem Geburtstag!“

Evi ließ sie nicht aus den Augen und ihre Hände zuckten ungeduldig, bis die Omi endlich den Briefbogen entfaltet hatte und zu lesen anfing.

Es war sehr still, niemand sprach.

Die alte Frau sah auf, Unglauben, Erstaunen und Freude gleichermaßen drückten sich in ihrem Gesicht aus. „Evi! Ist das dein Ernst, wirklich dein Ernst?“

„Natürlich. Sonst hätte ich diesen Schrieb nicht verfasst.“

„Mein Gott, Dirndl, eine größere Freude kannst mir im Leben nicht mehr machen. Evi, ach, Evilein!“ Ganz überwältigt beugte sich Omi zu ihrer Enkelin und umarmte sie.

Mutt hatte inzwischen nach dem Schreiben gegriffen und las aufmerksam. Dann reichte sie es mit ernstem Gesicht weiter an den Vater.

„Aha! Und was heißt jetzt das im Klartext? Deine Kündigung an die Bank zum nächsten Ersten und was wird dann?"

„Na was schon, Vati. Ich steig ein bei euch, ich werde Wirtin!" Heiter lächelnd antwortete Evi.

„Hast dir das schon gut überlegt?"

Evi wurde ernst. „Ja, das hab ich. Ich hab nämlich in der letzten Zeit festgestellt, dass es mir echt Spaß macht. Hätt ich selber nicht geglaubt", sie zuckte die Schultern, „aber es ist so." Sie wandte sich der Mutter zu. „Manfred ist übrigens auch ganz dafür. Ich hab vorgestern lange mit ihm darüber gesprochen."

Mutt starrte ihre Tochter an. „So, mit dem Manfred hast du gesprochen. Wär schon schön gewesen, wenn du auch mit uns darüber geredet hättest."

„Aber Mutt, die Omi bearbeitet mich seit fast einem Jahr, ich soll's machen. Bist du denn nicht dafür? Ich werde dir schon in der Küche nicht in die Quere kommen. Brauchst keine Angst haben, Kochen ist wirklich nicht meine Sache."

„Nein, nein, so hab ich das nicht gemeint. Du kannst dir doch denken, wie froh wir alle drei sind, wenn du den ‚Hirschen' weiterführen willst. Aber, ich hoffe halt, es bleibt auch dabei. Nicht dass du nach einigen Monaten wieder genug davon hast und unbedingt in die Bank zurückwillst."

Evi versprach, mit einem kleinen, spöttischen Lächeln auf den Lippen: „Nein, das wird nicht passieren.

Ich habe schließlich fast ein ganzes Jahr sehr ernsthaft überlegt, was ich will. Ihr könnt euch darauf verlassen, es bleibt dabei."

„Hm." Der Vater blinzelte ihr zu. „An der Sachlage ist ein gewisser Lorenz nicht ganz unschuldig, oder?"

Evi grinste. „Das könnte man behaupten. Der gewisse Lorenz ist ein begeisterter Bäcker und Koch und könnte sich durchaus vorstellen auch ein Wirt zu sein."

Aufgeregt fiel Omi ein: „Heißt das, du heiratest den Lorenz?"

„Könnt schon sein, Omi."

„So ist es recht, Evi. Damit ordentliche Verhältnisse einkehren."

„Immer mit der Ruhe, Omi. Die Heiraterei pressiert uns nicht."

„Ich möchte aber zu gern meine Urenkeln, noch erleben, Evi", verlangte Omi.

„Ich werde sehen, was sich machen lässt, Omi", versprach Evi. „So, und jetzt muss ich los. Vorläufig bin ich ja noch in der Bank. Die Kündigung gebe ich heute ab. Alles klar?"

Sie schaute ihre Eltern und ihre Oma der Reihe nach an.

„Alles klar." Der Vater nickte bestätigend.

„Ja, Evi, das machst." Die Oma freute sich.

Mutt nickte nach einer kleinen Weile. „Na ja, probieren wir's halt."

„Also dann, pfüad euch!" Evi nahm ihre Tasche, die Tür schlug zu und dann hörten sie ihre Schritte leichtfüßig die Treppe hinunterlaufen.

Es herrschte absolute Ruhe im Raum. Für Minuten sagte niemand ein Wort.

„Na, freust du dich denn gar nicht, Hilde?“, fragte die Oma ihre Tochter.

„Schon. Wenn sie dabei bleibt.“

„Und wenn sie beim Lorenz bleibt“, fügte der Vater hinzu. „Der ist in Ordnung und gibt einen guten Wirt ab, da bin ich sicher.“

Wieder wandte sich die Oma an ihre Tochter. „Du magst den Lorenz doch auch, nicht wahr, Hilde? Bäcker und Konditor ist er und kochen lernt er auch noch. Besser hätten wir es gar nicht treffen können, das musst du doch zugeben.“

„Na ja, er ist nicht übel. Aber mit dem Manfred wäre es schon etwas ganz anderes gewesen!“, fügte sie bekümmert hinzu.

„Das mit dem Manfred ist nun mal nicht mehr zu ändern. Die Evi ist schon richtig und der Lorenz auch und ich finde, wir haben ein Mordsglück, wie sich alles entwickelt hat. Und wir müssen alle helfen, damit es gut weitergeht.“ Bei diesen energisch vorgetragenen Worten schaute die Oma ihre Tochter streng an.

Die nickte aufseufzend. „So, jetzt hast du also erreicht, was du wolltest. Lang genug hast du die Evi mehr oder weniger deutlich traktiert, dass sie den ‚Hirschen‘ übernehmen muss. Komisch eigentlich. Weißt du eigentlich, Mutter, wie oft du dich im Laufe der Zeit darüber beschwert hast, dass du von deinen Eltern damals quasi gezwungen worden bist hier einzuheiraten? Mit der Evi hast es im Grunde genommen nicht anders gemacht, nur viel schlauer natürlich. Mit deiner Liebenswürdigkeit zum Beispiel und dein sehnlichster Wunsch wäre es eben …, dir zuliebe soll sie … und wie schön sie es hätte und so weiter. Eine richtige graue Eminenz bist du, Mutter, und am Ende hast du dich mit deinen Wünschen ja auch durchgesetzt, nicht wahr?“

„Aber Hilde“, antwortete die Omi mit Entsetzen, „das ist doch nicht dein Ernst? Wenn die Evi fest entschlossen gewesen wäre bei ihrem Bankjob zu bleiben, ich wäre die Letzte gewesen, die sie gezwungen hätte ihn aufzugeben. Das war schon ihre eigene Entscheidung. Unsere Evi lässt sich doch von niemand etwas vorschreiben!“

Die Tochter schaute sie mit deutlich ablesbarem Zweifel im Gesicht an. „So, meinst du?“

„Ja, mein ich. Und überhaupt, findest du es nicht wunderbar, dass die Evi jetzt daheim mitarbeiten will? Jetzt sag bloß, das wäre nicht auch dein Wunsch, dass du mir auf einmal Vorwürfe machst.“

„Keine Vorwürfe, Mutter. Ich frage mich lediglich, ob die ganze Sache einen Sinn hat. Die Evi hat sich doch vorher nie für das Wirtshaus interessiert.“

Evis Vater griff nun in das Gespräch ein. „Früher wäre es auch nicht gut gewesen, wenn sie für den ‚Hirschen‘ allzu viel übrig gehabt hätte. Schließlich waren wir uns Jahrzehnte lang einig, dass der Manfred ihn übernimmt. Da war es sogar das einzig Richtige, dass die Evi ihre eigenen Wege gegangen ist. Und jetzt und mit dem Lorenz! Es wird schon werden. Warten wir einfach eine Weile ab, helfen ihr, soweit irgend möglich, dann stellt sich heraus, was wird.“ Ruhig redete er auf Frau und Schwiegermutter ein.

„So ist es, Rupert. Es wird schon werden.“ Omi lächelte ihrem Schwiegersohn eifrig und dankbar zu.

„Ihr zwei seid euch ja wieder einmal wunderbar einig!“, stellte Hilde vorwurfsvoll fest. „Na, wir werden sehen, wieweit sich eure Erwartungen erfüllen!" Es klang fast wie eine Drohung.

Rupert hatte genug von der nutzlosen Diskussion. Er sagte: „Auf geht's, die Arbeit wartet!" Er ging und Hilde folgte ihm kurz danach.

Omi atmete erst einmal tief durch. Warum die Hilde der Evi gegenüber nur gar so negativ eingestellt war? Na ja, man musste es ihr nachsehen, sie war halt so bitter darüber enttäuscht, dass der Manfred nicht mehr da war, sagte sie sich und versank dann in angenehme Zukunftsvorstellungen mit Evi als der jungen Hirschenwirtin.

Omis Träume schienen sich auch zu realisieren. Evi wurde mit einer kleinen Feier von ihren Bankkollegen verabschiedet und machte sich mit Feuereifer an ihre neuen Aufgaben, was sogar Mutt positiv quittierte. Und viele Gespräche drehten sich darum, was man alles unternehmen sollte, um das Wirtshaus rentabler zu gestalten. Wobei die Einwendungen gegen alles und jedes vor allem von Mutt vorgebracht wurden.

Weiße Hirsche im Garten halten als Anziehungspunkt für Gäste? Also, was fiel ihr denn noch Verrückteres ein! Die Arbeit, die diese Viecher machen würden, und erst der Gestank. Omis Schweine früher waren schon schlimm genug gewesen. „Ohne mich", sagte Mutt kategorisch.

Lorenz meinte, er wüsste etwas, das würde garantiert keinen Gestank und nur ganz wenig Arbeit machen. „Wie wäre es mit einem Aquarium? Eine schöne Unterwasserlandschaft, bunte Fische, kleine Krebse und Schnecken und Muscheln und so etwas? Das gefällt den Leuten bestimmt auch und man kann es sich das ganze Jahr gut anschauen, egal wie draußen das Wetter ist."

Evi lachte auf. „Fische, natürlich, das hätte ich mir denken können."

Lorenz verteidigte seine Idee vehement. „Ja, Fische wären ideal. Außerdem waren wir uns doch einig, dass wir einen Teil vom Nebengebäude besser nutzen und dort eine Wohnung einrichten wollen mit Büro und allem, was dazugehört. Da wäre ein großes Aquarium die ideale Trennwand."

„Was, so ein Riesending von Aquarium?" Mutt war entsetzt. Aber Lorenz erklärte, wie er sich das dachte, und am Ende war Mutt gar nicht mehr so sehr dagegen. Und schließlich machte sich Lorenz mit grenzenloser Begeisterung und unter endlosen Diskussionen mit Evi an die Planung, um sein Aquarium zu verwirklichen und alles für die geplante Wohnung in die Wege zu leiten.

„Tag und Nacht hat der Lorenz nur noch sein Aquarium und seine Fische im Kopf", beschwerte sich Evi aufseufzend bei Omi. Die erwiderte weise: „Ja, so sind sie, die Mannsbilder. Ein jeder hat so seine Spinnerei und wir Weiberleut müssen froh sein, wenn es eine einigermaßen harmlose ist, die nicht gar so viel Geld kostet. Denk bloß an den Schuster Fritz, der poliert tagtäglich an seinen alten Motorradeln herum und kauft ständig welche dazu. Sieben stehen schon in seiner Garage, die er extra dafür angemietet hat. Und soviel Geld gibt er dafür aus, hat mir die Marie vorgejammert. Was ist dagegen schon ein Aquarium und ein paar Fische. Also lass ihm seine Spinnerei. Vielleicht gefällt es den Gästen, dann rentiert es sich sogar noch. Und wie wir eine große Terrasse anbauen könnten, darum macht er sich ja mindestens genauso viele Gedanken, der Lorenz. Der ist schon richtig", bestätigte Omi ihrer Enkelin, die ihre kühnen Erwartungen, die Zukunft des „Hirschen" betreffend, in Erfüllung gehen sah. Lorenz würde bald bei der Bäckerei kündigen und ganz in den Familienbetrieb einsteigen und Evi und er würden heiraten.

Mehr als die Hochzeit an sich wünschte Evi sich jedoch schwanger zu werden. Sie sprach zwar selten darüber, aber der Wunsch nach einem Kind beherrschte immer mehr ihre Gedanken. Das Kind gehörte unabdingbar zu dem Leben dazu, für das sie sich nun entschieden hatte. Am Anfang war sie überzeugt, sie würde schon im ersten Monat nach Absetzung der Pille schwanger werden, schließlich hatte es bei Gaby auch im zweiten Monat geklappt.

Aber der erste Monat ging vorüber und es war nichts, auch der zweite und der dritte Monat vergingen ohne das von ihr gewünschte Ergebnis. Sie begann ihren Körper genau zu beobachten, den Zyklus, die fruchtbaren Tage und stellte fest, dass er zuverlässig wie ein Uhrwerk funktionierte. Aber es half nichts.

Evi wurde immer kribbeliger, sprach mit Lorenz immer öfter über dieses Problem. Der jedoch fand, sie sei zu ungeduldig. Dass es nach jahrelanger Einnahme der Pille manchmal eine ganze Weile dauerte, bis es zu einer Schwangerschaft kam, war doch bekannt, meinte er beruhigend.

Evi reagierte sauer. „Ist es dir denn nicht wichtig, dass wir ein Kind bekommen?"

„Aber natürlich ist es mir wichtig. Das weißt du doch. Wir müssen eben noch ein Weilchen Geduld haben!"

Er war vollauf damit beschäftigt, das große Aquarium erst zu bauen und dann zu besetzen und zu betreuen. Auch die großzügige, neu angelegte Terrasse hatte sich gut eingeführt. Eine kleine Backstube zu planen und vor allem den alten, im Garten stehenden Holzbackofen, der jahrzehntelang mit Gerümpel vollgestopft worden war, wieder herzurichten und zu betreiben, bereitete ihnen viele Probleme, die Lorenz in Trab hielten. Das Wirtshaus „Zum Weißen Hirschen" betrachtete er inzwischen als sein Zuhause. Besonders Omi und seltsamerweise auch Mutt hatten ihn voll akzeptiert. Evis Vater dagegen hielt sich sehr zurück. Er sagte nicht viel und beteiligte sich kaum an all den Planungen und Neuerungen, die den Rest der Familie so einnahmen. Mutt diskutierte jede einzelne Maßnahme mit Manfred am Telefon. Zu Evis stillem Ärger war Manfreds Meinung für Mutt nach wie vor ausschlaggebend.

Noch weniger als das ständige „Manfred hat gesagt, er würde …, Manfred meint, dass …" konnte Evi die von Mutt mit nie erlahmender Freude vorgebrachten Berichte über Manfreds Baby ertragen. Seit es geboren war, telefonierte sie ständig mit ihm oder Gudrun und von jeder kleinsten Regung dieses wunderbarsten, liebsten, bravsten und schönsten aller Babys dieser Welt erzählte sie strahlend.

Was Evi zur Weißglut treiben konnte. Sie musste sich zusammenreißen, presste die Lippen aufeinander und gewöhnte sich an, wann immer von dem Kind die Rede war, zu verschwinden.

Sie las alle Artikel über das Problem, deren sie habhaft werden konnte und legte den Sex mit Lorenz ganz bewusst auf die fruchtbaren Tage, was dem

Spaß an der Sache nicht unbedingt förderlich war. Lorenz nahm es gelassen, versuchte sie aufzuheitern, als sie anfing fast schon deprimiert zu werden. Sie war traurig bis hin zur Mutlosigkeit. Es war nun schon wieder Herbst, seit sieben Monaten versuchte sie es, beachtete alles, was einschlägige Literatur riet – bis hin zu Naturheilmitteln. Aber es passierte einfach nicht.

Die stets um die Enkelin besorgte Omi bemerkte irgendwann, dass mit Evi etwas nicht stimmte. „Hast irgendetwas, Evi? Du schaust heute wieder so ernst."

„Ach, Omi. Es macht mich ganz wahnsinnig, dass ich einfach nicht schwanger werde. Wieder ein Monat vorbei und wieder ist es nix."

„Das versteh ich, dass du da traurig bist. Aber schau, Evi, das dauert halt manchmal seine Zeit."

Erregt erwiderte sie: „Das sagt der Lorenz auch immer. Ich kann es schon nicht mehr hören. Die Gaby hat damals die Pille abgesetzt und zwei Monate später war sie schwanger. Warum klappt das bei mir nicht?", fragte sie verzweifelt.

„Na ja, die Menschen sind halt verschieden. Vielleicht", fiel ihr ein, „sind wir so ein Schlag, wo es länger dauert. Du weißt doch, bei mir hat es über sieben Jahre gedauert, bis ich die Hilde bekommen hab."

„Sieben Jahre!" Entsetzt warf Evi die Arme hoch. „Sieben Jahre! Ich will, ich kann doch nicht sieben Jahre darauf warten."

„Ihr jungen Leute heutzutage seid so ungeduldig. Vielleicht dauert es ja auch nur ein Jahr oder zwei, wer weiß."

„Ich will überhaupt nicht warten. Ich will jetzt ein Baby, Omi!"

„Hm.“ Omi war sichtlich ratlos. „Fahren wir zwei wallfahrten nach Altötting, magst?“ Und als Evi ungläubig und skeptisch dreinsah, fügte sie eifrig hinzu: „Mir hat das Wallfahrten und Beten geholfen und vielen anderen Leuten auch, Jahrhunderte lang.“

„Also Omi, wirklich! Als wenn man vom Beten Kinder kriegen tät.“ Evi schüttelte den Kopf und ging davon.

Die Oma schüttelte auch den Kopf, sehr bekümmert.

Evi suchte sich eine Arbeit, um sich abzulenken. Sie putzte das Getränkeregal hinter der Theke. Es hatte wohl keinen Sinn, ausgerechnet mit der Oma darüber zu reden. Mit Mutt schon gar nicht. Vati? Um solche Probleme hatte er sich nie bekümmert. Er wüsste ihr sicher keinen Rat.

Da Lorenz ihr Problem weit weniger dringlich fand als sie selber, konnte sie auch mit ihm nicht so oft darüber reden. So besuchte sie Gaby.

Mit Gaby konnte Evi über alles sprechen, verständnisvolles Zuhören und Ratschläge waren ihr sicher. Und Gaby wusste natürlich sowieso längst von ihrem Kummer.

Gabys kleiner Sohn schlief, als Evi zu ihr kam. Sie schlichen auf leisen Sohlen ins Kinderzimmer. „Oh Gaby, er sieht aus wie ein kleiner Engel!“

Im Wohnzimmer erzählte Gaby, dass er sich bisweilen gar nicht engelhaft benahm, aber am Klang ihrer Stimme konnte Evi hören, dass sie auf jede einzelne Untat ihres Sohnes unheimlich stolz war.

Evi hörte zu und wurde immer trauriger.

„Immer noch nichts, was?“, fragte Gaby voller Bedauern für ihre Freundin.

Die seufzte tief. „Nein, nichts. Es macht mich noch ganz wahnsinnig!"

„Du musst eben Geduld haben, dann …"

Erregt fiel Evi ein: „Geduld! Jetzt fang nicht du auch noch an mit dieser blöden Geduld! Lorenz und die Omi nerven mich schon genug damit."

Evi hatte den Kopf in die Hände gestützt und schaute blicklos auf den Teppich zu ihren Füßen, Gaby war etwas ratlos und wusste nicht mehr, was sie sagen durfte ohne die Freundin zu verletzen.

Evi sah zu Gaby hin, sie setzte an zu sprechen, sagte dann doch nichts. Ihre Augen wanderten zum Fenster und wieder zurück. Sie gab sich sichtlich einen Ruck und dann fragte sie von Räuspern unterbrochen: „Du, Gaby, meinst du, also, glaubst du, es könnte mit mir so wie mit Lore sein? Dass ich womöglich keine Kinder bekommen kann?"

Einen kurzen Moment herrschte Schweigen. Dann antwortete Gaby mit aufmunternder Fröhlichkeit. „Aber Evi, bilde dir doch so was nicht ein. Das ist doch ganz normal, dass das Kinderkriegen bei manchen Paaren nicht gleich auf Anhieb klappt. Das heißt noch gar nichts. Noch dazu, wo du es noch nicht einmal seit einem Jahr versuchst."

„Bei anderen klappt es doch auch!", klagte Evi. „Warum bei mir nicht?"

„Egal, es ist jedenfalls alles völlig normal bei dir, da bin ich ganz sicher. Du hast bis jetzt auch gar nichts Spezielles unternommen, oder?"

Evi zuckte mit den Schultern. „Nicht so direkt." Und dann berichtete sie von den Tees, die sie getrunken hatte, von den Temperaturmessungen, die ihr gezeigt hatten, dass bei ihr offenbar mit großer Pünktlichkeit jeden Monat der Eisprung erfolgte, und dem darauf abgestimmten Sex mit Lorenz. „Am Anfang haben wir beide darüber gelacht und unseren besonderen Spaß dabei gehabt, aber inzwischen glaube ich, dass es Lorenz schon langsam auf die Nerven geht, mit diesem Sex nach Datum und Uhrzeit. Vorher soll man Enthaltsamkeit üben, weißt du. Echt, das wäre gut, hab ich in einem Artikel gelesen."

Gaby bemühte sich ja wirklich ernst zu bleiben, aber schließlich platzte sie laut lachend heraus: „Sex nach Datum und Uhrzeit! Das muss ich mal Bernd vorschlagen. Oh Gott, Evi, entschuldige!"

Evi schaute ihre Freundin erst sehr böse an, dann musste sie auch herzlich lachen. „Vergiss aber bloß nicht, vorher Entspannungsübungen zu machen. Das gehört auch dazu."

„Entspannungsübungen? Wie gehen die denn? Zeig sie mir doch mal", forderte Gaby.

Evi rutschte von der Couch, schob das Kinderställchen zur Seite und führte vor. „Das sind Jogaübungen, hab ich aus einer Zeitschrift. Man muss ganz ruhig dabei sein, sie ganz langsam ausführen und die einzelnen Positionen möglichst lange aushalten und sich ganz auf die Anspannung oder Entspannung der jeweiligen Muskeln konzentrieren."

Gaby zog einen Sessel zur Seite und machte die Verrenkungen gleich mit. Leider konnte Gaby keine Sekunde auf einem Bein stehen ohne dabei fürchterlich zu wackeln. Sie musste lachen und wackelte natürlich daher noch mehr. Und als sie den Lotossitz versuchten, krachten Gabys Gelenke so fürchterlich, dass sie beide wieder einen Lachkrampf bekamen. Für eine Weile hatten sie beide eine Menge Spaß.

Sie gerieten außer Atem. „Also ich weiß nicht, mich faul auf das Sofa zu legen oder zu schlafen entspannt mich mehr als diese Übungen."

Evi wurde wieder ernst. „Mich auch. Deshalb hat es auch nicht geholfen. Alles hilft nichts, verdammt noch mal."

„Doch, irgendwann klappt es schon. Warte mal, da fällt mir ein, eine Kollegin hat mir einmal erzählt, bei ihnen hat es auch längere Zeit nicht geklappt, dann sind sie in Urlaub gefahren, und als sie zurückkam, war sie schwanger."

„Urlaub! Das wäre schön! Wir sind bisher gar nicht dazu gekommen bei all diesen Neuerungen und Umbauten. Meinst du wirklich, das könnte helfen?"

„Urlaub entspannt, man ist viel lockerer und hat viel Zeit, warum also nicht?"

„Ja! Mensch, Gaby, das ist es: auf nach Südtirol zur Weinlese und Kastanienernte. Da wollt ich immer schon einmal hin. Für eine Woche lässt es sich bestimmt einrichten."

Richtig aufgeregt, mit endlich wieder vor Tatendrang blitzenden Koboldaugen, richtete sich Evi auf. „Gaby, du bist echt Spitze. Nächste Woche gibt es eine Woche Urlaub mit Lorenz in Südtirol. Das wäre auch genau der richtige Zeitpunkt. Du weißt schon."

Kaum wieder zu Hause, bearbeitete sie sogleich Lorenz sich Urlaub zu nehmen, was auch gelang, setzte die Familie davon in Kenntnis und organisierte für diese Woche alles so, dass man ohne sie beide auskommen würde.

Frohgemut und heiter wie schon lange nicht mehr fuhren die beiden los. Sie waren entschlossen sich nach Kräften zu amüsieren und den Alltagsstress hinter sich zu lassen. Evi nahm sich fest vor an nichts zu denken. Dieses Mal würde es bestimmt klappen.

Weitere zwei Wochen später wusste sie: Sie war nicht schwanger.

Sie warf, wütend und verzweifelt gleichermaßen, die Schachtel mit den Tampons auf den Boden.

Lorenz hob sie wieder auf, nahm Evi in die Arme. „Sei nicht traurig, hab Geduld, das wird schon noch. Eines Tages."

Evi vergrub ihren Kopf an seiner Schulter und presste entschlossen die Lippen aufeinander, um nicht in eine unkontrollierte, wütende Tirade auszubrechen. Sie konnte das Wort Geduld einfach nicht mehr hören. „Ich geh zum Arzt. Gleich heute noch lasse ich mir einen Termin geben."

Evi ging mit wackeligen Knien zum Frauenarzt. Sie hatte immer Lores Stimme im Ohr, als sie von all den Maßnahmen erzählt hatte, die bei ihr dann doch nie zu einer Schwangerschaft geführt hatten.

Es war weniger schlimm, als sie befürchtet hatte. Der Arzt, von Gaby empfohlen, war wirklich ein ruhiger, netter Typ, wie versprochen. Am Anfang wollte er ihre gesamte Krankengeschichte hören. Was sehr wenig war, Evi hatte außer den üblichen Kinderkrankheiten und einigen leichten Erkältungen nie etwas gefehlt. Über ihren monatlichen Zyklus, einschließlich der Temperaturänderungen in der zweiten Hälfte, konnte sie genauestens Auskunft geben, denn den hatte sie in den letzten Monaten akribisch genau beobachtet.

Der Arzt war zufrieden damit, aber eine Reihe von Untersuchungen würden notwendig sein. Evi war mit allem einverstanden. Wenn sie nur endlich schwanger würde, dachte sie und dabei fiel ihr ein, dass Lore genauso geredet hatte.

Sie wurde nach allen Regeln der ärztlichen Kunst untersucht, mit seltsamen Geräten, die sich kalt anfühlten, einige Male mit Ultraschall, teilweise wurden Kontrastmittel gespritzt, sie wurde geröntgt, sie musste zu Hause verschiedene Tests durchführen, etliche Male wurde ihr Blut abgezapft. Wochenlang ging sie immer wieder zum Frauenarzt, es wurden stets neue Untersuchungen durchgeführt und stets war das Ergebnis gleich: Alles sei völlig normal. Evi wusste gar nicht mehr, ob sie sich darüber freuen oder noch mehr verzweifeln sollte, schließlich musste es doch einen Grund geben, warum sie nicht schwanger wurde. Aber, so wurde sie belehrt, es gebe einen kleinen Prozentsatz von Paaren, bei denen man nie feststellen konnte, warum es bei ihnen nicht funktionierte.

Sie erzählte Lorenz von allen Untersuchungen, die gemacht wurden. Er hörte meist kommentarlos zu, so richtig mit ihm darüber reden konnte sie nicht. Er wusste nichts darüber zu sagen, meinte höchstens beruhigend „na also“, „na siehst du“, „wird schon noch“ und das regte sie auf. Omi hörte sich ihre Berichte jedenfalls interessierter an und äußerte vor allem ihr Erstaunen, was man heutzutage doch alles darüber wisse, verglichen mit der Ahnungslosigkeit ihrer eigenen Jugendzeit. Am meisten Mut machte ihr Gaby, die darauf bestand, jedes gute Untersuchungsergebnis mit einem Glas Wein zu feiern.

Am Ende meinte der Arzt tatsächlich, er hätte allen Grund anzunehmen, sie wäre eine völlig gesunde junge Frau. Es gebe auch nicht den kleinsten Anhaltspunkt, warum sie nicht schwanger werden sollte.

Evi lächelte etwas zaghaft. Sie atmete tief durch, zuckte verunsichert die Schultern. „Aber warum?" Ihre Hände hoben sich in einer Geste der Hilflosigkeit.

„Nun, es wäre im Moment das Vernünftigste, ihr Mann würde sich untersuchen lassen. Das wäre jetzt der nächste Schritt."

Andeutungen Lorenz gegenüber, wenn sich bei ihr nichts Definitives herausstellen würde, müsse er sich eben auch untersuchen lassen, hatten ihm bisher lediglich ein „Hm, hm" entlockt. Begeistert hatte es natürlich nicht geklungen.

Als Evi nun forderte, er sei jetzt an der Reihe, sah er sie die Stirne runzelnd an. „Aber es pressiert doch nicht, oder? Du bist einfach zu ungeduldig."

Evi platzte der Kragen. Noch nie vorher war sie derartig wütend auf ihn gewesen. „Das darf doch nicht wahr sein! Wie kannst du schon wieder von deiner blöden Geduld daherreden, wenn du doch wissen musst, wie wichtig mir ein Kind ist. Verdammt noch mal, nach all dem, was ich in den letzten Wochen und Monaten mitgemacht habe, ist es da zu viel verlangt, wenn du jetzt auch einmal nachsehen lässt, ob bei dir alles in Ordnung ist?"

„Was soll schon sein? Nichts ist, genau wie bei dir. Nur, dass man eine Menge Zeit vertut mit diesen Untersuchungen."

„Ach, so siehst du das: vertane Zeit. Ich will dir sagen, was ich als verlorene Zeit ansehe: die Zeit, in der ich kein Baby hab, obwohl ich mir so sehr eines wünsche. Kannst du denn das gar nicht begreifen?"

„Natürlich verstehe ich dich. Aber du musst zugeben, du bist inzwischen schon ganz verdreht wegen deinem Kinderwunsch. Du denkst an nichts anderes mehr als daran, ein Baby zu bekommen. Wenn man so krankhaft darauf fixiert ist, dann klappt es nicht, das weiß doch jeder."

„Krankhaft? Ich? Was soll das heißen? Ich bin völlig gesund, das hat sich eindeutig herausgestellt! Heißt das vielleicht, du willst dich nicht untersuchen lassen?"

Lorenz zögerte mit der Antwort. „Wenn du unbedingt meinst ..."

Erleichtert bemühte sich Evi um einen gemäßigteren Tonfall. „Ja, ich meine, Lorenz. Soll ich gleich einen Termin für dich ausmachen?"

„Nein, ich mach das selber."

„Okay. Vergisst du es auch nicht?"

Er brummte sarkastisch: „Wie könnte ich!"

„Ach, Lorenz, versteh mich doch", bettelte Evi. „Was wäre denn das für ein Leben, ohne Kinder. Und wozu hätte ich dann das Wirtshaus übernommen?"

„Ja, ist schon klar, ich will ja auch Kinder."

Evi lächelte ihn an und küsste ihn. Sie vertrugen sich wieder.

Trotzdem „vergaß" Lorenz über eine ganze Woche lang, sich einen Termin beim Arzt geben zu lassen. Jedes Mal wenn Evi ihn fragte, hieß es, „ach ja, gleich morgen mach ich das."

Schließlich wurde es ihr zu dumm und sie rief selber an und konfrontierte ihn dann damit. „Der passt doch prima, oder? Und ich hab auch Zeit. Ich komme mit."

„Nein, kommt nicht in Frage. Ich bin doch kein kleines Kind."

„Na gut. Du wirst doch bestimmt hingehen?"

„Ja, Herrgott noch mal, ich schwöre es dir."

Lorenz nahm den Arzttermin wahr und kam an diesem Tag dadurch später nach Hause. Evi war einigermaßen aufgeregt, sah des Öfteren vom Wohnzimmer aus auf die Dorfstraße, ob sein rotes Auto endlich zu sehen wäre. Als er in den Hof fuhr, rief sie hinunter: „Lorenz, ich bin hier oben."

Er begrüßte sie kurz mit „servus" und eilte mit verdrossener Miene gleich weiter in Richtung Bad. Evi lief ihm nach. „Lorenz, was hat der Arzt festgestellt? So rede doch!"

Mit einem Seitenblick erklärte er, von Kopf bis Fuß Verdrossenheit und Widerwillen ausdrückend: „Was schon? Gar nichts. Ich muss noch ein paar Mal hin."

„Ach!" Enttäuschung bei Evi. Noch kein klares Ergebnis. „Und was hat er alles gemacht?"

Es dauerte eine Weile, bis sich Lorenz zu einer Antwort aufraffte. „Erst wollte er alles Mögliche wissen, Krankheiten, die ich gehabt habe, Infektionen, Unfälle, ob ich viel trinke und rauche und Stress im Beruf habe und all so ein Zeug. Und dann hat er mich eben untersucht und Ultraschall und so. Bis jetzt nichts festgestellt. Als nächstes werden ein paar Mal die Spermien untersucht."

„Und wann ist das?"

„Nächste Woche, selbe Zeit."

Lorenz verschwand in der Dusche und zog die Tür zu. Evi fasste den Griff und wollte die Schiebetüre wieder öffnen, ließ es dann aber doch bleiben. Sie hatte Lorenz, den sie um seine Ausgeglichenheit in allen Lebenslagen eher beneidete, noch nie derartig kurz angebunden und schlecht gelaunt gesehen. Wahrscheinlich ist es am besten, dachte sie, wenn ich ihn in Frieden lasse, bis er sich wieder beruhigt hat.

Einen Tag später hatte Lorenz seinen Tiefpunkt

überwunden. Er war wieder ganz der Alte, aufmerksam, gut gelaunt, und lachte sogar mit Evi gemeinsam über die Tatsache, dass sie für die Zeit bis zur Spermienabgabe keinen Sex haben durften. Sie spöttelten zusammen darüber, Evi war besonders nett und liebevoll ihm gegenüber und sie versuchten sich durch allerlei Aktivitäten abzulenken: Sie gingen ins Kino, nach langer Zeit wieder einmal in die Disco, fuhren zu einem Schaufensterbummel nach Landshut und Lorenz kaufte sich einige ganz besondere Fische und Unterwassergräser für sein geliebtes Aquarium.

Als Lorenz' Arzttermin näher rückte, wurde er wieder recht still und Evi ließ ihn in Ruhe. Sie fragte nur einmal, ob sie nicht doch mitkommen sollte, und er schüttelte den Kopf. „Auf keinen Fall."

Auch dieses Mal war er danach tief bedrückt, fing sich aber recht bald wieder und versuchte besonders lustig zu sein. Aber Evi bemerkte einige Male, dass er völlig abwesend vor sich hin starrte oder auf eine Frage gar nicht reagierte. Irgendetwas stimmte sicher nicht, aber auf die Frage, zu welchem Ergebnis der Arzt gekommen sei, reagierte er sehr unwirsch. „Zu gar keinem vorläufig. Warum kannst du nicht einmal mit Geduld abwarten?"

Also riss sich Evi zusammen und sie sprachen nicht mehr über dieses Thema.

Zumindest wusste Evi, dass eine weitere Untersuchung der Spermien erfolgen sollte. Kurz vor diesem Termin informierte Lorenz sie eines Nachmittags, er müsse für ein paar Tage wieder einmal bei seinen Eltern zu Hause wohnen und ihnen beim Streichen der Zimmer helfen. Sein Vater habe gerade Urlaub und schon mit der Arbeit begonnen, sogar die Mutter sei schon eingespannt, erläuterte er wortreich. Das sei eine gute Gelegenheit gleich alle Zimmer in einem Aufwasch zu renovieren und natürlich könne er die ganze Arbeit nicht seinen Eltern allein überlassen.

„Ja klar, Lorenz, natürlich musst du deinen Eltern helfen. Ich sag doch gar nichts dagegen. Und wann kommst du zurück?"

Er überlegte. „Kann ich nicht so genau sagen. So bald es geht eben."

„Lorenz, du wirst mir fehlen. Vielleicht hast du zwischendurch einmal Zeit, dann kommst, ja?", bat Evi und schmiegte sich an ihn.

„Ja." Er nahm sie in die Arme, drückte sie heftig und fest an sich, küsste sie. Dann ließ er sie abrupt los und stürmte davon.

Seltsam. Was war nur los mit ihm? Ob sein ungewöhnliches Verhalten mit den Untersuchungen zu tun hatte? Wenn er nur mehr darüber reden wollte!

Evi machte sich viele Gedanken. Die Familie akzeptierte Lorenz' Erklärung, er müsse seinen Eltern helfen, ohne weiteres. Nur Omi blickte nachdenklich zu Evi hin. Sie sagte aber nichts dazu.

Da Evi vier Tage lang nichts von Lorenz gehört hatte, rief sie bei seiner Familie an. Seine Mutter war am Apparat. „Ach Evi, du möchtest mit dem Lorenz reden, gelt. Ach, ich sag dir, das ist eine Arbeit bei uns. Ich werde gar nicht mehr fertig vor lauter putzen. Froh bin ich, wenn das wieder vorbei ist. Ausgerechnet jetzt, einige Wochen vor Weihnachten, fällt den Mannsbildern so eine Drecksarbeit ein, als wenn man nicht sowieso genug zu tun hätte. Der Lorenz hat ja darauf gedrängt, jetzt diese Streicherei zu erledigen, weil er gerade momentan die Zeit dazu hätte. Wenn es nach mir ginge, hätten wir schon bis zum nächsten Sommer warten können. Aber na ja, die meisten Zimmer haben wir bereits geschafft."

„Das ist schön. Dann ist für Weihnachten gleich alles geputzt und sauber, das ist auch viel wert, nicht wahr? Könntest du mir bitte den Lorenz ans Telefon holen?"

„Aber freilich, Evi. Einen Moment, ich ruf ihn." Der Hörer wurde abgelegt, sie hörte Rufen und dann dumpfes Gepolter.

„Ja? Evi?"

„Hallo, Lorenz. Wie geht's dir? Du lässt ja gar nichts von dir hören."

„Ah ja, wir sind voll im Stress. Eineinhalb Zimmer müssen wir noch streichen und das wollen wir bis zum Wochenende schaffen. Läuft alles gut bei euch im Wirtshaus?"

„Schon. Aber du gehst uns allen natürlich sehr ab. Und mir ganz besonders, das kannst du dir doch denken."

„Hm." Nach einer kleinen Pause fuhr er fort. „Am Samstag komme ich, bis dahin ist hier wieder alles in Ordnung gebracht."

„Samstag? Das ist noch die halbe Woche. Geht es denn gar nicht eher?"

„Äh, nein. Ich muss beim Einräumen auch noch helfen, das schwere Schleppen kann ich doch meiner Mutter nicht zumuten."

„Ja, verstehe. Ruf halt wenigstens einmal an. Dafür wirst du doch einmal Zeit finden."

„Ja, sicher. Mach ich."

„Na dann, mach's gut, Lorenz. Beeilt euch. Du gehst mir ab."

„Ja. Mach's auch gut, Evi. Und, … Evi, du gehst mir auch ab."

Ein Klicken im Hörer zeigte, er hatte aufgelegt.

Nachdenklich legte auch Evi den Hörer weg. Irgendetwas stimmte ganz und gar nicht mit Lorenz. Was hatte seine Mutter gesagt? Der Lorenz hatte darauf gedrängt, das Anstreichen ausgerechnet jetzt zu erledigen!

Von allerlei Mutmaßungen gequält, die sich selbst bei der alltäglichen Arbeit schwer verdrängen ließen, wartete sie auf den Samstag.

Der Samstag kam, Mittag, Nachmittag. Von Lorenz war nichts zu sehen. Erst am Abend, als in der Wirtsstube Hochbetrieb herrschte, stand er plötzlich an Vaters Stelle hinter dem Tresen, lautstark begrüßt von einigen Gästen. „Grüß dich, Lorenz. Wo warst du denn die letzte Woche? Hast dich gar nicht sehen lassen."

Lorenz unterhielt sich mit den Gästen, hörte zu, lachte über ihre Bemerkungen und schenkte die Getränke aus, ganz wie immer.

„Zwei Weinschorle, zwei Bier", bestellte Evi bei ihm. „Hallo, Lorenz."

„Hallo, Evi." Er sah sie nur kurz an, richtete dann seine Augen auf die Flaschen und Gläser, die er füllte, stellte sie ihr auf das Tablett. Er fasste mit seinen Händen nach den ihren, drückte sie, lächelte ihr zu. Ein lauter Zuruf nach Bier und einer Runde Obstler über den allgemeinen Lärm hinweg beendete ihr stummes Zwiegespräch.

Erst spät in der Nacht, als alle Gäste gegangen waren und sie sich zusammen nach oben in ihre Wohnräume begeben hatten, konnten sie miteinander reden.

Evi zog sich aufatmend die Schuhe von den Füßen und ließ sich auf die Couch fallen.

„Magst auch einen Tee?", fragte Lorenz.

„Ja, mit viel Zitronensaft."

Lorenz verschwand wieder, um in der Wohnküche den Tee zu holen, den Omi mit Sicherheit in einer Thermoskanne dort stehen hatte. Mit zwei vollen Henkelbechern und einem Teller Weihnachtsplätzchen kam er wieder.

„Hm. Hast du die gebacken?"

„Meine Mutter. Ich hab dafür die Wände angestrichen."

„Weihnachtsplätzchen. Die erinnern mich an letztes Jahr. Dein erstes Geschenk für mich."

„Hm." Er setzte sich ihr gegenüber, auf einen Sessel, Augen und Hände auf seinen Teebecher gerichtet.

„Lorenz, was ist los? Sag mir endlich, was los ist, ich werde sonst noch verrückt!"

Er bewegte unbehaglich die Schultern, legte den Kopf weit zurück, als müsse er die Decke studieren, dann gab er sich sichtlich einen Ruck, senkte seinen Blick wieder auf seine Hände und fing an zu sprechen, leise und mühsam kamen die Worte. „Der Arzt hat herausgefunden, dass ich keine Kinder haben kann, das ist los."

Evis Befürchtungen, die sie kaum zu denken gewagt hatte, sollten wahr geworden sein? Sie hatte sich entsetzt aufgerichtet, starrte ihn an. „Nein! Aber wieso denn? Heutzutage kann so viel getan werden. Was müssen wir tun?"

Er zuckte müde die Schultern. „Es gibt nichts, was man tun könnte. Es ist so."

„Ach was! Wieso kannst du keine Kinder haben?"

„Weil das ohne gesunde Spermien nicht möglich ist." Er stockte. Evi starrte ihn weiter an. „Mein Körper bildet nur wenige Spermien und die sind nicht in Ordnung, irgendwie."

Nach einigen Sekunden Überlegungszeit setzte Evi den Gedankengang fort. „Und das heißt, auch eine künstliche Befruchtung im Reagenzglas ist nicht möglich? Nicht einmal nach den neuesten Methoden?"

Lorenz schüttelte den Kopf. „Nein."

Evi konnte es nicht glauben, wollte es nicht wahrhaben. Omi hatte sieben Jahre warten müssen, bevor sie schwanger geworden war, Lore hatte es jahrelang vergeblich versucht. Es konnte doch einfach nicht wahr sein, dass ihr dasselbe passieren sollte. Und im selben Moment fiel ihr ein, nein, natürlich nicht, bei ihr war ja alles in bester Ordnung.

„Aber, aber warum ist das so bei dir? Kann man denn gar nichts machen? Hormonbehandlung, Medikamente oder so was?"

Er schüttelte wieder den Kopf. „Der Doktor sagt nein. Er weiß auch nicht, warum es so ist. Vielleicht habe ich einmal als Kind eine Viruskrankheit gehabt, Mumps oder Grippe oder so, oder es kommt von einer Behandlung mit starken Antibiotika. Ich hab meine Mutter gefragt, welche Krankheiten ich als Kind gehabt habe, aber die erinnert sich an nichts Besonderes. Ist ja auch egal. Es lässt sich nun nichts mehr ändern."

„Aber heißt das, es gibt keine Behandlungsmöglichkeiten?"

„Nein, gibt es nicht. Ich könnte mich immer wieder einmal untersuchen lassen, hat er gesagt. Es sei nicht völlig auszuschließen, dass mein Körper irgendwann doch wieder normale Spermien produziert. Man müsse eben abwarten. In der Medizin geschehen die seltsamsten Dinge, hat er gesagt."

„Aber das ist doch wunderbar! Das jetzige Untersuchungsergebnis ist also nicht endgültig." Evi schöpfte wieder Mut.

Lorenz jedoch nicht. „Machen wir uns nichts vor. Es ist äußerst unwahrscheinlich, dass sich etwas ändert. Du wirst nie ein Kind von mir haben, schon gar nicht jetzt gleich, was dir ja so wichtig ist, nicht wahr?"

Er hatte vermutlich Recht. Evi ließ den Kopf hängen. „Verdammt noch mal, warum muss das ausgerechnet uns passieren?"

Stille breitete sich aus. Evi hatte sich zurücksinken lassen, ihren rechten Arm fest über die Augen und das Gesicht gelegt. Sie wollte nicht zu heulen anfangen. Aber sie konnte nichts dagegen tun. Die Tränen fingen an zu fließen, sie musste schniefen.

Lorenz stand ratlos vor ihr, ließ sich auf die Knie nieder, umschlang sie mit seinen Armen. Evi drückte seinen Kopf an sich und begann hemmungslos zu schluchzen.

„Evi, Evi, du musst dir eben einen anderen suchen", brachte Lorenz stockend heraus.

„Du spinnst ja! Ich will keinen anderen." Evi hatte sehr schnell geantwortet und damit wusste Lorenz, dass ihr dieser Gedanke sehr wohl durch den Kopf gegangen war.

In ihrem Kummer klammerten sie sich aneinander und taumelten ins Bett. Irgendwann schliefen sie ein.

Evi erwachte am nächsten Morgen, als gerade das erste Licht über den Horizont heraufdämmerte. Freude über den neuen Tag wollte in ihr aufkommen, aber da überkam sie auch schon das Gefühl, irgendetwas Schlimmes war passiert, und gleich danach fiel es ihr wieder ein. Keine Hoffnung mehr auf ein Baby!

Sie schloss die Lider und hatte keinen anderen Wunsch als nur wieder einzuschlafen und damit alle Probleme zu vergessen. Aber natürlich gelang es ihr nicht und sie dachte nur pausenlos daran, was jetzt werden sollte.

Lorenz lag ganz reglos neben ihr, aber sie wusste plötzlich ganz sicher, er war ebenfalls wach. Deshalb stellte sie die Frage laut: „Lorenz, was machen wir jetzt?"

Er ließ sich lange Zeit mit seiner Antwort. „Ich weiß nicht. Der Doktor hat geraten, wir sollen es uns erst einmal reiflich und lange überlegen. Sehr viele Möglichkeiten gibt es sowieso nicht. Entweder auf Kinder verzichten, welche adoptieren, künstliche Befruchtung mit dem Sperma eines unbekannten Spenders oder eben abwarten, ob sich einmal etwas ändert."

Evi dachte über diese Vorschläge nach und sprach ihre Gedanken dazu leise aus. „Ohne Kinder hat es überhaupt keinen Sinn, sich im ‚Hirschen' abzurackern. Adoption, na ja, das dauert ewig und außerdem, ich will doch ein eigenes Kind! Ich frage mich auch, wie die Familie auf adoptierte Kinder reagieren würde. Ob sie mir den ‚Hirschen' in dem Fall überhaupt geben würden? Ich glaube, die Mutt würde dann schon lieber auf die Enkel vom Manfred warten. Das heißt also, wir führen den ‚Weißen Hirschen' und später einmal erbt ihn ein Kind von Manfred."

„Hm. Und das willst du nicht?"

„Gefällt dir dieser Gedanke?"

Lorenz stöhnte auf. „Für mich ist doch eh alles egal.

Ich kann keine Kinder haben, wahrscheinlich nie. Am besten schmeißt du mich gleich hinaus."

„Das würde dir so passen. Wo ich mich gerade so schön an dich gewöhnt habe. Oh, Lorenz, es muss einfach eine Lösung für uns beide geben. Ich möchte mit dir zusammenbleiben!" Evi schmiegte sich an ihn.

Lorenz nahm sie in die Arme, drückte einen Kuss auf ihr Ohr und murmelte leise: „Dann bleibt uns nur eines übrig: Du lässt eine künstliche Befruchtung durchführen. Damit wäre es zumindest dein eigenes Kind, auch wenn der Vater ein Unbekannter ist."

„Und das würdest du akzeptieren?"

„Was bleibt mir anderes übrig? Außerdem, weißt du, niemand müsste etwas davon erfahren, nicht wahr? Für alle Verwandten und die Leute vom Dorf und überhaupt, es wäre eben mein Kind, nicht?"

Evi sah ihm in die Augen. „Ist dir das wichtig?"

„Na ja, den Spott und die dummen Bemerkungen, später auch womöglich für das Kind selber, das können wir uns doch ersparen, nicht wahr? Es muss doch niemand wissen, dass ich …, na ja!"

„Verstehe. Ich werde es niemandem erzählen", versprach Evi.

„Auch der Omi nicht? Und der Gaby auch nicht?"

„Nein, den beiden auch nicht."

„Wir sagen, der Arzt kann nichts feststellen, man muss einfach abwarten, okay?", versicherte er sich. „Das ist nicht einmal so hundertprozentig gelogen. Es könnte ja sein, …"

„Ja."

„Und überlegen müssen wir auch noch. So schnell kann man so eine Sache nicht entscheiden. Außerdem hat der Doktor erklärt, für eine künstliche Befruchtung müssten wir verheiratet sein, sonst kann er die nicht machen. Ein Kind adoptieren kann man auch nur als Ehepaar."

„Ich weiß. Ach, Lorenz, warum muss das gerade uns treffen! Mir dreht sich alles im Kopf, ich kann gar nicht mehr richtig denken."

„Wir sind jung. Wir können uns Zeit lassen und eine ganze Weile darüber nachdenken, meinst du nicht?"

Evi bestätigte das zögernd. Es stimmte schon und trotzdem, sie sehnte sich so nach einem Kind, sie wollte das Kind jetzt und nicht erst mit dreißig oder noch später, nein jetzt sollte es sein, verdammt noch mal.

Evis Entscheidungen

Das Leben ging weiter wie auch die Arbeit. Wie üblich zur Weihnachtszeit und später im anschließenden Fasching herrschte Hochbetrieb im „Weißen Hirschen". Lorenz schaffte für zwei, die Zusammenarbeit mit Mutt war besser und reibungsloser, als Evi es sich je erhofft hatte. Auch sie beide, Lorenz und Evi, fühlten sich seltsamerweise einander näher und verbundener als je zuvor, verstanden sich oft ohne Worte. Es hätte so vollkommen sein können, wenn nicht …! Und dieses Problem erfüllte ihr Denken, auch wenn sie noch so sehr versuchte es zumindest zeitweise beiseite zu schieben. Der Stress mit den vielen Festivitäten war gewissermaßen ein Glück, um nicht ständig hin und her zu überlegen, was sie tun sollte.

Anfangs sprachen sie des Öfteren über ihr Problem, aber die Argumente und Gegenargumente für diese oder jene Entscheidung drehten sich praktisch im Kreis. Schließlich reagierte Lorenz immer unwirscher, meinte, es hätte doch absolut keinen Sinn immer darüber zu reden. Er blockte einfach ab.

Evi erkannte, wie unwohl ihm bei diesen Gesprächen war, dass es ihm wehtat, darüber zu reden, und behielt schließlich ihre Gedanken dazu für sich. Fast bedauerte sie nun, ihm versprochen zu haben nicht einmal Omi oder Gaby davon zu erzählen. Sie wollte ihm gegenüber aber auf keinen Fall unfair sein und hielt sich deshalb an ihre Abmachung.

Sowohl Verwandte wie auch die Leute vom Dorf fragten bisweilen, wann denn beim Wirt die Hochzeit zu erwarten sei. „Ein Jahr seid ihr jetzt schon beieinander, wird es da nicht Zeit?"

Lorenz gelang es, dazu lachend zu antworten: „Ja, ich wär schon für das Heiraten. Aber, wisst ihr, ich bin noch in der Probezeit, und ob ich die besteh, das ist bis jetzt nicht raus. Die Schwiegermutter denkt noch darüber nach!" Womit er die Lacher auf seiner Seite hatte.

Lorenz, so schien es Evi, wäre auch glücklich ohne Kinder. Während sie sich regelrecht verkrampfte, als sie im Fasching als Cowboy, Indianer, Prinzessin, Dracula, Fliegenpilz, Meerjungfrau und Raumfahrer verkleidete Kinder samt ihren Eltern bedienen musste. Sie konnte sie gar nicht richtig ansehen, sonst hätte sie vor Verzweiflung womöglich zu heulen angefangen, so allerliebst sahen sie mit ihren bunten Kleidern und der Schminke im Gesicht aus. Nicht einmal verschütteter Tee, ein zerbrochenes Saftglas und der Lärm konnten daran etwas ändern.

Sie war über sich selber entsetzt, denn es erging ihr genauso wie Lore. In Zukunft verstand sie es einzurichten, dass die Braunerin oder eine der anderen Kellnerinnen Gäste mit Kindern bediente.

Aber eine Lösung ihres Problems war es natürlich nicht. Obwohl sie die Idee, eben ohne Kinder mit Lorenz glücklich zu sein, durchgespielt hatte. Sie könnte sogar zurückgehen in die Bank. Und da erkannte sie, dass ihr diese Möglichkeit nun überhaupt nicht mehr erstrebenswert erschien. Tatsächlich, sie hatte sich sehr an die vielfältigen Aufgaben und Anforderungen des „Hirschen“ gewöhnt.

Also, nächste Möglichkeit, die auch recht greifbar wurde: Mutt erzählte eines Tages freudestrahlend, Gudrun erwarte ihr zweites Baby. „Ein bisserl früh nach dem ersten ist das schon, aber na ja, sie hat es sich halt so gewünscht. Mindestens drei Kinder will sie haben, sagt die Gudrun, weil sie selber es gar nicht schön gefunden hat, als Einzelkind aufzuwachsen.“

Evi presste die Lippen zusammen, wollte es gar nicht hören. Aber immerhin, überlegte sie, eines dieser drei Kinder könnte dann später einmal den „Hirschen“ übernehmen.

Verdammt noch mal, wenn sie doch nur ein eigenes Baby haben könnte. Womit sie wieder an eine künstliche Befruchtung dachte. Kurz entschlossen ging Evi zum Arzt und ließ sich über diese Möglichkeit informieren.

Sie kam eher niedergeschlagen zurück. Im Grunde genommen war es doch so, wie es Lore erzählt hatte. Die Erfolgsaussichten waren nicht überwältigend, vor allem würden wahrscheinlich mehrere Versuche nötig sein. Nur in zwanzig Prozent der Fälle komme es gleich zu einer Schwangerschaft, erklärte der Arzt. Eine vorherige Hormonbehandlung könne dabei jedoch helfen. Und was den Samenspender anging, da müsse sie gar keine Angst haben. Es sei heute möglich, einen auszusuchen, der ihrem Mann, denn verheiratet müsse sie sein, in Gestalt und Haarfarbe und dergleichen ganz ähnlich sehe. „Ja, aber wie ist das mit Persönlichkeit und Charakter?", fragte Evi. „Ständig gibt es neue Erkenntnisse, dass alle Eigenschaften und Veranlagungen eines Menschen genetisch bestimmt werden. Wie soll man da den richtigen Samenspender finden?"

Der Arzt lächelte beruhigend. „Oh, Sie können ganz sicher sein, dass man nur, wie soll ich sagen, ganz gesunde Männer und solche, die eben ordentlich und auch recht intelligent sind, als Samenspender zulässt."

„Hm. Wie soll das denn geprüft werden?"

„Das weiß man, da können Sie ganz sicher sein. Ein Student könnte zum Beispiel so ein Samenspender sein und dann weiß man auch, was er studiert und so weiter. Das ist gar kein so großes Problem."

Das sah Evi nun aber ganz anders. Sie fand, es wäre das größte Problem überhaupt, was nützte ihr am Ende ein Mathematikgenie, wenn sie doch ein Kind haben wollte, das einmal den „Hirschen" übernahm? Und dann fiel ihr siedendheiß ein, dass sie einmal von einem Fall künstlicher Befruchtung gelesen hatte, wo Zwillinge auf die Welt gekommen waren und eines dieser Kinder war schwarz. Man stelle sich vor, sie bekäme Zwillinge oder gar Drillinge, was durch die Hormonbehandlung nicht auszuschließen war, und eines davon womöglich schwarz oder ein halber Chinese? Und das in Irzing, in Niederbayern. Nicht auszudenken!

Der Arzt lachte dazu. „Aber nein, davor brauchen Sie keine Angst haben. So etwas ist bei uns völlig ausgeschlossen. Gemeinsam können wir sicher den richtigen Vater für ihr Kind aussuchen."

Am Ende hatte er sie beinahe überzeugt und sie war entschlossen diesen Weg zu gehen. Sie besprach sich mit Lorenz, der sich damit einverstanden erklärte.

„Also dann! Dann müssen wir erst einmal heiraten", stellte Evi fest. „Wann heiraten wir?"

Lorenz zuckte die Achsel. „Von mir aus morgen."

„Ich wollte, das wäre möglich!" Nun, wo sie sich entschieden hatte, konnte es Evi nicht schnell genug gehen. „Wir müssen das Aufgebot bestellen und dann? Heiraten wir auch kirchlich, was meinst du?"

„Ja, von mir aus. Deine Oma dürfte mit einer standesamtlichen Hochzeit allein nicht einverstanden sein."

„Das fürchte ich auch. Also, in ein paar Wochen ist Ostern, da geht es nicht, zu viel Arbeit, dann haben wir nacheinander zwei Hochzeiten von Dorfleuten und noch drei von Auswärtigen. Nach Pfingsten oder besser im Frühsommer, da könnten wir heiraten." Sie sah ihn fragend an.

„Abgemacht. Heiraten wir im Juni oder Juli."

„Wie stellst du dir die Hochzeit vor? Großes Trara?"

Lorenz schüttelte sich. „Um Gottes willen. Du und ich und zwei Trauzeugen, aus."

„Nein, ein paar Leute mehr schon! Eltern und Geschwister zum Beispiel, Freunde und Freundinnen."

„Onkel und Tanten und Cousinen und Nachbarn. Um Gottes Willen, nein. Wir machen nur eine Feier im kleinen Kreis, meinst du nicht?"

Trotzdem gab es viel darüber zu besprechen und das Thema war so angenehm, dass sie sich oft und gern darüber unterhielten. Wogegen Evi das Thema Kinder energisch beiseite schob. Daran wollte sie bis nach der Hochzeit nicht mehr denken.

Was sich nicht ganz verwirklichen ließ. Wie es der Teufel manchmal so einrichtet, diskutierte ausgerechnet am nächsten Sonntag, vormittags beim Frühschoppen, eine Gruppe von Bauern nach dem Kirchgang lautstark über künstliche Befruchtung. Bei Kühen, versteht sich.

„Fünfe hab ich in der letzten Zeit besamen lassen, bei einer war es das erste Mal, zwei sind nachbesamt worden, bei einer war es sogar schon das zweite Mal. Die Tierärzte vedienen sich eine goldene Nase heutzutage mit dieser ganzen künstlichen Befruchtung. Wenn ein gekörter Stier nicht so teuer wär, brauchen kannst ihn auch nur ein paar Jahre, weil du dann schon seine Nachzucht im Stall hast, ich glaube, ich würde mir einen kaufen."

Ein anderer schüttelte warnend den Kopf. „Ein Stier, schön und gut, aber es geht ja nicht nur um den Kaufpreis. Er rentiert sich nicht, das sag ich dir. Extra halten musst ihn, füttern musst ihn, weiterverkaufen kannst ihn wahrscheinlich nur mit Verlust. Und wenn es nicht ein ganz guter ist, bist du mit den Besamungen sowieso besser dran, denn da kannst dir deinen Spitzenvererber aussuchen."

Ein paar nickten. Ein anderer wandte ein: „Aber ein Kreuz ist es doch mit den Besamungen. Weil es so oft nicht hinhaut und dann zahlst zwei- oder dreimal. Ist es nicht wahr?"

„Und das mit den Spitzenvererbern, da erlebst du

auch dein blaues Wunder. Erst letztes Jahr hab ich eine junge Kuh nach dem ersten Kalb zum Metzger schicken müssen, weil sich das Luder einfach nicht melken lassen hat. Ausgeschlagen hat sie mit dem Schwanz und mit den Haxen. Und wie sie dann auch noch meine Frau am Wadl erwischt hat und ihr einen mordsmäßigen blauen Fleck verpasst hat, haben wir beschlossen, die kommt zum Metzger. Dabei wäre sie in der Milchleistung nicht einmal schlecht gewesen. Aber was willst machen, mit so einem spinnerten Viech kannst auf die Dauer nicht umgehen."

Ein über 80-jähriger Altbauer meldete sich zu Wort. „So heikle Viecher hat es immer schon gegeben. Da kann man nichts machen. Aber wo wären wir heute mit der Milchleistung, wenn es nicht die künstliche Besamung gäbe? Das ist die einzige Möglichkeit, dass sich jeder kleinere Bauer einen Spitzenvererber leisten kann."

Da gerade niemand etwas bestellte, nahm Evi die Gelegenheit wahr, zu verschwinden. Sie hatte wahrlich genug. Zu viele Gemeinsamkeiten zwischen Mensch und Tier in dieser Sache waren ihr aufgefallen und hatten ein äußerst ungutes Gefühl in ihr zurückgelassen.

Da Lorenz und Evi nun ganz offen über ihre baldige Hochzeit redeten, wurden fleißig Pläne geschmiedet. Lorenz sollte seinen Job aufgeben und ganz im Wirtshaus einsteigen. Er war voll guten Willens und wollte deshalb vor allem seine Kochkenntnisse erweitern. Als er von einem viel gelobten vierwöchigen Fischkochkurs bei einem Sternekoch erfuhr, meldete er sich an.

„Ach du liebe Zeit!", jammerte Evi. „Vier Wochen

lang bist du weg und wir können uns nicht einmal am Wochenende sehen. Wie wäre es, soll ich jeweils am Montag und Dienstag zu dir kommen? An den Ruhetagen könnte ich es mir einrichten."

„Viel Sinn hätte es nicht. In dem Kurs gibt es keine Ruhetage. Warten wir einmal ab. Wir telefonieren jeden Tag miteinander, vielleicht ergibt sich was."

Evi verabschiedete sich schweren Herzens von Lorenz, beschloss aber sofort, die Zeit ohne ihn weidlich auszunutzen und sich mit allen alten Freundinnen zu treffen, oft ins Kino zu gehen, wozu sie in letzter Zeit kaum gekommen war, und überhaupt alles zu unternehmen, was ihr nur einfiel.

Sie besuchte Gaby, bemühte sich nach Kräften, angesichts von deren Sohn Gleichmut zu bewahren und verlor sie, als die Freundin ihr gestand, in acht Monaten ihr zweites Kind zu bekommen. Verdammt. Den nächsten Besuch bei Gaby verschob sie immer wieder.

Im Übrigen stellte sie zu ihrem Erstaunen fest, dass das ungebundene Junggesellinnenleben, das sie früher so geschätzt hatte, auch nicht mehr so viel Reiz hatte. Schon nach einer knappen Woche sehnte sie sich nach Lorenz.

An diesem Sonntag fand nach der Messe eine Taufe statt und danach kam die Familie samt einer Schar Verwandter in den „Hirschen" zum Feiern. Der Pfarrer und Babette waren mit eingeladen und ließen es sich wohl ergehen. Evi ließ sich bei der Taufgesellschaft kurz sehen, erkundigte sich, ob alles zu ihrer Zufriedenheit wäre, das Essen geschmeckt hätte, und wollte gerade wieder verschwinden, als sie Babette sagen hörte: „Ja ganz schlecht soll's ihm gehen, dem Wirt von Wurzbach. Den Krebs hat er halt. Seine Kinder, heißt es, sind alle da, weil's jeden Tag zu Ende gehen kann mit ihm. Sogar der jüngere Sohn, der in München Bankangestellter ist, der ist auch gekommen."

Christian? Evi blieb, bewunderte den Täufling, der in der Kirche so brav gewesen war und nun sogar angesichts der lauten Gespräche selig schlief, und spitzte die Ohren.

Aber Babette war zu anderen Fällen von Krebs übergewechselt.

Christian war also da. Evi schüttelte den Kopf, als wolle sie die Erinnerungen, die sie ungebeten überfielen, abschütteln.

Tags darauf war Ruhetag und es war ein wundervoller, warmer Frühlingstag. Die Sonne schien, die Bienen summten um die blühenden Obstbäume und Evi hielt es nicht mehr zu Hause. Sie setzte sich in ihren roten Mini und fuhr nach Angerburg hinein zum Bummeln. Und dort, auf dem weitläufigen Parkplatz, kam ihr Christian entgegen.

Er grinste breit. „Hallo, grüß dich, Evi! Freut mich, dass wir uns wieder sehen. Wie geht es dir denn?"

„Grüß dich, Christian. Gut geht's mir, und dir?" Christian sah besser aus denn je, aber, wie Evi erleichtert feststellte, es berührte sie weniger, als sie befürchtet hatte. Was sie sehr wohl fühlte, war die immer noch vorhandene unterschwellige Wut über die Art und Weise, wie er sie damals hintergangen und abserviert hatte.

„Oh, bestens. Ich mach ein paar Tage Urlaub zu Hause. Dann geht's ab nach Frankfurt, da wartet mein neuer Job auf mich", erzählte er stolz.

„Frankfurt? Die Karriere läuft gut, was?"

„Ja, ja, kann man sagen. Sag mal, wie wäre es, trinken wir eine Tasse Kaffee zusammen? Ich lade dich ein."

Evi überlegte. „Keine Zeit. Ich bin auf dem Weg nach Hause. Also du hast es geschafft, du gehst tatsächlich nach Frankfurt."

„Ja. War gar nicht so schwer." Und er erzählte selbstbewusst und von sich überzeugt wie eh und je, wie es zu seinem Karrieresprung gekommen war.

Selbst wenn er so großartig ist, wie er sich einbildet, wie habe ich seine siebengescheite Art jemals ausgehalten, fragte sich Evi ernsthaft, lächelte Christian an und war plötzlich unheimlich froh nicht an ihm hängen geblieben zu sein, sondern Lorenz gefunden zu haben.

„Du siehst gut aus, Evi." Christian sah sie bewundernd an. „Ich hab gar nicht mehr gewusst, wie schön du bist. Hast du einen neuen Freund?"

„Einen Verlobten. Ich werde bald heiraten."

„Da gratuliere ich dir."

„Und wie geht's deiner Frau? Wo ist sie überhaupt?"

„Sie ist nicht mitgekommen. Es wäre ihr zu anstrengend gewesen. Unsere kleine Tochter war gerade etwas verschnupft und die Wohnungsauflösung steht bevor und na ja, sie ist wieder schwanger."

Tiefschlag! Evi hatte Mühe ihr Lächeln zu bewahren. Alle Welt schien momentan schwanger zu sein, außer ihr, verdammt.

Bald danach verabschiedete sich Evi. „War schön, dich zu treffen", formulierte sie und wünschte dabei, sie hätte ihn nicht wieder gesehen.

„Vielleicht laufen wir uns ja noch mal über den Weg, ich bleibe wahrscheinlich noch ein paar Tage. Schade, dass es zum Baden noch zu kalt ist."

„Baden? Unser Freibad ist noch nicht einmal geöffnet."

„Oh, ich hab nicht an das Freibad gedacht. Erinnerst du dich nicht mehr an den Sommer damals? Am Wurzbacher Weiher?" Er zwinkerte ihr zu.

Evi ärgerte sich und antwortete ausgesprochen spöttisch. „Am besten hüpfst du hinein in den Weiher, zur Abkühlung hätte er momentan genau die richtige Temperatur. Wiedersehen, Christian. Mach's gut!"

Evi drehte sich um und ging sehr schnell davon. Sie lächelte vor sich hin, ein wenig aufgedreht von dem Wissen, dass er sie nach wie vor sehr attraktiv fand. Und dann überkam sie eine große Traurigkeit. Christian hatte eine kleine Tochter und würde bald ein weiteres Baby haben. Und sie? Sie hätte heulen können.

Auch der nächste Tag, Dienstag, war ein wunderschöner, warmer Frühlingstag. Evi setzte sich auf ihr Fahrrad und strampelte ohne bestimmten Plan los – und landete am Wurzbacher Weiher.

Sie stellte das Rad ab und umrundete den Weiher zu Fuß. Die Bäume und Büsche trugen helles Frühlingslaub, der Löwenzahn blühte in strahlendem Gelb und auf dem Wasser schwamm ein Wildentenpärchen mit vier flaumigen Küken neben sich.

„Na, hängst du schönen Erinnerungen nach, Evi?" Urplötzlich stand Christian lächelnd neben ihr. War sie nun eigentlich überrascht oder doch nicht so sehr?, fragte sich Evi.

„Christian, Mensch, hast du mich erschreckt. Nein, ich hänge keinen Erinnerungen nach. Ich genieße den schönen Frühlingstag, das ist alles."

„Aha. Ich jedenfalls denke gern an unseren Sommer.“ Er seufzte. „Eigentlich schade, wie alles gekommen ist, findest du nicht?“

„Nein, finde ich nicht. Ist ganz in Ordnung, so wie es ist. Im Übrigen hast du es dir selber zuzuschreiben, dass alles so gelaufen ist.“

„Ja, ich weiß. Es ist halt passiert.“ Er zuckte mit den Schultern. „Aber, verstehst du, als Nicole schwanger wurde, konnte ich sie nicht im Stich lassen.“

„Finde ich auch. Ein sympathischer Zug an dir, dass du so denkst. Und alles hat sich bestens entwickelt. Du bist Familienvater geworden.“ Evi lächelte ihm zu.

„Ja, es ging verdammt schnell. Wer hätte das damals gedacht?“

„Bleibst du noch länger daheim?“

Er erzählte von der schweren Krankheit seines Vaters. Es zeichne sich nun aber eine Besserung ab und er müsse auf alle Fälle nächste Woche nach Frankfurt und seine neue Stelle antreten. „Am Wochenende geht's zurück nach München. Der Umzug macht eine Menge Arbeit.“

Evi hielt ihm die Hand hin. „Ich wünsch dir alles Gute in deiner neuen Stellung und überhaupt, Christian. Servus.“

Er nahm ihre Hand und hielt sie fest. „Danke. Aber müssen wir uns denn schon verabschieden? Ich bin noch ein paar Tage da. Treffen wir uns doch morgen wieder hier? Wer weiß, ob wir uns jemals im Leben wieder sehen.“

Evi schüttelte den Kopf. „Ich hab morgen keine Zeit.“

„Dann eben übermorgen, wie wär's?“

Evi schüttelte wieder den Kopf. „Kaum. Wozu auch? Die Vergangenheit aufwärmen?“

„Aus alter Freundschaft. Wir sind doch Freunde, oder? Du bist nicht mehr sauer auf mich?“

„Nein, ich bin nicht sauer auf dich. Ich glaube, es war gut, wie alles gekommen ist“, antwortete Evi ganz ruhig.

„Ach! Dein neuer Freund ist wohl dein Traummann?“, fragte Christian spöttisch.

Evi erwiderte in vollem Ernst. „Das könnte man sagen, ja.“

Christian hob entwaffnet die Hände hoch. „Na dann! Trotzdem, ich komme in den nächsten Tagen nachmittags bestimmt hier vorbei, ich muss einfach raus, sonst fällt mir zu Hause die Decke auf den Kopf.“

„Das kann ich verstehen. Aber ich glaube nicht, dass ich in den nächsten Tagen Zeit habe. Also, Christian, servus, mach's gut!“

„Auf Wiedersehen, Evi“, wünschte sich Christian. „Und falls wir uns wirklich nicht mehr sehen morgen oder am Donnerstag: alles Gute mit deinem Traummann.“

Evi wendete sich entschlossen ab und ging mit schnellen Schritten auf ihr Fahrrad zu. Christian blieb am Weiher stehen und sah ihr nach.

Evi blickte nicht zurück. Donnerstag? Donnerstag hatte er gesagt. Das war wieder einmal der Tag des Monats, an dem sie am wahrscheinlichsten schwanger werden könnte. Und wieder würde er nutzlos vorübergehen. Oder? Eine Idee schoss ihr blitzartig durch den Kopf, um im selben Moment, aus Entsetzen, dass sie an so etwas überhaupt denken konnte, verworfen zu werden. Unmöglich! Völlig unmöglich. Wie konnte sie nur auf einen solchen Gedanken verfallen. Völlig ausgeschlossen. Unmöglich. Evi trat heftig in die Pedale. Sie musste sich das aus dem Kopf schlagen.

Aber das gelang ihr nicht. Genau genommen konnte sie an gar nichts anderes mehr denken. Sie fuhr ganz mechanisch nach Hause und tat geistesabwesend ihre Arbeit. Oft starrte sie in die Luft, völlig gefangen genommen von dieser Idee.

Nein, das konnte sie Lorenz nicht antun. Oder tat sie ihm gar nichts so Schlimmes damit an? Lorenz wollte Kinder haben, wie sie selber auch. Also! Mach dir doch nichts vor, Evi, sagte sie zu sich selber. Deshalb wär er noch lange nicht damit einverstanden, dass dieses Kind von deinem Verflossenen ist! Und wenn er es nicht erfuhr? Nein, nein, das kam nun wirklich nicht in Frage. Nicht auch noch mit einer Lüge leben! Aber vielleicht sähe er ein, wie beruhigend es für sie wäre, ein Kind von einem Mann zu bekommen, den sie kannte. Und Christian war kein schlechter Kerl, stammte aus einer anständigen, angesehenen Familie.

Evi fiel eine Menge Positives über Christian ein. Zweifellos, fand sie, wäre es besser, von ihm ein Kind zu bekommen, als von irgendeinem völlig Unbekannten. Ob Lorenz das einsehen könnte? Und niemand würde je erfahren, dass nicht er der Vater des Kindes wäre. Das müsste ihm doch gefallen, oder?

Aber wenn Lorenz ganz anders dachte und sie verließ? Hochzeit abgeblasen? Konnte sie das ertragen? Musste sie sich im Grunde entscheiden zwischen einem eigenen Kind und Lorenz?

Evi konnte sich nicht entscheiden. Die eine Stunde dachte sie: Ich tu's, ich will endlich ein Baby! Und in der nächsten Stunde wieder: Nein, unmöglich, das kann ich Lorenz nicht antun.

Am Mittwoch hoffte sie, das Wetter wäre am nächsten Tag so schlecht, dass sie sowieso nicht zum Weiher hinführe, oder es gäbe so viel Arbeit, dass sie keine Zeit hätte.

Der Donnerstag war ein strahlend schoner Tag. Kein Wölkchen ließ sich am Himmel sehen. Und zu Mittag fand sich nur eine kleine Schar Gäste ein. Sie hatte Zeit für einen kleinen Ausflug.

Evi holte das Rad. Sie fuhr sehr langsam. Vielleicht konnte Christian gar nicht kommen? Oder es waren viele Leute am Weiher? Sollte der Zufall entscheiden?

Christian war da. Sie sah ihn schon vom Weg her. Niemand sonst war unterwegs. Nicht ein einziger Bauer auf den Feldern rundherum war zu sehen.

Evi fuhr im Schneckentempo auf ihn zu.

Er grinste breit, als sie ankam. „Hallo, Evi. Was ist? Hast du Probleme? Du schaust so ernst."

„Wer hat keine Probleme. Als Kind stellt man sich vor, Erwachsensein wäre wunderbar, ganz toll. Und in Wirklichkeit gibt's ständig irgendwelche Konflikte, man muss sich für irgendetwas entscheiden: Mach ich es oder mach ich es nicht?"

„Was immer es ist, Evi: Mach es! Risikobereitschaft, verstehst du? Ohne die kommt man nicht vorwärts im Leben", riet Christian seiner eigenen Philosophie gemäß. „Und später bereut man am meisten die Chancen, die man nicht genutzt hat."

„Ja! Du hast sicher Recht. Los, wir fahren ein Stück, damit ich auf andere Gedanken komme", entschied Evi lachend und schwang sich aufs Fahrrad.

Sie radelte in irrem Tempo los, Christian hinterher, bestrebt sie einzuholen. Völlig außer Atem kamen sie an dem alten Schuppen an. Das Tor hing noch immer schief in den Angeln.

„Sag mal, steht da immer noch der Wohnwagen von deinem Bruder drin?"

„Ja sicher, ich denke schon. Schaun wir nach?" Ein wenig verwundert blickte er sie fragend an.

„Ja. Schaun wir nach."

Evi stellte ihr Rad unter einen Holunderbusch und marschierte durch eine Menge junger Brennnesseln auf das Tor zu. Christian folgte. Wie schon einmal hob er das Schiebetor an und sie schlüpften hinein.

Viel später kam Evi als Erste wieder heraus. Sie eilte zu ihrem Rad und setzte sich darauf. Christian erschien gemächlicher. „Nun warte doch!"

„Nein. Ich bin furchtbar spät dran! Servus." Und weg war sie. Sie radelte, so rasch sie nur konnte.

So, das war es also. Sie würde Christian nicht wieder sehen, wahrscheinlich nie mehr in ihrem Leben.

Ob es geklappt hatte? Die Frage schlechthin. Bis Lorenz von dem Kochkurs zurückkam, würde sie es wissen. Sie wusste kaum, wie sie die Zeit bis dahin überstehen sollte. Ihre Nervosität fiel vor allem Omi auf. „Also nein, nein. Das ist in einer Woche die zweite Tasse, die du zerdeppert hast. Musst schon arg Zeitlang haben nach dem Lorenz, dass du gar so fahrig bist."

Evi ließ sie in ihrem Glauben. Dann waren zwei Wochen vorbei und sie konnte den Schwangerschaftstest machen, zitternd vor Erwartung. Er war positiv! Sie war also schwanger. In etwa neun Monaten würde sie endlich ein Baby bekommen. Evi hüpfte zuerst vor Begeisterung, legte sich anschließend selig lächelnd ins Bett, umarmte Lorenz' Kopfkissen und träumte von ihrem Kind.

Lorenz? Ich werde es ihm erklären und er wird es verstehen, ganz sicher, beruhigte sie sich, soweit sie in ihrer Freude überhaupt daran dachte. Das Glücksgefühl überwog alles andere. Sie hätte die ganze Welt umarmen mögen, so selig war sie. Omi interpretierte: „Bist du auf einmal gut drauf. Weil der Lorenz bald wiederkommt, gelt? Jung und verliebt müsste man sein!"

Und schwanger, hätte Evi am liebsten hinzugefügt. Aber nein, zuerst, fand sie, musste es Lorenz erfahren.

Evi stand am Fenster und spähte die Straße entlang. Er kam sogar früher, als er es angekündigt hatte. Sie rannte zur Haustür.

Lorenz hatte eben ordentlich unter dem Vordach eingeparkt. Er sah sie und sie liefen aufeinander zu.

„Lorenz, endlich!"

Sie umarmten sich, küssten sich wohl auch kurz, da erschienen schon die restlichen Familienmitglieder aus dem Hausflur.

Alle lächelten breit, sogar Mutt. „So, bist wieder da. Wie war's denn dann auf dem Kurs? Hast viel Neues gelernt?"

Lorenz grinste glücklich. „Wunderbar war's. Hat sich echt rentiert, dass ich den mitgemacht habe."

„So. Ja, dann ist's recht", antwortete Omi und fügte gleich hinzu: „Aber jetzt sind wir froh, dass du wieder da bist."

„Erzähl, Lorenz. Wie war's in dem Sternelokal?"

Sie gingen gemeinsam in die große Wirtsküche hinein und Lorenz musste berichten, von den Rezepten, die er gelernt hatte, und von den Gepflogenheiten, die er dort kennen gelernt hatte. Alles hörte interessiert zu, die Braunerin tauchte aus der Gaststube auf und die

Babette war ganz zufällig anwesend, wie fast immer, wenn irgendwo in Irzing was los war.

Nachdem sie einige Zeit nur zugehört hatte, fragte sie: „Was? Lauter Fische sind da gekocht worden, wo du warst?“

„Ja, Babette. Das war eben ein spezieller Fischkochkurs, an dem der Lorenz da teilgenommen hat“, klärte die Omi sie auf.

Babette spitzte die Lippen, überlegte einen Moment. „So! Um lauter – Fisch’ ist es da gegangen. Ah ja, es gibt Leut, die mögen die Fisch’, gelt, die mögen die! Aber mir ist ein Schweinsbraten mit Knödel schon lieber.“

Lorenz lachte gutmütig. „Ich kenne jetzt Fischgerichte, die schmecken mindestens so gut wie ein Schweinsbraten, Babette.“

Babette sah ihn äußerst zweifelnd an. „Aber die wirst du doch nicht gleich heute ausprobieren, oder? Heute ist ja nicht einmal ein Freitag.“

Vati lachte dröhnend. „So ist es recht, Babette. Wir zwei passen zusammen. Es geht nix über einen guten Schweinsbraten mit Knödel und Kraut. Und den machen wir jetzt.“

„Und für euch zwei“, wandte sich Omi an Evi und Lorenz, „hab ich oben einen Kaffee und eine Brotzeit hergerichtet. Wirst müd sein von der langen Fahrt, gelt, Lorenz?“

„Ein Kaffee, ja, das ist jetzt genau das Richtige, danke schön.“

Evi und Lorenz verschwanden Hand in Hand, die anderen begannen mit den Vorbereitungen für den abendlichen Betrieb.

Oben in der Wohnküche saßen Evi und Lorenz eng

aneinander geschmiegt auf der Eckbank und Lorenz berichtete begeistert von seinen neuen Erfahrungen und wie man einiges davon auch im „Hirschen“ umsetzen könnte.

Evi hörte zu, wurde im Laufe des Gesprächs immer stiller. Auch Lorenz’ anfänglich fast aufgedrehtes Berichten wurde ruhiger. Schließlich saßen sie, mit verschlungenen Händen, fast schweigend nebeneinander.

Wie fange ich es nur an, wie sage ich es ihm, damit er es versteht? In Evi wuchs die Bangigkeit, das Herz klopfte ihr immer lauter und härter in der Brust.

Schließlich stellte Lorenz die Frage: „Und wie war’s bei dir? Irgendwas Weltbewegendes los gewesen in Irzing?“

Evi musste antworten. Alles andere wäre feige und sie wollte nicht feige sein.

„In Irzing? Nein, nicht dass ich wüsste. Beim Bruckenbauern geben sie die Milchkühe auf und verlegen sich auf Ferkelerzeugung, das habe ich dir am Telefon bereits erzählt, nicht?“

Er nickte, streichelte ihre Wange.

Evi fing seine Hand ein, rückte ein kleines Stück von ihm ab und sah ihm direkt in die Augen.

Nur nicht zu feige sein, jetzt. „Aber, also, es gibt schon etwas weltbewegend Wichtiges, für uns beide wichtig: Ich, … also, … ich bin schwanger!“

Lorenz sah sie erst nur sehr erstaunt an, dann wuchs langsam ein kleines Lächeln in seinen Zügen. „Schwanger? Warst du beim Arzt? Aber ohne Trauschein …?“ Sein Lächeln verschwand wieder, denn Evi blieb ernst.

Sie schluckte, antwortete dann: „Nein, ich war nicht beim Arzt. Ich …“

„Ist es einfach so passiert? Vor sechs Wochen?"

„Nein. Vor zwei Wochen."

Seine Finger verloren die Kraft die ihren festzuhalten, er zog seine Hände zurück. In seinem Gesicht lagen Zweifel und Bestürzung. „Willst du damit sagen, du bist … mit einem anderen?"

„Ja." Endlich war es gestanden. Es war eine Erleichterung für Evi. „Ja. Ich bin schwanger von einem anderen."

Er starrte sie an, schüttelte langsam den Kopf, sprach sehr leise. „Das ist nicht wahr. Es kann einfach nicht wahr sein!"

„Doch, es ist so. Du weißt doch, dass ich mir nichts sehnlicher wünsche als ein Baby. Und du wünscht dir auch eins. Und schau mal, es ist doch nun einmal so, dass wir beide zusammen keines bekommen könnten. Und diese blöde künstliche Befruchtung, glaubst du, das ist so eine angenehme Prozedur? Wie eine Kuh, die besamt wird. Ich würde es auf mich nehmen, wenn ich damit ein Kind von dir bekommen könnte, aber so …! Es wäre nicht dein Kind! Glaube mir, nichts wäre mir lieber als ein Kind von dir. Aber ich will kein Kind von einem mir völlig unbekannten Samenspender. Jeden Tag kann man in der Zeitung lesen, dass für alles, was ein Mensch ist und wird, die Erbanlagen entscheidend wichtig sind. Und da soll ich ein Kind von einem mir völlig Fremden bekommen? Gott allein weiß, was das für einer ist. Es kann ein anständiger Mensch sein, aber genauso gut ein heimlicher Krimineller oder ein siebengescheiter Hanswurst, der sich einbildet, seine Anlagen sind die tollsten überhaupt, und deshalb überhaupt zum Samenspenden geht. Womöglich wäre mir derjenige total unsympathisch, ich könnte ihn, stünde ich vor ihm, nicht ausstehen. Und von so einem soll ich womöglich ein Kind bekommen? Nein! Ich will ein Kind, von jemand, den ich kenne, der mir grundsätzlich sympathisch ist. Verstehst du das?“

Lorenz war unwillkürlich von ihr abgerückt. Er nickte ganz langsam zweimal mit schmalen Lippen, antwortete mit einer Gegenfrage. „Und du hast so jemanden gefunden, der dir sympathisch ist und im Gegensatz zu mir zeugungsfähig, nicht wahr?“ Aufs Äußerste verletzt und wütend fuhr er fort. „Warum sagst du mir das erst jetzt? Warum nicht schon telefonisch? Dann wäre ich erst gar nicht mehr hierher gefahren. Was sollte denn das? Die“, er lachte spöttisch auf, „herzliche Begrüßung der ganzen Familie?“

„Aber Lorenz“, fiel ihm Evi ins Wort, „ich will nicht, dass du gehst. Dieses Kind ist nicht nur mein Kind, es soll auch deines sein. Ich hab das auch für dich gemacht, verstehst du?“

„Du musst verrückt geworden sein! Für mich?! Und was ist mit dem anderen, mit dem Erzeuger dieses Kindes?“

„Nichts, was soll sein? Er weiß es nicht, er ahnt nicht einmal etwas. Als wenn sich jemals einer von euch Männern groß Gedanken machen würde über Kinder, die beim Sex möglicherweise gezeugt werden. Das ist doch immer noch in erster Linie das Problem von uns Frauen.“

„Ha! In dem Fall war das ja ganz praktisch für dich!“

„Ja! Lorenz, …“

„Wer war es?“

Evi zögerte, versuchte sich verzweifelt verständlich zu machen. „Christian.“ Sie redete schnell weiter. „Weißt du, es war einfach ein unglaublicher Zufall. Er lebt nicht mehr hier, war nur für ein paar Tage da. Er zieht weit weg mit seiner Frau und seiner Tochter, nach Frankfurt. Er wird nie erfahren, dass es sein Kind ist. Und ich habe ihn zum absolut idealen Zeitpunkt wieder getroffen. Das kam mir vor wie ein Wink des Schicksals, verstehst du? Außerdem, niemand hat es mitgekriegt. Alle werden glauben, es ist deines.“

„Dafür soll ich mich wohl jetzt auch noch bei dir bedanken, was?“

„Nein. Es würde genügen, wenn du für meine Motive Verständnis hättest.“

„Verständnis!“ Er lachte bitter auf. „Meinst du nicht, das ist etwas viel verlangt?“

Evi zuckte mit den Schultern. „Ich hatte darauf gehofft.“

„Wie kannst du nur! Du gehst mit deinem betrauerten, geliebten Christian ins Bett und ich soll mich darüber freuen? Ich hoffe, es hat Spaß gemacht!“, fuhr er sie fauchend an.

Evi schaute überrascht. „Spaß? Nein, also ich weiß es nicht. Keine Ahnung. Ich habe die ganze Zeit eigentlich an nichts anderes gedacht, als dass ich hoffentlich endlich schwanger werde.“

„Na, jetzt bist du es ja! Und ich kann gehen. Mich brauchst du ja wohl nicht mehr.“

„Lorenz, sei nicht so verdammt blöd. Ich will dich bis zum Ende meiner Tage. Daran hat sich nichts geändert. Ich habe auch nicht die mindeste Lust auf irgendeinen anderen Mann. Ich werde dir mein Leben lang treu sein, ich schwöre es. Dieses eine Mal, das war einzig und allein um schwanger zu werden. Versteh das doch!“

„Nein. Ich verstehe es nicht, beim besten Willen nicht. Das kannst du doch nicht im Ernst angenommen haben?“

„Doch. Hab ich. Aber, ich habe mir auch überlegt: Wenn du es nicht kapierst, dann soll es eben so sein! Dieses Kind ist mir unendlich wichtig. Ich will es bekommen. Und wenn ich dich dabei verliere, verdammt noch mal, dann werde ich damit fertig werden, wie tausende andere Frauen auch, die nicht verheiratet sind und doch ein Kind bekommen. Und wenn du dich entscheiden solltest bei mir zu bleiben, und es gibt nichts, was ich mir mehr wünsche, dann werde ich mir aber niemals auch nur die geringsten Vorwürfe von dir machen lassen, das lass dir gesagt sein! Es war meine Entscheidung und ich stehe dazu. Was ich getan habe, war richtig und damit basta, verstehst du?“

„Alles klar, sonnenklar.“ Er sah sie noch einmal an, drehte sich um und ging.

Evi wollte schreien vor Verzweiflung, ihn zurückrufen, aber kein Laut kam aus ihrem Mund. Sie starrte auf die Tür, die sich hinter ihm schloss, hörte ihn eilig die Treppe hinunterpoltern. Die Haustüre fiel laut zu.

Er war gegangen. Sein roter Kombi fuhr aus dem Hof auf die Dorfstraße und davon. Unglaublich. Wie konnte er so wenig Verständnis für ihre Handlungsweise haben? Sie hatte es doch auch für ihn getan!

Evi stand am Fenster ihres Zimmers im Dachgeschoss des Wirtshauses und sah dem sich rasch entfernenden roten Auto beharrlich nach. Lorenz musste sich doch noch eines Besseren besinnen, er musste sie doch genug lieben und umkehren und zu ihr zurückkommen. Aber der rote Kombi wurde durch die Entfernung immer kleiner und verschwand schließlich hinter den Häusern.

Er war weg! Aus dem Haus gelaufen ohne lange zu überlegen. Schöne Bescherung, dachte Evi. Ein Kloß bildete sich in ihrem Hals. Nein, nur nicht heulen. Das war gar nicht ihre Art. Noch dazu wegen eines Mannes. Wenn sich die Gefühle für den einen abkühlten, so war das nie ein Problem für Evi gewesen. Es wartete unweigerlich bereits der Nächste, der sie für sich gewinnen wollte. Sie würde einen Anderen finden!

Aber, erkannte sie und der Kloß in ihrer Kehle wurde immer größer, so dass sie kaum noch schlucken konnte, sie wollte keinen anderen, wahrhaftig nicht. Es war eine Erkenntnis, die sie mit Erstaunen in sich aufsteigen fühlte, und eine, die sie erschreckte. Kein anderer mehr, der ihr etwas bedeuten könnte? Warum ausgerechnet Lorenz?

Warum hatte ausgerechnet er kein Verständnis?

Sie wollte an diesem Tag niemanden mehr sehen, nicht einmal Omi, die ihr sofort anmerken würde, dass etwas nicht in Ordnung war. Was sollte sie überhaupt der Familie erzählen? Lorenz war keine zwei Stunden zurück gewesen und nun sang- und klanglos verschwunden. Er hatte sich nicht einmal die Zeit genommen, seine Sachen mitzunehmen. Sogar seine geliebten Angelruten lagen noch unter der Treppe zum Dachboden.

Grübelnd verkroch sich Evi in ihr Zimmer. Wenn Manfred nicht nach Passau geheiratet hätte, wäre sicher alles anders gekommen. Oder? War ihre kompromisslose Entscheidung für das Baby richtig gewesen? Egal, stellte sie fest. Sie musste mit der Situation fertig werden. Und sie würde es! Zum Teufel mit sämtlichen Männern auf der ganzen, weiten Welt, sie würde es auch ohne schaffen, sowohl ihr Kind zu erziehen wie auch das Wirtshaus „Zum Weißen Hirschen" erfolgreich zu führen. Jawohl!

Sie schluckte ein paar Mal und blinzelte, damit nur ja keine Träne kam, und schlief irgendwann ein.

Ungewöhnlich früh war sie wieder wach und stand entschlossen auf. Lieber wollte sie an die Arbeit gehen, als ständig zu grübeln.

Omi war bereits dabei, das Frühstück für die Familie zu richten. „Morgen, Evi."

„Morgen, Omi."

„Bist aber früh auf heute."

„Ich hab auch eine Menge vor heute. Die Hochzeit am Samstag, da ist eine Menge vorzubereiten."

„Hm. Sag mal, Evi …"

Der Eintritt von Mutt und Vati unterbrach Omis Frage.

Mutt sah sich um, richtete ihren Blick auf Evi. „Was ist denn mit dem Lorenz? Der ist gestern so schnell wieder davongefahren und noch nicht wieder da?“

Evi schluckte erst einmal und versuchte möglichst gleichmütig zu antworten. „Er ist bei sich zu Hause.“

„Und wann kommt er wieder?“ Langsam wurde Mutt misstrauisch.

Evi sah in ihre Kaffeetasse, als gäbe es da etwas Besonderes zu entdecken. „Hm. Weiß ich nicht.“

„Ah!“ Mutt beäugte ihre Tochter mit kritischer Aufmerksamkeit. „Habt ihr gestritten?“

„Könnte man sagen.“

Mutt wollte es genau wissen. „So, und um …“

Omi kam, wie stets, ihrer Enkelin zu Hilfe. „So ist das halt. Es gibt einmal einen Streit und dann versöhnt man sich wieder. Was für Gemüse muss ich denn heute putzen?“

Unter den Wimpern hervor warf Evi ihrer Omi einen dankbaren Blick zu.

Mutt schaute Omi mit wissendem Blick an, setzte schon zum Sprechen an und versagte es sich dann doch. Und Vati fing an, tatsächlich über das Gemüse, das heute auf der Speisekarte stehen würde, zu reden, als wäre das etwas Neues und Wissenswertes für Omi.

Es war, als hätten sie ein Abkommen getroffen über die Abwesenheit von Lorenz zu schweigen, wenn Evi dabei war.

Mutt drückte die Neugierde arg. „Sag einmal“, wollte sie von Omi wissen, als Evi gerade draußen in der Wirtsstube war, „hast du gar keine Ahnung, was los war zwischen den beiden? Dir sagt die Evi doch sonst alles. Ihr seid immer schon ein Herz und eine Seele gewesen, ihr zwei.“

Omi schüttelte bekümmert den Kopf. „Diesmal hat sie mir nichts anvertraut. Aber es ist schlimm, ich spür das!"

„Wäre ja auch zu schön gewesen. Es ist doch immer dasselbe mit dem Dirndl. Sie kann einfach nicht bei einem Mannsbild bleiben", wetterte Mutt.

„Tu dem Dirndl nicht Unrecht. Wir wissen schließlich nicht, worum es geht. Zum Streiten gehören immer noch zwei."

„Ah", schnaubte Mutt. „Wo der Lorenz so ein vernünftiger Kerl ist."

„Die Evi ist auch vernünftig!", behauptete Omi kategorisch. „Und überhaupt, egal was für Schwierigkeiten die zwei haben, ich halt zur Evi und dir als Mutter tät das auch nicht schlecht anstehen."

„Jaja, du und die Evi. Ein Herz und eine Seele. Ihr zwei gegen den Rest der Welt."

Omi nickte einfach. „Genau so ist das." Da seufzte Mutt laut und vernehmlich und behielt den Rest ihrer Vorbehalte für sich.

Da sie von Lorenz nichts mehr hörten und sahen, wussten oder ahnten zumindest alle im Haus und so mancher von den Dauergästen, dass es Probleme gab zwischen Evi und ihm. Evi äußerte sich jedoch nicht dazu. Sie sagte immer nur, er wohne momentan bei seinen Eltern. Etwas anderes hätte sie nicht über die Lippen gebracht, denn sie hoffte jeden Tag, er würde sich besinnen und zu ihr zurückkommen.

Mehr als eine Woche verging ohne ein Wort von ihm. Er müsste doch wenigstens noch einmal herfahren, um seine Sachen zu holen, hoffte Evi und meinte, dadurch ergäbe sich noch einmal eine Möglichkeit mit ihm zu sprechen. Etliche Male hatte sie den Hörer des

Telefons in die Hand genommen, begonnen seine Nummer einzutippen, aber jedes Mal wieder aufgelegt. Omi hatte eine dieser Aktionen beobachtet und litt mit Evi.

Lorenz wohnte derweil wieder bei seinen Eltern. Was bedeutete, dass er am Abend, oft erst gegen zehn oder elf Uhr, heimkam, wenige Stunden schlief und früh um drei wieder zur Arbeit ging. „Wenn er bloß sagen würde, was los ist! Er sagt einfach nix, der Bub“, jammerte seine Mutter. „Wahrscheinlich habens’ gestritten, die zwei, oder die Evi hat sich einen anderen angelacht, während der Bub den Kochkurs gemacht hat. Ich weiß es nicht, der Bub sagt mir nix!“

Lorenz redete mit niemanden darüber und wollte auch am liebsten niemanden sehen. Deshalb verbrachte er seine Zeit mutlos grübelnd am Fischweiher. Nicht nur, dass Evi ihn so enorm hintergangen hatte, machte ihm zu schaffen. Dass er keine eigenen Kinder würde haben können, machte ihn mutlos. Welche Frau würde das akzeptieren können? Einmal abgesehen davon, dass er Evi wollte. Aber sie hätte das mit Christian nicht tun dürfen! Und selbst wenn er ihre Beweggründe verstehen konnte, schien es ihm unmöglich, mit ihrer Untreue fertig zu werden. Und wie sollte es ihm möglich sein, das Kind des anderen als sein eigenes zu akzeptieren?

Ein paar Tage später heulte die Feuersirene. Lorenz hatte Überstunden gemacht und rannte los zu seinem Auto. Er war seit Jahren Mitglied der Freiwilligen Feuerwehr Angerburg.

Ein Wohnhaus am Stadtrand brannte. Als die Feuerwehr ankam, schlugen die ersten Flammen durch das Dach, dicke Rauchschwaden stiegen in die Luft. Eine junge Frau schrie völlig aufgelöst nach ihrer kleinen Tochter, die sich noch in der Wohnung befinden musste, schlafend im Kinderzimmer. Nachbarinnen hielten die Frau umklammert, sie wollte unbedingt ins Haus zurück.

Lorenz war dann derjenige, der über die Feuerleiter und das Fenster ins Kinderzimmer einstieg. In diesem Raum brannte es noch nicht, es war aber heiß und bereits verqualmt. Er riss das schlafende kleine Mädchen mitsamt der Decke an sich und rannte zum Fenster zurück. Das Kind schlug die Augen auf, sah ihn, hörte wohl auch das unheimliche Knistern der Flammen und das aufgeregte Geschrei von den vielen Menschen unten und fing an laut zu brüllen und zu strampeln. Lorenz drückte es an sich und sprach mit leiser Stimme beruhigend auf das Mädchen ein. „Na, na, es ist dir nix Schlimmes passiert. Und jetzt gehen wir zu deiner Mama. Deine Mama wartet schon auf dich. Gleich sind wir bei der Mama.“ Als Lorenz gut die Hälfte der Sprossen auf der Leiter nach unten geschafft hatte, beruhigte sich das Mädchen tatsächlich. Sie starrte ihn mit weit aufgerissenen blauen Augen an, Tränen hingen an ihren runden Backen. Er redete weiter auf sie ein, bemühte sich ein freundliches Gesicht zu machen. Da plötzlich verzog sich ihr rundes Kindergesicht zu einem strahlenden Lächeln. Sie sah ihn an, dann irrten ihre Augen ab, sie schaffte es, einen Arm aus der Umklammerung zu ziehen, und streckte ihn aus. Die Mutter der Kleinen stand daraufhin gleich neben ihm und riss ihm halb weinend und halb lachend das Mädchen aus den Armen.

Und Lorenz stand einen langen Moment da, mit leeren, noch ausgestreckten Armen. Dann drangen die lauten Stimmen und Kommandos wieder zu ihm durch, die Löscharbeit ging weiter. Am Ende hatte er sich noch, er wusste nicht wie, eine Brandverletzung am Handgelenk zugezogen. Anfangs bemerkte er sie kaum. Er wurde zum Verarzten geschickt. Als er endlich gehen konnte, war es später Abend, er war hundemüde und ruhiger als seit langem, weil er endlich eine Entscheidung getroffen hatte.

Am nächsten Morgen wartete Omi nervös vor Aufregung mit dem Frühstück auf Evi. Die ging in der Regel abends sehr spät zu Bett und stand dafür immer erst am Vormittag auf. So entlastete sie abends den Vater in der Wirtsstube und musste am Morgen Mutt nicht begegnen.

„Morgen, Evi. Du musst heute gleich die Zeitung lesen."

„Warum?"

„Gebrannt hat es gestern am Nachmittag in Angerburg. Da, schau."

Die Omi legte die Zeitung aufgeschlagen vor sie hin. Ein groß aufgemachter Artikel berichtete mit den Überschriften: Wohnungsbrand durch zündelnde Buben – Feuerwehr rettet dreijähriges Kind. Mehrere Bilder zeigten zudem die qualmenden Fenster, zu denen lange Feuerwehrleitern führten, und Feuerwehrmänner, die diese Leitern hinaufkletterten, oder den Löschvorgang und den Menschenauflauf, den der Brand verursacht hatte.

„Hm. Wo hat es gebrannt? Kennen wir die Leute?"

„Nein, mir ist der Name unbekannt. Aber, weißt du …"

Evi hatte inzwischen begonnen den Artikel zu lesen. „Der Name von den Leuten steht doch gar nicht dabei, nur dass die Buben mit einem Feuerzeug herumgespielt haben und dann die Kissen Feuer gefangen haben. Die Buben“, las sie vor, „versuchten die Flammen mit Schüsseln voller Wasser zu bekämpfen. Erst als der Flur bereits brannte und der Rauch schon in die Küche drang, wurde der Brand von den Eltern bemerkt und sie riefen die Feuerwehr. Den Männern der Freiwilligen Feuerwehr von Angerburg gelang es, die dreijährige Tochter der Familie, die im Kinderzimmer schlief, über eine Feuerleiter in Sicherheit zu bringen. Einer der Feuerwehrmänner erlitt leichte Brandwunden. Mehr steht da nicht.“

Omi lächelte überlegen. „Aber ich weiß alles ganz genau über den Brand. Die Babette war in aller Früh schon bei mir und hat mir alles erzählt.“

„Ach, die Babette! Woher die bloß immer alles weiß“, wunderte sich Evi.

„Von der Schuber Lies natürlich. Die hat außer den Semmeln heut früh auch noch diese Neuigkeiten mitgebracht.“

„Na ja, die armen Eltern tun mir am meisten Leid, müssen die eine Angst gehabt haben um ihre kleine Tochter“, meinte Evi.

„Aber du ahnst ja nicht, was die Babette noch gewusst hat: Der, der die kleine Tochter gerettet hat, was meinst, wer das war?“, fragte Omi atemlos vor Aufregung und beantwortete gleich darauf selbst die Frage. „Der Lorenz war es! Er ist auf die Leiter hinauf ins Kinderzimmer hineingestiegen und hat die Kleine rausgeholt. Die Mutter war völlig aufgelöst vor Verzweiflung, hat die Lies erzählt. Und da, schau dir die Bilder genau an: Der auf der Leiter oben mit dem weißen Bündel in den Armen, das ist der Lorenz. Und da, der Feuerwehrmann, der da neben der Mutter steht, die ihr Kind an sich drückt und von den Sanitätern weggeführt wird, das ist auch der Lorenz."

Evi strengte ihre Augen an, studierte die Bilder ganz genau, aber die schwarzweißen Zeitungsfotos waren so undeutlich, dass man die Gesichter beim besten Willen nicht erkennen konnte. Eine verschwommene Gestalt, nur durch die Uniform als Feuerwehrmann zu identifizieren, stand, mit noch ausgestreckten Armen, neben der Mutter, die ihre Tochter mit beiden Armen fest an sich drückte.

„Weißt du das sicher, Omi?"

„Aber ja. Die Schuber Lies hat es gesagt und die muss es wissen. Außer dem Lorenz sind noch ein, zwei, die in der Bäckerei arbeiten, bei der Freiwilligen Feuerwehr. Die waren auch dabei und haben den Brand heute Morgen in der Backstube natürlich beredet. Und der Lorenz war derjenige, der das kleine Mäderl gerettet hat!", wiederholte sie ganz stolz.

„Hm." Evi wusste ja, Lorenz war Mitglied der Freiwilligen Feuerwehr, und je länger sie das undeutliche Foto ansah, die Haltung und die Größe, es konnte ganz gut der Lorenz sein.

Aber verdammt, was nützte es, dieses Foto anzustarren! Evi schlug mit mehr Kraftaufwand, als dazu notwendig gewesen wäre, die Zeitung zu. Dann fiel ihr ein, hatte da nicht etwas von einer Brandverletzung gestanden? Sie schlug die Zeitung eilig wieder auf und las den Artikel noch einmal. „Einer der Feuerwehrmänner erlitt leichte Brandwunden, steht hier. Omi, war das der Lorenz?"

„Ja, schon, aber es ist gar nicht schlimm, sagt die Schuber Lies. Jedenfalls war er heute Morgen in der Arbeit, der Lorenz."

Evi überlegte. Ob sie die Brandverletzung trotzdem als Grund nehmen konnte, um ihn anzurufen?

Sie überlegte den ganzen Tag und am Nachmittag, als sie meinte, er müsse nun zu Hause sein, ging sie mit klopfendem Herzen zum Telefon.

Seine Mutter meldete sich. „Den Lorenz? Ja, leider, der ist noch nicht gekommen. Soll ich ihm was ausrichten?"

„Nein. Ich wollte, also ich wollte eigentlich nur wissen, wie es ihm geht. Ich habe gehört, er ist verletzt worden, gestern bei dem Brand."

„Ja, das stimmt. Er hat so eine längliche Brandwunde außen am Handgelenk. Sonst fehlt ihm nix, Gott sei Dank."

„Aha. Gut. Ja, das war's. Wiederhören."

„Wiederhören, Evi. Ich sag ihm, dass du angerufen hast, gelt?"

„Ja, danke."

Evi legte enttäuscht auf.

Abends war im „Weißen Hirschen" der übliche Betrieb: eine Runde beim Schafkopfen, ein Tisch mit Mitgliedern des Blasorchesters, eine größere Runde junger Burschen und Männer, die alle zur Irzinger Freiwilligen Feuerwehr gehörten und den Brand in der Stadt weidlich besprachen, ein paar ältere Ehepaare, einige einsame Zecher.

Vati stand an der Theke, die Braunerin und Evi bedienten die Gäste. Es war das Übliche.

Evi kam aus der Küche – es ging gerade besonders hoch her am Feuerwehrtisch – und teilte Essen aus.

„Noch ein Bier für mich, Evi“, bestellte ein Gast von den Schafkopfern.

„Kommt gleich!“ Evi drehte sich um, ging auf die Theke zu. Dann stockte ihr Schritt. Nicht mehr der Vater stand dort beim Ausschenken, sondern Lorenz.

Zwei Wochen später machte Omi eine Wallfahrt nach Altötting, um der Muttergottes in der Gnadenkapelle, der heiligen Anna in der Basilika und der heiligen Magdalena in der Klosterkirche recht inbrünstig dafür zu danken, dass ihre Gebete nun erhört worden waren.